Entfesselte Leidenschaften

In diesem Buch wurden weitgehend die neuen Rechtschreibregeln benutzt. Wo jedoch früher geltende Regelungen den Sinn deutlicher machten bzw. eine präzisere Formulierung erlaubten, hat sich die Autorin die Freiheit genommen auf die alte Rechtschreibregelung zurückzugreifen.

Bibliografische Information der Deutschen Nationalbibliothek:

Die Deutsche Nationalbibliothek verzeichnet diese Publikation in der Deutschen National-bibliografie; detaillierte bibliografische Daten sind im Internet über http://dnb.dnb.de abrufbar

Umschlaggestaltung: Harald Metz
Umschlagfoto: Stockfoto und Harald Metz
Lektorat: Petra Quaiser, Gabriele Walter
Layout: Harald Metz
Satz: Harald Metz

Herstellung und Verlag:
BoD — Books on Demand, Norderstedt

ISBN 9 783749 467235

1. Auflage 2020

Inhaltsverzeichnis

Vorwort

Ich schreibe schon seit meiner Kindheit gerne und lasse dabei meiner Fantasie freien Lauf. Lustig und etwas frivol kann es sein. Aber auch der Ernst der Sache spiegelt sich in meinen Texten. Bis in die tiefsten Abgründe der Seele versetzt sich meine Persönlichkeit. Nichts Menschliches ist mir fremd und nichts gibt es, was nicht aus- oder angesprochen werden kann. Das gibt meiner Schreibfreude eine abwechslungsreiche Vielfalt.

In der Schule waren es fantasievolle Aufsätze, die immer großes Lob fanden und in der Klasse vorgetragen wurden. In meiner Sturm- und Drangzeit waren es Hochzeitszeitungen, Gedichte zu verschiedenen Anlässen und eine Firmenchronik. Es folgten Trauerreden und Hochzeitsansprachen.

Menschen wurden auf mich aufmerksam und baten mich für sie zu schreiben, oder für sie zu sprechen. Daraus entstanden die unterschiedlichsten Möglichkeiten, meine Schreibfreude und meine Redegewandt-heit zu präsentieren.

Aus meiner Feder entstanden Geschichten und Erlebnisse, die das Leben schrieb. Gedichte in Rieser Mundart zeigen, wie vielfältig und lustig es in meiner Heimat, dem Ries, sein kann.

Laufe ich mit meiner Hündin Bella in der schönen Natur, so werde ich animiert da-rüber zu schreiben, was meine Augen sehen. Auch daraus entstanden die schönsten Kurzgeschichten.

Als ich vor über drei Jahren Mitglied im Autorenclub Donau-Ries wurde, durfte ich wunderbare, schreibfreudige Menschen kennenlernen. Jeder schreibt anders, eben auf seine Art. Ich durfte von ihnen lernen und uns alle verbindet Eines, die Liebe zum Schreiben. Diese Kolleginnen und Kollegen gaben und geben mir viele Impulse und ich wagte es, erotische Kurzgeschichten nicht nur zu schreiben, sondern jetzt in diesem Buch zu veröffentlichen. Allein hätte ich es nicht geschafft.

Ich sage ganz besonderen Dank meinem Kollegen Harald Metz, der mich immer unterstützt, wenn es um technische Dinge am PC geht. Durch seine Hilfe habe ich es geschafft, aus den geschriebenen ero-tischen Geschichten ein Buch zu erstellen und in Umlauf zu bringen.

Ich danke meiner lieben Kollegin Gabriele Walter für Korrektur, Tipps und Anregungen. Man lernt nie aus.

Jetzt wünsche ich allen Lesern, dass meine dreizehn erotischen Geschichten ihre Leidenschaften entfesseln.

Leni und die Walpurgisnacht – Hexe oder Heilige

Die zügellose Nacht zum 1. Mai, man nennt sie die Walpurgisnacht, die an die heidnischen Bräuche der Vergangenheit anknüpft. An Beltane, das Fest der Kelten, das Fest des Lebens, der Fruchtbarkeit. Der Beginn des Sommerhalbjahres. Fröhlichkeit kommt auf, gespendet durch Wärme und Licht. Kräuterkränze zieren die Häupter der Frauen, der Duft der wachsenden Natur hält seinen Einzug.

Tausende von Menschen sind heute noch in der Walpurgisnacht unterwegs. Sie feiern und tanzen hinein in den Wonnemonat Mai. Die Nacht zum 1. Mai wird in Süddeutschland als "Freinacht" bezeichnet, weil junge Menschen dann allerhand unsinnige Streiche spielen.

Der Mythos der wilden Hexenschar in der unruhigen Nacht zum 1. Mai schwebt auch heute noch durch die Köpfe der Menschen. Und lange waren in den Dörfern die Kräuterweiber als nicht ganz geheuer verschrien. Jeder Makel bekam seinen Teufelsstempel aufgedrückt in dieser damaligen rauen, unaufgeklärten Welt.

Schnell wurde den Frauen ein Hexen mäßiges Aussehen unterstellt, wenn sie schön oder klug waren, mit Kräutern heilten, aus der Art schlugen und vielleicht sogar noch mit roten Haaren und einem katzenhaften

Blick versehen waren. Dieser Makel, wie sie es damals nannten, ließen die Menschen hinter vorgehaltener Hand flüstern und die Frau verdammen. Noch lange vermutete man hinter den Frauen die Hexe. Ein Wahn, der immer wieder in den Köpfen spukte.

So ging es auch einst der schönen Leni, ein Teufelsweib mit roten Haaren, die wie ein Feuerband, wild und gelockt, weit über ihren Rücken hingen. Ihr katzenhafter Blick und ihre geschmeidige Figur machten sie zum Abbild einer Hexe. Und doch, sie war keine, auch wenn sie in ihrem Dorf von vielen so gesehen wurde, und jeder hinter der Hand Teufeleien über sie verbreitete. Auch die Burschen, die sich vergeblich bemühten, bei der bezaubernden, immer lustigen und doch auch verträumten Leni zu landen.

Ihr wunderschönes Haar hatte sie von ihrer Großmutter geerbt. Weit ging der Stammbaum der rothaarigen Frauen in dieser Familie zurück und leicht haben sie es nicht immer gehabt, die Frauen vom Branderhof, der eingebettet lag in die herrliche Landschaft des Bayerischen Waldes. Dort wo die Natur noch einen ganz besonderen Zauber spiegelte. Die Arbeit dort war hart und die junge Leni war voll eingespannt. Sollte sie doch mal den Hof übernehmen, denn einen männlichen Nachkommen gab es nicht. Sehr zum Leidwesen der Eltern. Obwohl, der Bauer war davon überzeugt, dass sein Mädel es schaffen wird. Schließlich war er ja auch noch da, stand fest in Saft und Kraft, und eines Tages wird sie schon den Richtigen bringen. Der Hof war zwar nicht sehr groß, aber eine kleine Familie würde er schon ernähren.

Die Burschen aber, sie interessierten Leni nicht. Sie waren ihr zu plump und keiner gefiel ihr so recht. Sie träumte von einem feinen Mann, der in ihr das weckt, wonach sie sich sehnte. Die wahre Liebe, Geborgenheit, schöne Dinge, aber auch Lust und Leidenschaft. Eigentlich konnte sie es gar nicht beschreiben, es war eben nur so eine Sehnsucht in ihr. Manchmal verschloss sie die Tür zu ihrem Zimmer, weil sie allein sein wollte, wenn sie sich nackt vor den Spiegel stellte um ihren Körper zu betrachten, und mit den Händen die Konturen ihres wohlgeformten Leibes abtastete. Dann warf sie ihr langes, wildes Haar nach hinten. Mit schmalen Augenschlitzen schaute sie in den Spiegel. Trotz umspielte ihren sinnlichen Mund. Manchmal, wenn die Sonne zum Fenster hereinschien, dann fingen sich die Strahlen in ihrem roten Haar und ließen es wie Feuerfunken sprühen. Ja, sie war verdammt schön und sie hatte das Gefühl, dass sie anders war als die Anderen. Sie war gut gebaut, ihre makellose weiße Haut war weich, und ihr runder Po wölbte sich verführerisch nach außen. Zartrosa Brustwarzen zierten ihre kräftigen, festen Brüste und ein Wust kleiner, roter Locken, auf ihrer leicht gewölbten Scham, unterstrichen ihre heranreifende Weiblichkeit.

Manchmal glitt ihre Hand über ihre Brüste, kreiste mit der Handfläche über die hellen, zarten Nippel. Dann spürte sie, wie sich etwas in ihr regte, das sie so nicht kannte. Nur zaghaft und ganz selten glitt ihre Hand zwischen ihre Beine, berührte sie zitternd ihre Schamlippen und das, was sich dazwischen befand. Die starke Erregung, die dann entstand, machte sie unsicher. Sie wusste, dass dies verboten ist. Sie wusste nicht warum, eben nur, dass man das nicht tut. Und doch, sie spürte etwas, das sie nicht ruhen ließ. Immer wieder kam ihr dabei eine Geschichte in den Sinn, die schon viele Generationen zurücklag.

Damals, als in dieser ländlichen Gegend im Bayerischen Wald die Kräuterweiber heimgesucht wurden. Da war eine auf dem Branderhof, die war mit dem Teufel im Bund, so wird heute noch erzählt, denn ihre Heilungserfolge sprachen sich herum. Sie hatte rote Haare und war sehr schön. „Sie verhext die Männer", keiften die Frauen. „Und sie treibt es mit ihnen. Ja sie treibt es sogar mit dem Leibhaftigen. Jeden lässt sie ran. Wahrscheinlich verbündet sie sich sogar mit dem Teufel." Die Frauen verfluchten sie und kaum einer im Dorf wollte etwas mit ihr zu tun haben. Und doch gingen sie heimlich zu ihr, um sich die heilenden Kräuter zu holen oder sich von ihr behandeln zu lassen. Die Männer kamen in der Hoffnung, von ihr verhext zu werden, damit sie es mit ihr treiben konnten. Doch daraus wurde nichts. Sie schickte sie mit einem bitteren Kräutersud heim zu ihren Frauen. Eines Tages kam ein Fremder in die

Gegend. Keiner wusste, wer er war und woher er kam. Ihm gefiel diese außergewöhnliche Frau, die einen so schlechten Ruf hatte. Er traute oft seinen Ohren nicht, was da so in der Schankwirtschaft erzählt wurde. Die Frau interessierte ihn immer mehr, und so machte er sich die Mühe, sie kennenzulernen. Er gewann ihr Vertrauen und ihr Herz und als sie guter Hoffnung war, da nahm er sie zur Frau. Er blieb und baute den heruntergewirtschafteten Hof aus. Er wusste genau, dass nichts von dem stimmte, was da so im Dorf geredet wurde. Die Männer haben Gerüchte in die Welt gesetzt, weil sie bei ihr kein Gehör fanden und die Frauen waren eifersüchtig auf ihre Schönheit, ihre mystische Ausstrahlung, die sie nicht einschätzen konnten. Eine wilde, raue Gegend in der der Aberglaube lange Zeit Zuhause war und meistens auf Kosten der Frauen gelebt wurde.

Leni fühlte sich mit dieser alten Geschichte und mit dieser Urahnin verbunden. Sie wusste nicht warum, aber es war so. Auch ihr wurden schon Dinge nachgesagt, erfunden von den Burschen und auch von den Mädchen. Sie hielt sich seither von ihnen fern. Nur einmal war sie verliebt, doch seinen Eltern war sie nicht gut genug. So wurde es ihr zugetragen. Fast hätte sie sich an ihn verloren, an den Jungbauern aus der großen Mühle. Seine Eltern jedoch hatten ganz andere Pläne mit ihm. Er war schon längst vergeben, als er Leni den Hof machte. Und er wusste das ganz genau, wusste, dass Leni nie als seine Frau in die Mühle einziehen wird. Doch er wollte dieses unnahbare rothaarige Teufelsweib erobern. Er wollte seinen Freunden zeigen, was für ein toller Kerl er ist, und dass sie für ihn die Beine breitgemacht hat. Doch damals lebte ihre Großmutter noch und öffnete ihr die Augen gerade noch rechtzeitig, sonst hätte sie sich einem Mann geschenkt, der sie nicht Wert war. Seither lebte Leni für sich und ihre Arbeit auf dem Hof. Männer interessierten sie kaum noch. Aber eine Sehnsucht steckte in ihr, die sie nicht beschreiben konnte.

Der Hof warf wenig ab, es war ein täglicher Kampf. Leni bat den Vater, doch zwei Zimmer unter dem Dach auszubauen, um sie an Wanderer zu vermieten, die in den letzten Jahren immer mehr in das abgeschiedene Tal kamen. Lange zierte sich der alte Bauer, doch dann gab er seiner Tochter recht. Schon bald war das Werk vollendet.. Gemütlich waren die Räume und sauber. Ohne großen Komfort, doch der war bei den Wanderern nicht so wichtig.

Es war so um die Osterzeit, als eine einsame Gestalt den Weg zum Branderhof ging. Mit kräftigen Schritten ging er über den schmalen, etwas holprigen Weg, der direkt zum Hof führen sollte. Auf den Anhöhen lagen noch Schneereste, doch hier im Tal brach schon langsam die Natur auf. Die ersten Frühlingsblumen spitzten hervor und vereinzelt zeigten sich zarte Blätter an den Bäumen und Büschen. Johannes blieb stehen und schaute sich um in der weitläufigen Natur. Die Landschaft gefiel ihm. Und der Hof, den er auf der Anhöhe erblickt hatte, wirkte einladend.

Auf der Suche nach einem Nachtlager hatte er seine Schritte zunächst in das vor ihm liegende Dorf gelenkt. Da hatte er sich am gestrigen Abend in die Dorfschänke gesetzt und als er so von sich erzählte, meinte einer: „Geh rauf zum Branderhof, die haben Zimmer und eine schöne Aussicht und wenn du Glück hast, dann kannst du die rote Hexe malen." Die anderen lachten und Johannes wurde neugierig. Er blieb also nur eine Nacht im Dorf. Und nun war er hier. Noch immer reckte er sein Gesicht in die warme Frühlingssonne und genoss die Ruhe.

Johannes ist Maler, und er möchte gerne hier, in dieser urigen Landschaft Bilder malen. Noch hat er keine genauen Vorstellungen, doch er will sich von diesem schönen Anblick inspirieren lassen und dann seinem Werk nachgehen. Johannes blieb stehen, strich mit seinem Handrücken über seine feuchte Stirn. Ganz schön anstrengend der Marsch, doch es schien sich zu lohnen. Es herrschte Ruhe hier auf dem Hof. Man hörte zwar die Geräusche der Kühe im Stall und anderer Tiere, doch sonst war es ruhig. Es war ja auch Sonntag, da arbeitete keiner. Johannes setzte sich auf die Bank vor dem Haus, streckte die Beine aus und genoss erneut den Rundblick. Tief atmete er die würzige Luft ein.

Er war in der Stadt aufgewachsen, hatte dort die Kunst der Malerei erlernt und beschäftigt sich seit längerer Zeit damit. Er war viel unterwegs, lernte Land und Leute kennen und malte. Das Großstadtleben reizte ihn nicht. Dort hat er seine Sturm- und Drangzeit verbracht und alles ausgekostet. Er führte ein lockeres Leben und auch in der Liebe ließ er nichts anbrennen. Nur keine Verpflichtungen eingehen, war schon immer seine Devise. Die Mädels haben es dem Bruder Leichtfuß einfach gemacht. Schnell konnte er ihre Herzen und auch ihre Körper erobern. Die eine oder andere brachte er auch dazu, ihm Modell zu stehen. So entstand manch schönes Bild, das die Frau in ihrer begehrlichen Nacktheit zeigte. Jetzt aber war er mehr dabei, sich auf Landschaften zu konzentrieren. Und da boten sich ihm hier verschiedene Möglichkeiten.

Ein Knarzen, und Johannes blickte auf. In der Haustüre stand eine junge Frau. Die rote Hexe, fuhr es ihm durch den Kopf, als er Leni erblickte. Sie schaute ihn etwas fragend an. Johannes stieß einen kurzen Pfiff aus, schaute Leni lächelnd an und erhob sich. „Ich bin der Johannes Faller, die vom Dorf haben mich geschickt, ich suche für längere Zeit ein Quartier. Einfach soll es sein und nicht so viel kosten. Ich bin Maler und als Künstler ist man nicht so rosig auf Geld gebettet".

Leni lachte und reichte ihm die Hand. „Ich bin die Leni, die Jungbäuerin hier auf dem Hof meiner Eltern. Wenn Sie wollen, so zeige ich ihnen die Kammern. Einfach ist es wohl bei uns heroben, aber auch ruhig und schön. Und mit dem Geld, da werden wir uns schon einig werden. Sie können auch Verpflegung haben. Ist halt einfaches Landessen, aber dann müssen Sie nicht immer in die Schänke ins Dorf laufen." Noch immer stand Leni im Türrahmen. Die Sonne ließ ihr Haar in einem goldenen Rot glänzen, dass das künstlerische Auge des Malers sich nicht sattsehen konnte an dieser schönen Gestalt. Das Männerherz begann gleichzeitig hochzuschlagen, und als er die dargereichte Hand fest umschloss, da spürte er eine wohlige Wärme, die durch seinen Körper zog.

Wie alt sie wohl sein mochte? Anfang zwanzig? Johannes war dreißig und ihm waren in der Vergangenheit schon viele Frauen begegnet, und er hat sie genossen, war kein Kind von Traurigkeit. Doch so eine rothaarige Schönheit war ihm noch nicht begegnet. Ob sie weiß, wie sie auf Männer wirkt? Ich werde sie malen, nackt. Werde ihren herrlichen Leib auf Leinwand festhalten, ihre zarte Haut, ihr prachtvolles Haar und ihre Augen, die mit einem Blick jedes Männerherz in den Abgrund ziehen können. Johannes schwärmte innerlich und betrachtete sie immer wieder verstohlen.

Das Zimmer gefiel ihm. Es störte ihn nicht, dass sich Toilette und Dusche auf dem Flur befanden. Er wollte hierbleiben, wahrscheinlich den ganzen Sommer. Er hatte nichts vor, sich etwas erspart und so konnte er sich ganz seiner Malerei widmen.

Am Abend waren Lenis Eltern vom Sonntagsausflug zurück. Sie staunten nicht schlecht über den neuen Dauergast und nahmen ihn herzlich auf. Am andern Tag holte er im Dorf sein altes, klapperiges Auto ab, das er am Vortag dort hatte stehen lassen. Er konnte es auf dem Hof in einen Schuppen neben der Scheune stellen. Da deponierte er auch seine Malutensilien.

In der nächsten Zeit war er unterwegs und hielt nach geeigneten Malobjekten Ausschau. Das Wetter war noch zäh, eben April. Da wechselten nasse und sonnige Tage ab. Immer wieder ging er ins Dorf, plauderte am Stammtisch und erfuhr dadurch das eine und andere. „Und, wie gefällt dir die rothaarig Hex vom Branderhof", wurde er gefragt. „Lässt sie sich malen von dir?" „Hab sie noch nicht gefragt", meinte Johannes. „Die doch nicht", meinte einer, „die ist viel zu eingebildet, die gibt sich auch mit uns kaum ab. Einen Mann hat die bis heut noch nicht gehabt. Obwohl, der Mühlenbub, der hätte es fast mal geschafft." Die Männer lachten laut und schauten sich an. „Vielleicht verfällt sie einem Künstler, probier es doch einfach einmal, dann wirst du schon sehen." Wieder lachten sie. Johannes wurde nachdenklich. Warum die Feindschaft diesem Mädchen gegenüber? „Ach, die will doch keinen Künstler", meinte ein anderer. „Die sucht wahrscheinlichen einen Prinzen mit Hörnern.

Die sind doch bekannt, die rothaarigen Branderweiber. Keiner hat die je durchschaut." Johannes tat Leni fast etwas leid, so wie man hier über sie sprach. Doch er behielt das alles für sich.

Einige Tage später war die Mainacht angesagt. Das Walpurgisfest, wie es hier genannt wurde. Schon lange wurde im Dorf darüber diskutiert. Vor allen Dingen die jungen Burschen und Mädchen hatten es wichtig. Freinacht wird sie hier auch genannt. Da trieben die jungen Burschen so manch schlechte Späße. Locker ging es zu in dieser Nacht. Man feierte, war ausgelassen und die eine oder andere Liebelei setzte sich in Gang.

Leni hatte sich von Johannes überreden lassen, abends mit ihm ins Dorf zu gehen. Früher war sie immer zur Walpurgisnacht mit dabei, aber die letzten Jahre nicht mehr. Die Erinnerung war immer noch schmerzhaft. Damals hatte sie sich als junges Mädchen verliebt. Sie erinnerte sich immer noch, wie der schmucke Bernd von der Mühle sie in dieser Nacht bedrängte, wie er hr alles versprach und sie in den Stadel vom Bürgermeister zog. Noch lange danach hat sie seine Küsse gespürt. Wie sie gezittert hat, als er ihr Mieder öffnete, ihre zarten Brüste berührte, mit seiner groben Hand. Immer wieder hat er sie geküsst, ihr schöne Worte gesagt. Als sie sein forsches Vorgehen abwehrte, hat er gar nicht reagiert. Er war wie von Sinnen. Aber auch Leni befand sich im Rausch starker Gefühle. Sie glaubte seinen schönen Worten, obwohl sie es anders wusste.

Vorher am Feuer stand nämlich Margit bei ihm, die Tochter eines reichen Bauern. Er spasste mit ihr, aber so richtig tat er sich nicht mit ihr zusammen. Und doch brachte er sie nach Hause. Kaum zurück flüsterte er Leni etwas ins Ohr. Und alles war für sie vergessen. Er war hier, und er wollte sie. Leni erkannte nicht, was sich hier abspielte und wenn, dann wollte sie es nicht sehen. Der Bursche hatte es ihr angetan. Nur eine hatte sie in den letzten Wochen immer wieder gewarnt. Ihre Großmutter. Und diese Worte saßen tief, kamen immer wieder hervor. So auch in dieser Walpurgisnacht, als der Bursche von der Mühle sie heftig bedrängte. Er weckte starke Gefühle in ihr. Weckte Träume nach dem Märchenprinzen, der sie nimmt, sie auf die Wolke der Lust führt und ihr die Liebe gibt, nach der sie sich immer sehnte.

Schon saugte er an ihren Brüsten. Sein Saugen erzeugte ein starkes Gefühl zwischen ihren Beinen. Ihre Scham reagierte, wurde feucht. Ihre Liebesperle zuckte, setzte ihren Verstand aus. Schon spürte sie die kräftige Hand des gierigen Burschen unter ihrem Rock, zwischen ihren Beinen, Sie spürte, wie er drängte, ihre Schenkel zu öffnen um ihre Scham zu berühren. „Überlege dir was du tust Leni", hörte sie mit einem Mal die warnende Stimme der Großmutter. Und Leni erschrak vor sich selbst. Wurde mit einem Moment geweckt aus dem Rausch der Lust und

Leidenschaft. Sie schob Bernd zur Seite, richtete ihre Kleidung. Sie verließ die Scheune und auf einem Nebenweg das Fest.

Tage später wurde im Dorf bekannt, dass der Mühlenbub mit der Margit versprochen ist. Leni hat sich zurückgezogen. Man hat über die rothaarige Hex gesprochen, die den Bernd verführen wollte. Leni schämte sich, doch die Zeit arbeitete und immer mehr geriet die Sache in weite Ferne. Die Gefühle aber, die der Mühlenbursche in ihr geweckt hat, als er ihren Körper berührte, ihr Mieder öffnete und auch ihre Schenkel streichelte, das Gefühl blieb tief in ihr verankert. Immer wieder spürte sie eine starke Sehnsucht nach einem Mann, der sie aus ihrem Mädchenschlaf erwecken und zur Frau machen würde.

Leni blickte zu Johannes, der einfach ihre Hand ergriffen hatte. Es tat gut, diese warme, fast schützende Hand zu spüren. Leni fühlte sich auf einmal so richtig wohl. Die Blicke einiger Dörfler interessierten Sie nicht. Von vielen wurde sie sogar freundlich begrüßt. Auch Johannes war inzwischen bekannt und so konnte man diese mystische Walpurgisnacht richtig fröhlich beginnen. Hell loderte das Feuer und die Funken sprühten in die klare, kühle Nacht hinaus. Es wurde gegessen und getrunken. Ein paar Burschen machten Musik. Man war gut gelaunt und erzählte sich schaurige Geschichten von alten Zeiten. Da, wo sie noch lebendig waren die Hexen, die wilde Brut, die das Tal unsicher machte. Da fiel dann doch der eine oder andere Blick auf Leni, die stolz und aufrecht um sich schaute.

Ihr war kalt geworden und sie stellte sich an das wärmende Feuer, das noch immer einen hellen Schein verbreitete. Ihre schlanke Gestalt mit den feuerroten Haaren bildete mit den züngelnden Flammen fast eine Einheit. Es war, als würden sie verschmelzen. Ihr Gesicht bekam einen ganz besonderen Schein, ihr Haar funkelte mit dem Feuer um die Wette. Johannes saß da und betrachtete sich das prachtvolle Bild mit den Augen des Künstlers. Am liebsten hätte er zu einem Block gegriffen, um eine Skizze zu zeichnen. Sie war so schön, die Leni vom Branderhof. Sie verstand es, in diesem Moment und mit diesem Anblick alles zu verhexen, zu verzaubern. Alles in eine Welt zu versetzen, die es heute so nicht mehr gab.

Leni war glücklich und zufrieden in dieser Walpurgisnacht. Sie genoss die Blicke, die auf sie gerichtet waren. Stolz hob sie ihren Kopf, warf die roten Haare in den Nacken und hob die Arme zur Seite, als wolle sie die Welt umarmen. Ein Raunen war zu hören, die Musiker spielten auf. Laut und schnell. Leni fing an, sich nach dem Rhythmus im Kreis zu drehen. Sie tanzte mit den züngelnden Feuerstrahlen um die Wette. Die Nacht war klar und dunkel und der rote Feuerschein hüllte die Gestalt in ein glutrotes Licht, das mit ihren roten Haaren um die Wette funkelte.

Johannes beobachtete das schöne Mädchen, das sich so beschwingt dem Tanz hingab. Und plötzlich sah er sie mit anderen Augen, nicht eingepackt in eine wärmende Jacke. Er sah sie umhüllt mit einem Hauch von durchsichtiger grüner Seide, die ihren biegsamen Körper bedeckte und doch durchblicken ließ, was sich darunter befand. Die Farbe bildete einen verführerischen Kontrast zu ihren roten Haaren, die wie ein breiter Mantel den ganzen Rücken bedeckten. Die zarten Schleier und auch die Haare begannen zu wehen, sobald sie anfing zu tanzen. Sie bauschten sich auf, gaben Teile ihres nackten Körpers frei, um sie dann wieder behutsam einzuhüllen.

Johannes sah ihr Strahlen, dieses entrückte Strahlen auf ihrem Gesicht Er sah aber auch die Ernsthaftigkeit des Gesichtes, das sich ganz dem hier und jetzt hingab. Jemand klopfte ihm auf die Schulter und mit einem Mal wurde er aus seinen sinnlichen Träumen gerissen. „Gfallt dir wohl die Hex!" Johannes drehte sich um. Hinter ihm stand ein kräftiger Kerl, so groß wie er. „Hat sie dich auch schon verhext, so wie mich damals. Ich hätte sie haben können, die rothaarige Hex vom Branderhof. Im Heu war sie gelegen, in der Scheune. Wir haben uns geküsst, aber wie. Gezittert hat sie, wie ich ihr das Mieder geöffnet habe. Schöne Brüste hat sie und Schenkel sag ich dir, da muss man sich dazwischen legen. Fast hätte ich sie so weit gehabt in dieser Walpurgisnacht vor drei Jahren. Und dann hat sie mich plötzlich weggestoßen. Wie vom Teufel besessen ist sie aus der Scheune gelaufen und war verschwunden. Seither hab ich sie kaum mehr gesehen. Hab eine andere zum Weib genommen, doch die rothaarige Hex, die geht mir nicht aus dem Kopf. Sie gefällt dir, man sieht es. Bist du schon bei ihr gelandet? Sag schon. Oder hat sie dich auch weggestoßen? Schau sie dir doch an, wie die tanzt, da muss sie doch den Teufel im Leib haben. Man sollte ihn ihr austreiben. Die Burschen hier, die sind schon scharf auf sie, doch sie verkriecht sich in ihrer Einöde. Wer weiß wen sie da empfängt in den Kammern die sie jetzt ausgebaut haben auf dem Hof. Wird ja viel erzählt, ob es stimmt weiß keiner so recht."

Das also ist der Müllerbub, von dem man mir schon erzählt hat, dachte Johannes. Ein stattliches Mannsbild, das muss man schon sagen. Und wie er die Leni beobachtet, mein Lieber, der lässt sie nicht aus den Augen. Sein Blick leuchtet, ja er starrt sie regelrecht an. Die ganze Zeit schon, während er auf mich einsprach. „Du wohnst doch auf dem Hof, sollst sie angeblich malen. Und, wie malst du sie? Nackt? Wie schaut sie aus?"

Johannes drehte sich um. Musterte den Mann von oben bis unten. „Was redest denn du für ein dummes Zeug. Der Feuerschein hat wohl dein Hirn ausgetrocknet. Ich wohne in einer dieser Kammern und wüsste nicht, dass da welche von der Leni empfangen werden. Hast wohl die Niederlage immer noch nicht verwunden. Das ganze Dorf redet über dich, das weiß sogar ich als Fremder. Und außerdem, ich male hier niemanden nackt und schon gar nicht die Leni. Also geh, verzieh dich. Sie will eben von dir nichts wissen. Und außerdem, sie ist eine ganz besondere Persönlichkeit. So einer wie du passt zu ihr nicht. Und überhaupt bist du ja jetzt bestens versorgt. Also kümmere dich um deine Hex daheim." Johannes ließ den Müllersohn stehen und ging näher zum Feuer, das so langsam seine Kraft verlor.

Es war spät geworden. Einige sind schon nach Hause gegangen. Leni stand da und blickte in die Glut. Als Johannes neben sie trat, schaute sie ihn von der Seite her an. „Er ist gekommen." Ihre Stimme zitterte. „Ich weiß. Und, macht dich das nervös?" Leni zuckte mit den Schultern. „Er hat mich die ganze Zeit angestarrt, ich habe sie gespürt seine Blicke. Wie Nadeln sind sie in meinen Rücken eingedrungen." „Du hast ihn halt verhext und die anderen Burschen auch." Johannes lachte. Leni schaute ihn an. Ihre Blicke trafen sich. Johannes hatte das Gefühl, in einem grünen Waldsee zu versinken. Leni lächelte scheu zurück. „Er hat gefragt ob ich dich nackt male." Johannes schaute wieder zu Leni. Sie antwortet nicht. „Willst du, dass ich dich nackt male?" Seine Stimme war jetzt ganz leise und hatte einen zärtlichen Klang. Johannes spürte ein eigenartiges Gefühl, das in ihm aufstieg. Er spielte mit dem Feuer und das verunsicherte ihn, trieb ihn aber auch vorwärts.

Feine Schwingungen bauten sich zwischen den beiden Menschen auf. Sie schauten sich immer wieder an, kurz, dann starrte jeder wieder in die Glut des Feuers. „Weißt du, dass du ein ganz besonders Mädchen bist", meinte Johannes und schaute weiter in die Glut. „Du bist schön, wunderschön und ich würde dich gerne malen. Aber erst dann, wenn du wirklich dazu bereit bist. Ich möchte dich nicht nackt malen. Ich möchte deine Schönheit, deine Reinheit unterstreichen mit seidigen Gewändern, mit Tüchern die deine Persönlichkeit unterstreichen, deine Blöße bedecken und doch der Fantasie der Sinnlichkeit einen breiten Raum geben.

Manchmal habe ich tatsächlich das Gefühl, dass du mich verhext hast, dass ich mich auf den Flügeln des Adlers bewege und durch die Lüfte gleite auf der Suche nach einer ganz bestimmten Beute. Und irgendwann werde ich sie mit meinen Krallen ergreifen, festhalten und in meinen Horst entführen, der sich hoch oben auf den Berggipfeln befindet." Erneut trafen sich ihre Blicke. Sie lächelten sich an und ein kurzer Moment der Ernsthaftigkeit mischte sich darunter. „Was rede ich", lachte Johannes. „Der Alkohol hat wohl etwas mein Hirn benebelt. Oder war es dein sinnlicher Tanz im Schein des Feuers? Vielleicht aber ist es der Zauber der Walpurgisnacht, der mich umfangen hält. Vielleicht sind sie noch da, die kleinen und großen Hexen, die ihre Irrlichter so streuen, dass es keiner merkt."

Er griff nach Lenis Hand. „Ich glaube, wir sollten nach Hause gehen. Wir haben doch noch ein Stück Weg vor uns. Auf jeden Fall danke ich dir für den schönen Abend, und dass du mich begleitet hast." „Ja es war schön", flüsterte sie. „Und ich bin froh, dass ich es endlich gewagt habe. Sie können mir alle nichts anhaben, das habe ich heute ganz deutlich gespürt. Jetzt fühle ich mich stark und richtig wohl. Und das habe ich dir zu verdanken." Leni nahm ihre Hand zurück, zog die Jacke fest über ihren Körper. Das Feuer war aus und die kühle Nacht zog herauf. Die Gruppen hatten sich aufgelöst. Man hörte nur noch die einen oder anderen Stimmen, die sich langsam entfernten.

In dieser Nacht konnte Leni nicht gut schlafen. So vieles ging ihr durch den Kopf. Heiß stieg es in ihr auf, wenn sie an Johannes dachte und was er so gesagt hatte. Bernd, der sie angestarrt hatte und all die anderen, die lauernd alles beobachtet haben. Bestimmt haben sie wieder hinter der Hand geredet. Doch das störte Leni nicht mehr. Eigenartig, so lange hatte sie sich nicht getraut, zu einem Fest zu gehen und jetzt war gar nichts geschehen. Sie hatte die Blicke ignoriert und das hinterhältige Flüstern. Und noch etwas, Bernd war ihr egal. Der Müllerbub von damals interessierte sie nicht mehr. Ein anderes Bild schob sich davor. Johannes! Wieder wurde es Leni heiß und kalt bei dem Gedanken daran wie er ihre Hand gehalten, wie er mit ihr gesprochen hatte, dort am

Feuer. Einfach so, als würden sie sich schon Jahre kennen.

Einige Tage später fuhr Johannes nach Hause. Er müsse noch einiges erledigen, meinte er, um dann die restlichen Sommermonate hier zu verbringen und in Ruhe malen zu können. Leni hatte auf dem Hof genug zu tun. Und doch erwischte sie sich immer wieder, wie sie an ihn dachte und sich fragte, wann er wohl zurückkommt. Die Zeit kam ihr wie eine Ewigkeit vor. Erst nach fast vier Wochen kam Johannes zurück. Er hatte das Zimmer schon im Voraus für die Zeit bezahlt. Schließlich wollte er nicht, dass die Familie Einbußen hatte.

Es war also alles noch so, wie er es verlassen hatte. Er wusste nicht, dass Leni während seiner Abwesenheit immer einmal wieder in seinem Zimmer war. Da hing sein Arbeitsmantel, sein kariertes Hemd, ein Pullover. Manchmal hatte sie daran gerochen, tief seinen männlichen Duft eingesogen. Es war dann, als würde er neben ihr stehen. Auch seine Bilder in der Scheune hat sie sich angesehen und vorsichtig mit der Hand über die raue Leinwand gestrichen. Dabei hat sie sich vorgestellt, wie es ist, wenn er sie malen würde. So wie er gesagt hat. Nicht nackt, sondern verhüllt mit seidenen Tüchern, die nichts zeigen und doch viel erahnen lassen.

Ein leichter Schauer war ihr bei dem Gedanken immer wieder über ihren Körper gelaufen. Würde sie sitzen oder stehen? Wie müssten die Tücher sein? „Du wirst aussehen wie eine Göttin", hörte sie ihn sagen. Dabei strich er ihr wildes Haar zurück und berührte sie ganz sanft. Eine heiße Welle ließ sie erzittern. Dann fröstelte sie. Leni merkte, dass sie in der Scheune stand und träumte.

Und endlich war er zurück. Das alte Fahrzeug fuhr laut klappernd in den Hof und scheuchte die Hühner auf. Leni sah auf der Weide nach dem Rechten und hörte von Ferne das Motorengeräusch. Sie hielt für einen Moment den Atem an. Ein fröhliches Lächeln umspielte ihren Mund und dann lief sie los. Sie schürzte ihren Rock um durch das hohe Gras besser laufen zu können.

Als sie das Bauernhaus betrat, hörte sie, wie die Mutter sich mit Johannes unterhielt. Sie hörte sein Lachen, seine feine Stimme. Ihr Herz klopfte. Ja es klopfte richtig laut. Leni presste die Hände darauf, atmete durch, fuhr sich mit gespreizten Fingern durch das Haar und strich die Arbeitsschütze glatt. Noch einmal holte sie Luft und dann betrat sie die Küche. Ihr Gesicht war erhitzt, die Augen blitzten fröhlich. Für einen Moment hatte sie das Gefühl, die Zeit würde stehen bleiben.

Sie stand einfach nur da und schaute ihn an. Johannes lehnte sich lässig in seinem Stuhl zurück. Sein Lausbubenblick tastete sie von Kopf bis Fuß ab. Er nickte anerkennend, und dann verzog sich sein Mund zu einem breiten Grinsen. „Kaum lässt man dich alleine, schon bist du noch schöner geworden", flüsterte er leise, damit die Branderbäuerin ihn nicht hören konnte, die gerade aus dem

Keller etwas holen wollte. Leni errötete und ging langsam auf ihn zu. Noch immer schaute er sie an, streckte ihr seine Hand entgegen. Und als sie sie ergriff, zog er sie zu sich heran. „Hast du mich vermisst?" Sie nickte und errötete erneut. „Du warst lange weg", sagte sie mit brüchiger Stimme. „Dabei habe ich aber immer nur an dich gedacht Leni. Du kleine bezaubernde Hexe. Die Walpurgisnacht verfolgt mich noch heute. Wie du am lodernden Feuer gestanden hast, wie dein rotes Haar mit den Funken um die Wette blitzte, wie ich mir vorstellte, dass dich durchsichtige Schleier umhüllen, deinen Körper verdecken und doch deine verführerischen, weiblichen Rundungen hervorheben. Nur davon habe ich geträumt und die Zeit meiner Abwesenheit genutzt. Willst du es sehen? Willst du sehen wie du mich in meinen Träumen verfolgst?"

Leni schluckte. Ihre Augen bekamen einen ganz eigenartigen Glanz. Sie nickte. „Komm, komm mit mir in die Werkstatt." Er fasste sie bei der Hand, zog sie regelrecht mit sich fort. In der Werkstatt stand etwas, das mit einem großen Tuch verhüllt war. Johannes schob das zitternde Mädchen direkt vor sein verdecktes Werk. Dann zog er langsam, fast andächtig das Tuch zur Seite. Leni stand in diesem Moment direkt vor ihrem Spiegelbild. Sie konnte es nicht fassen. Das war sie? Diese wunderschöne Gestalt, ein Gemälde, erstellt in den feinsten Konturen und Farben. Das Feuer loderte, ihr wildes Haar reichte weit über den Rücken hinab. Ihre weiße Haut bildete einen wahnsinnigen Kontrast zu den roten Haaren und dem Funken sprühenden Feuer. Die grüne Farbe der durchsichtigen Tücher, die ihre Nacktheit erahnen lassen und sie doch in verführerischer Form bedeckten unterstrichen das Kunstwerk. Leni war fassungslos. Sie ging auf das Bild zu, berührte es, strich über die Erhebungen, die Pinsel und Farbe hinterlassen haben.

Sie schaute ihn an, konnte nicht sprechen. Johannes trat auf sie zu, nahm sie einfach nur in den Arm und wiegte das bezaubernde Mädchen hin und her. „Jetzt weißt du es, warum ich längere Zeit weg war. Du warst immer bei mir, jeden Tag, jede Sekunde." Seine Stimme zitterte. Leni spürte seine Körperwärme, seine Nähe. Sie trug nur ein dünnes cremefarbenes Sommerkleid, das ihr fast bis an die Knöchel reichte und ihre Fesseln umspielte. Es war ein Kleid ihrer Großmutter. Sie liebte es, trug es aber nicht oft. Es war einfach geschnitten. Herrlich luftig umhüllte es ihren Körper. Der Ausschnitt zeigte ihren herrlichen Brustansatz. Sie trug nur einen Slip darunter. Ihr runder Po war nicht zu übersehen. Sie wusste, dass ihr das Kleid gut stand und sie hatte es für ihn angezogen.

Und jetzt spürte sie ihn, lag in seinen Armen. Es machte sie unsicher. Was geschah hier? Schnell entwand sie sich aus seinen Armen, blickte ihn noch einmal kurz an und lief dann davon. Sie lief einfach los und machte erst halt, als sie den kleinen Weiher durch die Bäume schimmern sah. Schon immer hatte es sie dorthin gezogen, wenn sie unsicher oder traurig war oder wenn sie etwas beschäftigte. Hier war sie ganz alleine. Nur die Geräusche der Natur waren zu hören. Der Weiher lag ruhig da, kein Lüftchen regte sich. Die Bäume spiegelten sich im klaren Wasser. Die Sonne stand hoch am Himmel. Und es war heiß, heiß wie Lenis Körper, der mit seinen Energien nicht wusste wohin.

Lenis Atem ging schnell, als sie sich in das Gras setzte und auf das Wasser blickte. Die Ruhe tat ihr gut. So also sah er sie. Leni sah das Gemälde vor ihrem geistigen Auge. Woher kannte er ihren Körper? Diese versteckte Nacktheit, die hexenhafte Stimmung, das Ambiente des Feuers. Leni lief es erneut heiß über den Rücken. Sah er sie so? Wirkte sie so auf andere? War sie so? Wie wirkte sie auf andere? Sind deshalb die Kerle im Dorf so scharf auf sie? Und Bernd, der damals Sehnsüchte in ihr geweckt und begehrlich ihre Schenkel gestreichelt hatte. Hatte er sie auch so gesehen?

Eine zarte Wollust lief durch ihren Körper bei all diesen Gedanken. Sie glühte regelrecht, träumte davon, von einem Mann begehrt zu werden, ja noch mehr. Konnte sie wirklich Männer so stark erregen? Leni standen Schweißperlen auf der Stirn. Die Sonne brannte heiß, und sie lechzte nach Abkühlung. Sie schaute sich um. Hier war sie allein, wie immer. Sie zog sich aus und ging vorsichtig in das Wasser hinein. Es war erfrischend. Langsam, Schritt für Schritt bewegte sie sich vorwärts und ließ sich dann hineingleiten in das kühle Nass. Ihre Schwimmbewegungen waren zaghaft. Sie genoss es, den Spiegel des Wassers zu zerstören.

Sie schwamm bis ans andere Ufer, hörte das Zirpen der Vögel und das Quaken der Frösche. Sonst störte nichts die Idylle. Sie legte sich auf den Rücken, drückte ihren Kopf unter das Wasser. Die Abkühlung tat so gut. Und dann lag sie da, nackt, ließ sich einfach nur vom Wasser tragen. Ihr weißer Leib streckte sich fast sehnsüchtig der Sonne entgegen. Harte, helle Nippel zierten ihre festen Hügel und ragten vorsichtig aus dem Wasser hervor. Sie genoss es einfach, sich treiben zu lassen, sich den Träumen hinzugeben. Sie vergaß Zeit und Raum und merkte nicht, dass sie schon lange nicht mehr alleine war.

Johannes war ihr gefolgt, stand einfach nur da. Lässig lehnte er an einem Baum und beobachtete Leni. Sie konnte ihn nicht sehen, er aber sah, wie sie langsam aus dem Wasser stieg. Er betrachtete sie mit den Augen des Mannes, aber auch mit den Augen des Künstlers. Wie die Venus, die als Schaumgeborene den Wellen des Meeres entsteigt, so ging es durch seinen Kopf. In seinem Gesicht zuckte es, seine Augen nahmen einen eigenartigen Glanz an. Seine Hand umklammerte einen Ast, dass die Knöchel weiß hervortraten. Er konnte sich nicht sattsehen an dieser nackten Schönheit, die so unberührt wirkte und doch ein Feuer ausstrahlte, das es zu löschen galt.

Er betrachtete ihr nasses Haar, das jetzt fast bis an die Hüften reichte. Ihre wippenden Brüste, ihre zarte Scham, die weißen, festen Schenkel. Leni reckte die Arme in die Luft, als wolle sie die Welt umarmen. Wasser tropfte aus ihren roten Haaren und nässte das Gras. Die Sonnenstrahlen fingen sich in den roten, nassen Haaren.

Sie hörte ein Geräusch, blickte sich um und dann sah sie ihn. Für einen Moment stand die Zeit still. Kein Geräusch war mehr zu hören. Nur die Sonne brannte heiß, als wolle sie diesem Augenblick noch das richtige Feuer geben. Leni zuckte zusammen. Nur für einen Moment, dann griff sie erschrocken nach ihrem Kleid, das im Gras lag. Schnell streifte sie es über ihren nassen Körper. Dann stand sie da. Wie eine Nixe. Noch immer lief ihr das Wasser aus ihren dichten, lockigen Haaren. Es nässte das Kleid, das an ihrem feuchten Körper klebte. Es zeigte mehr, als es verdeckte.

Die Konturen ihrer Weiblichkeit mit den harten Brustwarzen waren nicht zu übersehen. Ihr runder Po, einfach alles. Sie präsentierte sich ihm nackt und war doch bekleidet. Die Schaumgekrönte pur. Die Hexe, die sich in der Welt der Naturgeister heimisch fühlt, die aus dem Wasser geboren ist und vom lodernden Feuer verschlungen wird. Sie stand nur da, starrte fast regungslos auf Johanns, der langsam auf sie zukam.

Sie sprachen kein Wort, schauten sich nur an. Zärtlich strich er ihr das tropfende Haar aus dem Gesicht. Wieder hielt er sie nur umschlungen und sie ließ es geschehen. Ihre Wangen waren gerötet. Sie verspürte Scham und Unsicherheit. Doch in diesem Moment, als er sie nun erneut in seinen Armen wiegte, war alles wie weggeblasen.

„Du bist so wunderschön Leni. Jeder Mann wird bei deinem Anblick verrückt. Du bist Aphrodite und die Heilige Walpurga zugleich. Man möchte es leben mit dir, die Hexe und die Heilige. Ich weiß, du wirst es mit mir leben. Nicht hier und nicht jetzt, obwohl ich im Moment danach giere, dich einfach nur zu nehmen. In dir das lodernde Feuer zu wecken, das Heilige aus dir zu vertreiben, die Hexe und die Lust zu entfachen, das ist es, was mich im Moment bewegt. Ich werde es nicht tun. Doch irgendwann werde ich unter dein Kleid fassen, deinen Schoß berühren, deine Schenkel streicheln und dich tanzen lassen.

So wie in der Walpurgisnacht, als wir am lodernden Feuer standen, als die Funken sprühten und ich deinem Charme erlag. Als ich dich sah als Künstler und als Mann. Heute hast du wieder beide Teile in mir erregt. Ich werde mich noch einmal zurückziehen und das Bild der Aphrodite malen, die nackt den Wellen entsteigt, die ein Kleid überstreift, das mehr zeigt, als verdeckt. Mit diesem Bild werde ich zurückkommen. Wenn die nächste Walpurgisnacht dich an das Feuer lockt, wenn der Ruf der Hexen und Kräuterfrauen dich erneut weckt werde ich da sein. Wenn dann die Flammen lodern wirst du in meinen Armen liegen und ich werde deine lustvollen Träume wahr werden lassen."

Die aufblühende Rose

Der Chef meines Vaters hatte ein großes Gestüt auf dem Land. Zwischen beiden bestand ein fast freundschaftliches Verhältnis und so blieb es nicht aus, dass wir auch immer mal wieder zu privaten Veranstaltungen eingeladen waren. Es gefiel mir sehr gut dort. Schließlich war ich eine Pferdenärrin und es gab für mich nichts Schöneres, als durch den Stall oder über die Koppel zu laufen und die Pferde zu streicheln. Als mir Doktor Wagner eines Tages anbot, hier einige Reitstunden zu nehmen, war ich sofort Feuer und Flamme. Er nahm mich bei der Hand, führte mich in den Stall und zeigt mir eine ruhige Stute. „Sie ist wie geschaffen für dich Luise. Der Stallbursche wird dir das Pferd satteln und dir die ersten Reitstunden geben." Jan, der Stallbursche, war nicht viel älter als ich. Er zeigte sehr viel Geduld und schon nach kurzer Zeit saß ich ganz gut im Sattel. Ich war hin und weg und wann immer mein Vater zum Gestüt fuhr, begleitete ich ihn. Auch in den Ferien durfte ich das Gestüt besuchen und die Stute Terrie wartete meistens schon auf mich. Doktor Wagner lebte hier allein mit seinem Personal. Er war ein Mann im stattlichen Alter, sehr gepflegt und sportlich. Ab und zu, wenn es seine Zeit erlaubte, begleitete er mich auf meinen Ausritten. Meistens aber war Jan an meiner Seite. Wir verstanden uns sehr gut. Er war einfach gestrickt und immer lustig. Ich erzählte ihm, dass in einigen Monaten private Veränderungen auf mich zukommen und ich dann nicht mehr so oft kommen kann. Er schaute mich etwas traurig an und dieser Blick machte mich ganz verlegen. Ich spürte schon seit geraumer Zeit, dass ich für Jan mehr war als nur die Pferdefreundin. Irgendwie fand ich ihn auch sympathisch, doch mehr konnte ich mir nicht vorstellen. Ich hatte keine großen Erfahrungen mit Jungs. Außerdem war ich so erzogen, Männer auf Distanz zu halten. Erst die Schule und Ausbildung, das Studium und dann sieht man weiter. Mein Vater lebte da so seine eigenen Vorstellungen und Jan war mit Sicherheit nicht das, was er für seine Tochter suchte.

Seit Jan wusste, dass ich nicht mehr so oft kommen würde, wich er mir kaum noch von der Seite. Oft stand er hinter mir und berührte mich leicht, er half mir in den Steigbügel oder fasste mich um die Hüften. Mir waren diese Berührungen nicht unangenehm und manchmal forderte ich ihn sogar richtig heraus mit meinen Blicken oder Gesten. Auf einmal machte mir das Spiel mit dem Feuer Spaß. Wie weit würde er gehen oder was würde ich zulassen?

Wir waren wieder einmal mit den Pferden unterwegs. Es war ein heißer Sommertag.

Nach einem langen Ritt stellten wir die Pferde zum Grasen in den Schatten. Jan holte die Pferdedecken, breitete sie aus und wir legten uns nieder, um auszuruhen. Auf einmal spürte ich, wie seine Finger nach meiner Hand griffen. Ich hielt die Augen geschlossen und rührte mich nicht. Ich merkte, wie er sich über mich beugte und ganz vorsichtig sein Mund meine Lippen berührte. Seine Zunge versuchte, meinen Mund zu erforschen, seine Hand schob sich unter meine Bluse. Er begann sie aufzuknöpfen und zärtlich meinen Brustansatz zu streicheln. Sanft küsste er mich und ich erwiderte zaghaft seinen Kuss. Als seine Hände immer fordernder wurden, richtete ich mich plötzlich auf. Bin ich denn verrückt geworden, was tat ich hier? Ich lag hier mit einem Stallburschen im Gras und ließ mir von ihm meine Brüste streicheln und mich küssen. Ich schob Jan resolut zur Seite, sprang auf, knöpfte meine Bluse wieder zu und ging zu den Pferden. Er trat hinter mich, fasste mich an den Schultern und sagte. „Sorry, wenn ich dich erschreckt habe!"

Im Stall angekommen half er mir wieder fürsorglich aus dem Sattel. „Ich warte heute Abend hier auf dich, ich weiß, du wirst kommen", raunte er mir ins Ohr. „Das geht nicht, Doktor Wagner gibt ein Fest", stotterte ich.

Ich war total aufgewühlt, als ich für den Abend das Kleid wählte, das ich bereits zu meinem Abschlussball getragen hatte. Der leichte, fließende Stoff betonte meine Figur, die lockigen dunklen Haare hingen lang über meine Schultern. Ich war mit meinem Aussehen zufrieden. Als ich an der Seite meines Vaters die Empfangshalle betrat, waren viele Blicke auf mich gerichtet. Es machte mich stolz aber auch verlegen. Mein Vater drückte beruhigend meine Hand. Als Doktor Wagner auf mich zukam und mir galant die Hand küsste, stieg mir eine leichte Röte ins Gesicht. „Was für ein Augenschmaus meine liebe Luise! Mir war schon immer klar, dass sich hinter der kessen Reiterin eine bezaubernde kleine Dame verbirgt." Bei seinem Handkuss blickte er mir tief in die Augen. Ich sah ihn auf einmal in einem ganz anderen Licht. Seine gebräunte Haut, die stattliche Figur, die grau melierten Haare. Ich war fasziniert von ihm. Sein männlicher Duft blieb mir an diesem Abend noch lange in der Nase.

Diese schöne laue Sommernacht weckte in mir ein unglaubliches Feeling. Es roch nach Sommer, nach Feld und Wiese. Doktor Wagner forderte mich zum ersten Tanz auf. Meine Knie zitterten, als sich sein Arm um meine Taille legte. Nur vorsichtig hob ich meinen Kopf und blickte in ein glänzendes Augenpaar. Sein Blick ging mir durch und durch. Meine Hand wurde feucht und ich war fast nicht in der Lage, in den Tanzrhythmus zu finden. Er war ein großartiger Tänzer und schon bald schwebte ich mit ihm über die Tanzfläche. Noch lange nach diesem Tanz drehte sich alles in meinem Kopf. Ich trank das eine und andere Glas Sekt. Es machte mir Spaß lustig zu sein und zu flirten. Allerdings hatte ich auch immer noch eines im Hinterkopf, das war Jan. „Ich erwarte dich im Stall", höre ich immer wieder seine Worte. Der Sekt machte mich leicht beschwipst und nach einer längeren Tanzrunde war ich total erhitzt. Die vielen Eindrücke machten mir zu schaffen. Die Nähe von Dr. Wagner, seine Blicke und Komplimente brachten mich durcheinander.

In einem günstigen Augenblick verließ ich den Garten und machte mich auf den Weg zu den Stallungen. Ich sah schon von weitem Licht brennen. Das große Tor war geöffnet, ich ging zögernd hinein und sah Jan bei den Pferden stehen. „Hallo Jan", rief ich zaghaft. Er drehte sich um und staunte nicht schlecht, als er mich erblickte. „Wow", sagte er, „damit habe ich nicht gerechnet aber ich habe es gehofft! Du siehst super aus!" Er kam einen Schritt auf mich zu, nahm meine Hand, drehte mich dann im Kreis und betrachtete mich von allen Seiten. „Was für eine kleine Schönheit findet denn hier den Weg zu mir!" Er lachte dabei wie immer sein verschmitztes Lachen. Ich warf den Kopf zurück, drehte mich, war einfach glücklich. Ich spürte wieder den Alkohol, schwankte leicht und ließ mich einfach in Jans Arme fallen. Er hielt mich fest und tastete mit seinen Blicken mein Gesicht ab. „Ich möchte dich küssen", flüsterte er leise. „Dann tu es doch", lockte ich ihn. Fest umschlossen seine Lippen meinen Mund. Er hob mich hoch und trug mich in den seitlichen Teil des Stalles. Etwas unsanft legte er mich ins Heu und küsste mich wieder. Mir wurde flau im Magen, mein Kopf drehte sich, als ich spürte, wie seine Hand sich in meinen Ausschnitt schob und meinen Busen berührte. Er umfasste ihn fest, drückte ihn leicht zusammen, hob ihn aus meinem Ausschnitt und begann, mit seiner Zunge über meine Brustwarze zu lecken. Ich spürte ein eigenartiges Kribbeln zwischen meinen Beinen. Der Griff seiner Hand an meinen Brüsten wurde immer begehrlicher. Mein Stöhnen reizte ihn. Vorsichtig schob er mein Kleid hoch und streichelte meine Schenkel. Ich lag ganz still da, mein Kopf war zu keinem Gedanken fähig. Ich wollte auch nicht denken, sondern mich nur dem unwiderstehlichen Moment hingeben. Meine Gefühle konnte ich kaum noch richtig zuordnen. Unsicher berührte er für einen kurzen Moment mein Allerheiligstes. Seine Finger zitterten, als er versuchte, in meinen Slip zu fassen. Ich war hin und her gerissen von einer starken Lust aber auch von der Angst, was da jetzt kommt. Sollte ich es zulassen? Oh Gott! Was für ein Gefühl. Seine Hand war in meinem Slip, seine Finger teilten meine Spalte. Ich zitterte, Hitze stieg in mein Gesicht. Ich stöhnte leise. Seufzend genoss ich erneut einen zärtlichen Kuss. Wie von alleine öffneten sich meine Beine. Mein Atem ging schneller, meine Gedanken überschlugen sich. Ich gab mich dem Feeling hin, dieser heißen Lust, die in diesem Moment durch meinen Körper zog. Ich saugte seine zärtlichen Worte auf, genoss sein intimes Streicheln und doch packte mich eine Unruhe. Es war, als würde ich die mahnenden Worte meines Vaters hören. Und dann war da noch ein Gesicht. Ja, oh ja, es war das Gesicht von Dr. Wagner, der mich mit seinen hellen blauen Augen fast vorwurfsvoll betrachtete. Was tat ich, mein Gott was tat ich hier? Im Haus war ein großes Fest, auch für mich und ich lag hier um mich dem Stallburschen lüstern hinzugeben. Die warten sicher auf mich, was wenn sie mich suchen, wenn jetzt jemand kommt und sie sehen wie ich mich breitbeinig dem Stallburschen anbiete?

Aber er ist so süß, so lieb und ich will es spüren, will die Leidenschaft endlich leben. Alles in mir vibrierte. Ich hätte am liebsten laut geschrien: „Ja, ja, mach es mir, dring endlich in mich ein damit ich das Gefühl erlebe." Doch ich wagte es nicht, schaute Jan an, der mir zärtlich eine Haarsträhne aus dem Gesicht strich. „Was ist los Luise?"

Ich schüttelte nur den Kopf, wollte nicht antworten. „Ich muss zurück", meinte ich nur und krabbelte aus dem Heu. Jan umspannte mein Handgelenk. „Geh nicht Luise!" Sein Blick ging mir durch und durch. Ich stellte mich auf die Zehenspitzen und küsste ihn sanft auf den Mund. Sprechen konnte ich nicht. Ich lächelte zaghaft, strich mein Kleid glatt und schnippte die Heubüschel weg. Ohne mich noch einmal umzudrehen, ging ich mit schnellen Schritten zurück zum Herrenhaus.

Das Fest war in vollem Gange. Ich schlich mich zur Seitentüre hinein, eilte auf mein Zimmer. Wie ich aussah! Das Kleid war zerknittert, mein Haar zerzaust und die Wangen gerötet. So konnte ich mich nicht bei den Gästen sehen lassen. Was würde mein Vater sagen und dann Doktor Wagner? Ich machte mich zurecht, kramte in meinem Kleiderschrank, schob die Kleiderbügel hin und her, um etwas Passendes zu finden. Viel hatte ich nicht dabei. Kurzerhand entschied ich mich für eine enge schwarze Hose mit etwas Glitzereffekt und ein helles, durchsichtiges Oberteil, das meine weiblichen Reize unterstrich. Jetzt noch die Haare hochgebunden, meine raffinierten Sandalen dazu. Ich sah perfekt aus. Ganz anders als vorher. Jetzt war ich die junge, lustige Luise, die ich immer war. Irgendwie fühlte ich mich wohler als in dem Abendkleid. Mein Outfit konnte sich sehen lassen und ich war auf den Augenblick gespannt, wenn ich mich erneut zu den Gästen gesellte. Ich werde einfach so tun, als wäre nichts gewesen. Obwohl, innerlich war ich noch sehr aufgewühlt. Mein Unterleib registrierte immer noch eine feine Erregung, wenn ich an Jan dachte und wie ich mich im Heu mit ihm vergnügt hatte. Schlimm, schlimm, dachte ich, du bist ein unanständiges Mädchen, Luise. Dann musste ich innerlich lachen, alle Anspannung war vorbei. Was soll´s, ich bin jung, frei, kann machen, was ich will. Und das Spiel mit der Liebe reizte mich. Warum also soll ich es nicht genießen?

Ich warf noch einen Blick in den Spiegel und eilte nach unten.

Die meisten Gäste befanden sich im Garten. Fackeln brannten und die zahlreichen gedämmten Gartenlichter hüllten alles in ein verzaubertes Ambiente. Der erste, der mir über den Weg lief, war Doktor Wagner. Er lachte, als er mich sah. „Hoppla", meinte er, „die Dame des Abends hat sich zu einem süßen Mädel gemausert. Ich glaube du kannst tragen was du willst, du schaust immer verführerisch aus", lachte er. „Wir haben dich schon vermisst. Hast du noch mal nach den Pferden gesehen? Dein Vater meinte, du seiest Richtung Stall gelaufen."

„Ja", stotterte ich verlegen. „Und, warst du allein oder hast du Jan getroffen?" Ich errötete, fühlte mich ertappt. Der etwas lauernde Blick von Doktor Wagner ging mir durch und durch. „Du wirst doch mit ihm nicht im Heu gelegen haben", meinte er lachend, als er meine Verlegenheit sah. Er hob drohend den Finger. „Ich fühle mich für dich verantwortlich und möchte nicht, dass dich unser Stallbursche verführt." Wieder dieser lauernde Unterton. Ich schüttelte nur den Kopf und achtete darauf, ihm nicht in die Augen zu sehen. „Ich bin nur mit meinem Kleid hängen geblieben, es hat einen Riss, deshalb habe ich mich jetzt umgezogen. Jan war nur kurz da, er hat heute noch etwas vor." Wie gut ich doch lügen konnte, dachte ich für mich und strich mir mit dem Handrücken über die Stirne. Feine Schweißtropfen hatten sich gebildet. Mein Herz klopfte. Eigentlich wollte ich weitergehen, doch es gelang mir nicht.

Ich stand einfach nur da, sah ihn an, senkte den Kopf. Doktor Wagner hob mein Kinn, streichelte mit dem Daumen über meinen Hals. Sein Blick schnürte mir die Kehle zu. Als sich seine warme Hand in meinen Nacken legte, wurde mir heiß und kalt. Ich atmete schwer. Er blickte auf meine Brust, die sich hob und senkte. Sein Streicheln im Nacken beruhigte mich.

„Du bist verdammt heiß", weißt du das. „Du verdrehst den Männern den Kopf. Nicht nur Jan", raunte er. Fest legte sich sein Arm um meine Schulter. „Wollen wir etwas trinken?" Ich nickte, merkte, dass ich durstig war. Meine Kehle war trocken. Für einen Moment sah ich nur ihn. Ich roch sein Aftershave, seine Männlichkeit, die er ausstrahlte. Seine Hand, die mich am Oberarm berührte, war etwas kühler als vorher. Er war so ganz anders als Jan. So männlich. Er hätte mich sicherlich im Stall nicht gehen lassen. Er hätte mich genommen wie ein richtiger Mann, schoss es mir mit einem Mal durch den Kopf. Hätte ich für ihn auch so lüstern die Beine gespreizt, mich von ihm an meinen intimsten Stellen berühren lassen? Was wäre geschehen im Heu? Ich zitterte innerlich. Alles in mir war angespannt.

„Komm Luise", meinte er und führte mich zur Bar, brachte mir ein Glas Sekt, das ich auf einen Zug austrank. Einige Gäste waren inzwischen weg. Auch mein Vater war bereits auf sein Zimmer gegangen. Die Band spielte einschmeichelnde Musik. Doktor Wagner führte mich zur Tanzfläche. Ich überließ mich wieder seiner Führung. Sein Griff war jetzt etwas fester, ja sogar besitzergreifend. Ich war ausgelaugt von all den Eindrücken. Erschöpft lehnte ich meinen Kopf an seine Schulter, ich schloss die Augen und lauschte den zärtlichen Weisen. Er streichelte meinen Rücken. Sein Atem an meinen Ohren weckte wieder eine heiße Begierde in mir. Jetzt allerdings ganz anders als bei Jan. Ich seufzte tief.

„Geh rein Luise", flüsterte er. „Ich verabschiede mich nur noch von den restlichen Gästen. Nimm dir im Wohnzimmer ein Glas Wein und warte dort auf mich." Seine Worte waren so einschmeichelnd, so bestimmend. Oder waren sie fürsorglich? Ich wusste es nicht. Ich spürte nur, dass ich nicht mehr ich war. Es war, als wäre ich in einer anderen Welt, als würde ich auf Wolke sieben schweben. Warum ich das tat, was er sagte, wusste ich nicht. Ich tat es einfach. Er wirkte so besorgt um mich und das tat gut. Ich spürte aber auch, dass ich ihn als Frau reizte und das wiederum machte mich an. Was kam hier auf mich zu? Ich wollte es nicht wissen, wollte mich einfach testen. Er, der große Doktor Wagner, der Chef meines Vaters stand auf mich. Oder bildete ich mir das nur ein? Warum aber schickte er mich ins Wohnzimmer? Da will er doch mit mir allein sein oder nicht? Und warum verabschiedete er sich von den restlichen Gästen, er war doch schließlich der

Gastgeber? Tausend Gedanken sausten durch meinen Kopf. Aber eigentlich wollte ich nicht denken.

Suchend schaute ich mich im Wohnzimmer um. Es war ein pompöser Raum, zum Teil mit antiken Möbeln. Ein großer Ohrensessel fiel mir auf. Lächelnd ließ ich mich hineinplumpsen in das bequeme Stück. Ich fühlte mich richtig wohl, schloss träumend die Augen. Dann schweifte mein Blick erneut hin und her. Wo stand der Wein? Ich sollte mir doch ein Glas Wein einschenken. Langsam erhob ich mich. Mein Blick tastete den Wandschrank ab, die Bilder an den Wänden. Seitlich stand ein eingebauter Kühlschrank, daneben eine kleine Bar.

Ich verstand wenig vom Wein, griff deshalb lieber zu einer Flasche Sekt, die schön gekühlt war. Ich ließ den Korken richtig knallen. Irgendwie machte mir das alles eine diebische Freude. Auch kam ich mir total erwachsen vor in diesen heiligen Hallen und doch so herrlich unbekümmert, jung und verrückt.

Ich saß in dem großen tiefen Sessel, als er kam. In der Hand hielt ich das Glas mit Sekt, ich hatte es fast ausgetrunken. Eigentlich schon die halbe Flasche. Ich habe einfach vor mich hingeträumt, mich an den Moment mit Jan erinnert. Was der jetzt wohl macht? Was denkt der von mir? Dass ich blöd bin oder feige, oder dass ich ihn nicht will? Ich weiß nicht, ob ich ihn will. Jan ist einfach Jan. Er ist so unkompliziert, immer lustig und seine Küsse, sein Streicheln und seine Fingerspiele haben mich gereizt. Ja, es hat mir gefallen. Warum lief ich weg und was will ich jetzt hier? Dieser Doktor Wagner war das Gegenteil von Jan. So total männlich. Ein heißer Typ mit seinen grauen Schläfen. Und wie der mit mir gesprochen hat!

Ich merkte nicht, dass Doktor Wagner im Türrahmen stand und mich beobachtete. Für einen kurzen Moment erschrak ich. Gespannt beobachtete ich, wie er durch den Raum schritt. Unsere Blicke trafen sich. Ich schluckte. Wie er mich ansah. Dieser spöttische Zug um seinen Mund ärgerte mich. Lachte er mich aus? Er stellte sich leise hinter mich und massierte zärtlich meine Schultern. Es gefiel mir. Genüsslich legte ich den Kopf in den Nacken und schloss die Augen.

„Was hat meine kleine Luise im Stall mit Jan getrieben?" Seine Stimme war lauernd. Die Frage machte mich verlegen, ich hatte sie nicht erwartet. „Hat er dich berührt? Hier an deinen Brüsten?" Doktor Wagner schob eine Hand in meinen Ausschnitt, strich zärtlich über meine festen Hügel. Ich wagte kaum, zu atmen. „Sag es mir Luise, hat er dich berührt, geküsst oder sogar noch mehr?" Ich konnte nicht antworten. Was sollte ich sagen? Dass ich für Jan am liebsten die Beine gespreizt hätte?

Seine Hände streichelten mich sanft, sein Finger berührte meine Lippen. Ich stöhnte bei diesen zarten Berührungen und schluckte schwer. Ich wollte mehr davon haben. Es war, als ob er fühlte, was in mir vorging. Er zog mich hoch, nahm mir das Glas ab und zog mich zu sich heran. „Du bist ein zauberhaftes Geschöpf und ich möchte, dass du mir gehörst!" Ich lag willenlos in seinen Armen. Sein Mund liebkoste mein Gesicht, meinen Hals. Ich ließ es zu, dass er mir mein dünnes Oberteil an den Schultern herab streifte. Zärtlich glitten seine Lippen über meine brennende Haut.

Wieder trafen sich unsere Blicke. Seine Augen waren dunkel, fragend. „Wer bist du", flüsterte er an meinem Ohr. „Bist du ein Vamp oder eine neugierige junge Frau die es wissen möchte?" Ich lachte, fühlte mich irgendwie geschmeichelt, herausgefordert. Ja, ich wollte es wissen. Wie weit würde er gehen dieser Doktor Wagner, der Boss von meinem Vater? Mach ich ihn an? Ich genoss den Reiz und bekam doch weiche Knie, als sich seine kräftige Hand in den Bund meiner Hose schob. Ich bewegte mich nicht. Hielt regelrecht den Atem an. Seine suchende Hand glitt über meinen Venushügel, seine Finger schoben sich langsam durch meine Spalte.

Noch angetan von den Berührungen durch Jan wurde ich sofort wieder feucht. „Hat er dich hier berührt", flüsterte er an meinem Ohr. „Ist er bis hierhin vorgedrungen oder noch weiter?" Seine Stimme war rau und seine Hand zog sich zurück. Ich zitterte. Da war wieder dieses spöttische Lächeln. Ich wurde verlegen. Fest nahm er mich in den Arm. Ich spürte seine Hände auf meinem Rücken. Eine wohlige Wärme drang durch den dünnen, durchsichtigen Stoff meiner raffinierten Bluse. Ich wünschte mir, er möge mich nie mehr loslassen. Mir tat seine Nähe so gut. Er gab mir Sicherheit. Seine Hände glitten über meine Taille, meine Hüften. Dann zog er mich aus, einfach so. Ich ließ es geschehen, wollte es. Ich war neugierig, angespannt und heiß. Heiß auf diesen Mann, der es verstand, in mir ein Feuer der Leidenschaft und eine maßlose Neugier zu wecken. Er knöpfte meinen BH auf, zog ihn mir aus, streifte mir den Slip ab. Ich beobachtete sein Tun. Er trat einen Schritt zurück und betrachtete meinen nackten Körper. Seine Stimme war belegt, als er mich bat, mich im Kreis zu drehen. Mein Körper zitterte, irgendwie machte sich Angst breit, Unsicherheit, Gefühle, die ich nicht deuten konnte.

Er setzte sich in den großen Sessel. „Komm zu mir Luise", bat er mit rauer Stimme. Ich gehorchte und stellte mich vor ihn hin.

„Hat dich Jan berührt", wollte er wissen. Dabei schluckte er schwer. Ich nickte mit dem Kopf. „Hat er dich hier berührt?" Er legte seine breite, warme Hand auf meine Vagina. Ich nickte wieder. „War sein Finger in deiner Spalte? Komm zeig es mir?"

Ich konnte nicht antworten, aber ich fand es total erregend, was er mit mir machte. Er zog mich noch näher zu sich, streichelte erneut meinen Körper, meine kleinen Brustwarzen, die unter seinen Fingern richtig aufblühten. Seine Hände glitten über mein Becken, hin zu meiner zitternden Vagina. „Du bist herrlich feucht Luise, dein Schoß blüht auf wie eine Rose. Ich möchte den Duft schmecken, darf ich das?" Heiße Röte stieg in mein Gesicht. Ich wurde verlegen, unsicher, doch ich nickte.

Wieder hielt er mich umfangen. Ich konnte ihn riechen, fühlte den Stoff seines Hemdes auf meiner nackten Haut. Vorsichtig nahm er meine Hand, legte sie zwischen seine gespreizten Beine. Ich spürte seine Männlichkeit, die pochend nach außen drückte. Zunächst unsicher berührte ich zaghaft das kräftige Mittelstück, das seine Hose ausbeulte. Doch als sich unsere Blicke trafen und ich sah, wie sich die Leidenschaft in seinen Augen spiegelte, wurde ich mutig. Er führte sanft meine Hand und er stöhnte leise, als ich langsam seinen Freudenspender streichelte.

Nicht Jan war es, für den ich die Beine spreizte. Jan war vergessen. Die starke Männlichkeit und die sanften Berührungen von Doktor Wagner raubten mir die Sinne. Er war es, der meine Weiblichkeit weckte, meinen Schoß zum Kochen brachte. Ich weiß nicht mehr was geschah und wie es geschah. Ich gab mich einfach diesem lauernden Gefühl hin, seinen Zärtlichkeiten, die mir die Angst und alle Hemmungen nahmen.

Er war es, der meinen Schoß eroberte und eine bisher unbekannte Weiblichkeit in mir erweckte. Ich gab mich diesem geilen Gefühl hin, seinen Zärtlichkeiten, seiner Lust. Er nahm mich, so wie ich es mir immer erträumt habe.

In dieser Nacht blieb mein Zimmer leer. Ich verbrachte die ganze Nacht bei ihm in seinem Schlafzimmer. Ich war nicht mehr die kleine Luise. Ich war eine Frau, die liebte und begehrte, die aus ihrem Dornröschenschlaf erwacht war. Doktor Wagner hat Sehnsüchte geweckt, meinen Körper aufgepeitscht und eine nie gekannte Lust in mir geweckt. Er hat meine Knospen zum Blühen gebracht und die lüsterne Rose in dieser Nacht bestäubt.

Eine lange, schöne Zeit folgte. Ich genoss unsere Liebe, unsere gemeinsamen Unternehmungen. Es störte mich nicht, dass die Leute munkelten, das junge Ding und der Doktor Wagner. Auch nicht, dass Jan enttäuscht das Gestüt verließ. Ich lebte und liebte bis ich nach einiger Zeit andere Wege ging.

Die Brut des Dämonen

Stockdunkel war die Nacht. Wilder Sturm peitschte den Regen durch das Land. Eine junge Frau kämpfte sich mühsam durch das tobende Unwetter. Sie führte ihr Pferd am Halfter, klammerte sich daran fest, um nicht vom Sturm umgerissen zu werden. Sie konnte sich kaum noch auf den Beinen halten, als sie in der Ferne einen Lichtschimmer erblickte. Schemenhaft tauchten die Umrisse einer Hütte vor ihr auf. Mit letzter Kraft schleppte sie sich dort hin. Eine alte, kleine, an den

Fels geduckte Kate war ihre Rettung. Vor der Türe brach sie zusammen. Das Pferd begann laut zu wiehern und schlug mit seinen Hufen gegen die Tür. Im Inneren rührte sich etwas. Ein Hüne von Mann öffnete. Seine Gestalt füllte fast den ganzen Eingang aus. Er wich zurück als er das schnaubende, sich wild gebärdende Pferd sah. Erst auf dem zweiten Blick erkannte er die zusammengekauerte Frau zu seinen Füßen. Er hob sie hoch und trug sie in die Mitte des Raumes. Das Kerzenlicht flackerte schemenhaft, warmes Feuer knisterte im Kamin. Über der alten Feuerstelle hing ein eiserner Kessel, in dem eine wohlriechende Flüssigkeit brodelte. Er legte die leichte Gestalt in der Ecke, auf die gemeinsame Lagerstatt aus Stroh ab. Die Alte, die am Tisch gesessen und alles beobachtet hatte, zog der Fremden die nassen Kleider aus und wickelte sie in eine raue Decke. Virina fiel sofort in einen tiefen Schlaf. Sie merkte nicht, wie die beiden Alten sich später zu ihr legten.

Schon früh am Morgen stand die Alte auf und ging in den Stall, um die einzige Kuh zu melken. Auf dem Strohlager grunzte und schnarchte der Alte noch in seiner Ecke. Er drehte sich im Schlaf und spürte einen Körper neben sich. Da er gerade am Wachwerden war und eine dicke Morgenlatte hatte, griff er danach. Ihm war danach, seine Lanze im Schoß seiner Alten zu versenken. So würde der Tag für ihn gut beginnen. Schon wollte er sich über den Körper neben sich legen und sich zwischen die Beine schieben als er merkte, dass hier etwas anders war als sonst.

Er blinzelte zur Seite und erkannte die Fremde von letzter Nacht. Sie lag immer noch in tiefem Schlaf. Die raue Decke war verrutscht und gab ihre bloßen Brüste frei. Seine Lanze pochte, die Gier packte ihn und sein Atem ging heftig. Er war auf einmal hellwach. Seine großen Pratzen zogen die Decke noch etwas mehr zur Seite. Jetzt lag die Fremde nackt vor ihm. Ihr schwarzes langes Haar umrahmte einen zierlichen Körper. Ihre zarten Brüste mit den prallen Knospen sprangen ihm entgegen. Schon wollte er zufassen, als sich die Fremde bewegte. Sie öffnete ihre Beine, so als wollte sie ihn auffordern, seine Lanze in ihrer zart behaarten Weiblichkeit zu steccken. Die ersten Lusttropfen traten aus seinem Schweif, den er bereits fest in seiner Hand hielt. Er brauchte ihr jetzt nur noch die Beine etwas weiter zu spreizen und schon konnte er zustoßen und seinen Saft in ihre kleine Gruft schießen.

Ihm wurde heiß, der Schweiß trat ihm auf die Stirn, als seine Finger die zarte Lustbarkeit berührten. Feucht war dieser Genusshügel, der Nachtschweiß nässte ihre Schenkel. Mit einem schmatzenden Laut wollte er ihren Schoß heben um in sie einzudringen, als er von draußen Geräusche hörte. Die Alte kam mit der Milch zurück. Rasch deckte er den Körper der Schlafenden zu. Sein Gerät stand immer noch wie ein Pfeil. „Dann muss eben die Alte herhalten“, dachte er sich. Als sie den Eimer abgestellt hatte, drückte er sie bäuchlings über den Waschtrog und schob ihr den alten schweren Leinenrock hoch. Da sie eh nichts darunter trug war es ein leichtes für ihn, seine Genusswurzel ohne Vorwarnung von hinten in ihr Nest zu stecken und sie mit kurzen kräftigen Stößen zu begatten. Seine Lust war schnell befriedigt. Sein Gerät wischte er an ihrem Hintern ab und setzte sich dann an den Tisch.

Kurz darauf kam auch die Fremde zu sich. Sie blinzelte und blickte erstaunt um sich. „Wo bin ich? Wie komme ich hierher?" War ihre zarte Stimme zu vernehmen. „Der Sturm heute Nacht hat dich hierher verschlagen? Wenn du dein Pferd suchst, es steht nebenan im Stall. Sag, woher kommst du? Eine so junge Frau nachts allein, ohne Begleitung. Wo es doch hier von Wegelagerern nur so wimmelt", fragte die Alte. „Ich komme vom Dorf der Fischer. Mein Vater schickt mich, ich soll der Frau des Burgvogtes bei ihren Kindern zur Hand gehen", antwortete das Mädchen zaghaft. „Hüte dich! Auf der Burg geht es nicht mit rechten Dingen zu", keuchte der Alte. „Mira, die Frau des Vogtes, ist eine Hexe und treibt es mit Dämonen. Darum hat sie nicht genug Zeit für ihre Kinder. Er ist im ganzen Land unterwegs und nur selten da. Wer also soll den heißen Schoß der Hexe besamen wenn die Leibesfrucht vor Lust glüht, ha, ha, ha!" Er lachte rau und hämisch „Nimm dich in acht vor den Dämonen, wenn ihre Klauen dich umfassen, dann gibt es kein Entrinnen mehr. Du wirst diese Teufel nicht erkennen, denn nur zu bestimmten Zeiten nehmen sie menschliche Gestalten an, dann suchen sie ihr Opfer und verschlingen es in ihrer Gier nach fleischlicher Lust. Sie füllen deinen Schoß mit ihrem Samen und warten bis du die Brut ausgebrütet hast, um sie dir dann zu entreißen."

„Woher wisst ihr das", fragte Virina ängstlich. Er lachte: „Wenn ich es nicht weiß wer dann? Seit meiner Kindheit arbeite ich auf der Burg als Wald- und Pferdeknecht. Der Vogt verlässt sich auf mich und auch die Hexe hält große Stücke auf mich. Ich bekomme alles mit und habe ihr schon oft mal in gefährlichen Situationen geholfen. Lektra, der Hauptdämon, ist ihr Favorit." „Wie sieht er aus", flüsterte Virina. „Er zeigt sich nur zu bestimmten Zeiten. Seine Augen sind wie glühende Kohlen, pechschwarze Haare umrahmen einen kantigen Kopf. Sein Gesicht ist wettergegerbt und sein Kinnbart und Oberlippenbart unterstreichen seine Männlichkeit. Seine Hände sind wie Klauen und seine Haut wie ein Reptil." „Woher kennst du ihn?" „Ich habe ihn schon im hinteren Teil des Burgverlieses beobachtet, wie er die Hexe begattet hat. Ihre wollüstigen Schreie waren weit zu hören. Ich ging den Geräuschen nach und sah sie, die Hände an Seilen gebunden, mit den Armen nach oben an der Decke befestigt. Im Feuerschein sah es aus, als würde ihr nackter Körper glühen. Lektra stand da mit entblößtem Unterleib. Zwei Dämonen hoben sie an den Beinen hoch, spreizten sie und zeigten Lektra ihre reife Lustgrotte. Mit einem animalischen Schrei stieß er mit einem Ruck seine Lanze in ihre triefende ausgehungerte Frauenhöhle. Als er gegen ihren Muttermund stieß war sie kaum mehr zu halten. Ihr Gesäß bäumte sich immer und immer wieder auf. Er gab ihr alles. Ja sie ist ausgehungert denn der Vogt ist selten da und sie will nur eines, immer wieder befriedigt werden." Der Alte lachte noch lauter, stand auf und sagte: „Wenn du willst kannst du mit mir mitkommen. Ich zeige dir den Weg."

Es war noch früh am Tag, als sie die Burg erreichten. Kein Mensch war zu sehen. Der Alte wusste genau, wohin es ging und führte die junge Frau in den großen Empfangshof der Burg. Obwohl die Sonne schien, fröstelte es Virina. Alles wirkte düster, ja sogar etwas unheimlich. Das, was der Alte ihr am Morgen erzählt hatte, ging ihr durch den Kopf. Ja es machte ihr Angst. Oder ob das alles nur gelogen ist? Virina zitterte. Eine Zofe der Herrin nahm sie in Empfang und brachte sie zu ihren Gemächern. Dabei musterte sie das Mädchen von Kopf bis Fuß. Virina spürte einen Luftzug, stand auf und drehte sich um. Vor ihr stand Mira, die Frau des Vogtes. Sie war von atemberaubender Schönheit. Groß und stolz stand sie da. Ihr ebenholzfarbenes Haar war kunstvoll hochgesteckt und gab einen langen, weißen Hals frei. Ihre fast grünen Augen hatten einen ganz besonderen Glanz und die vollen roten Lippen gaben ihr eine sinnliche Ausstrahlung. Ihre schlanke, große Gestalt war umhüllt von einer purpurfarbenen Samtrobe mit Gold- und Silberfäden. Virina versank in einen tiefen Knicks und senkte die Augen. Eine feste und doch wohlklingende Stimme erklärte ihr genau, was sie zu tun hatte und schickte sie dann mit der Zofe hinaus.

Virinas Zimmer lag etwas abseits bei den Räumen der Kinder. Die Tage gingen ins Land Sie gewöhnte sich gut ein, die Kinder liebten sie und die Herrin war zufrieden. Ihre Kammer war klein und dunkel und sie ließ nachts die Türe offen, um zu hören, falls mit den Kindern etwas wäre. Die Nächte waren düster und unheimlich. Die Erzählungen von dem Alten hatte Virina nicht vergessen. Jedes Geräusch ließ sie aufschrecken und oftmals hatte sie im Schlaf das Gefühl, nicht allein zu sein. Oft war sie morgens nicht zugedeckt oder ihr Nachtgewand hochgeschoben. Doch sie dachte sich nichts dabei.

Auch diese Nacht spürte sie wieder einen Luftzug, hatte das Gefühl, als würde jemand auf ihrer Bettkante sitzen. Es roch nach Schwefel und sie meinte, glühende Augen zu sehen. Etwas zog ihr die Decke weg und sie hörte eine krächzende Stimme: „Komm Virina, folge mir!" Ein Lichtschein bewegte sich und Virina ging wie im Traum nach. Barfuß lief sie durch zahlreiche Gänge, als sich plötzlich ein großer, von zahlreichen Fackeln beleuchteter Raum auftat. Was sie jetzt sah, ließ ihr das Blut in den Adern gefrieren. Ihre sonst so stolze Herrin hing halb nackt, an Seilen gebunden, mitten im Raum. Blut lief über ihren Körper, ihr Blick hatte einen dämonischen Ausdruck. Sie zerrte an ihren Fesseln und lachte schrill. Sie hörte eine ihr bekannte Stimme: „Bindet sie ab, badet sie und bringt sie in ihre Kemenate. Für diese Vollmondnacht hat sie genug!" Jetzt erinnerte sich Virina. Ihre Herrin hatte sie beauftragt, in den drei Vollmondnächten gut auf die Kinder zu achten, denn in diesen Nächten ist Besuch angesagt, dem sie sich voll widmen muss und sie wird in dieser Zeit nicht zu sprechen oder für jemanden da sein. Aber was geschieht hier, was ist das für ein Besuch?

Der Alte hatte von Dämonen gesprochen, die menschliche Gestalt annahmen. Virina stand da, in sich zusammengekauert. Ihr war kalt in ihrem dünnen langen Leinenkleid. Auf einmal spürte sie, dass jemand hinter ihr stand. Ein heißer Atem streifte ihren Nacken. Es roch erneut nach Schwefel und sie glaubte, der Teufel würde hinter ihr stehen. Klauen wie von einem Reptil umschlangen ihre Oberarme, eine gespaltene Zunge berührte ihre Ohren und ihren Halsansatz. Raue Worte klangen an ihrem Ohr: „Du bist das Ebenbild der Hexe, du wirst meine Brut austragen, denn sie kann es nicht mehr. Heute ist Vollmond die Nacht der extremen Lust. Ich nehme dich jetzt und ich weiß, dass du nur auf mich gewartet hast. Dein Vater wusste, dass du die Auserwählte bist und er hat dich mit einem Vorwand hierher geschickte. Ich werde dich jetzt begatten! Ich bin Lektra, der König der Dämonen Aaahhh!" Ein Feuerstrahl schoss gegen das dunkle Gewölbe. Er setzte eine Klaue an ihrem Ausschnitt an und riss ihr das Nachtgewand entzwei. Er berührte ihren Schoß. „Deine Scham glüht, so wie jede Nacht. Seit du hier bist habe ich dich in deinem Gemach aufgesucht. Ich habe die Decke weggezogen und deine nackte Schönheit bewundert, deine Beine gespreizt und dich mit meiner gespaltenen Zunge befriedigt! Ich durfte dich nur berühren, aber nicht begatten und besamen. So will es das Gesetz der Dämonen. Doch heute ist die Nacht gekommen, auf die ich so lange gewartet habe."

Lektra hob Virina hoch, trug sie nach nebenan. Ein gespenstisches Gewölbe tat sich auf. In der Ecke loderte in einem riesigen Kamin ein großes Feuer. Es war warm und nur der Schein des Feuers erhellte den Raum und malte bizarre Bilder an die verkohlten, rauen Wände. Er ließ sie nieder auf einer großen, mit Samt bezogenen Liegestatt und vielen Kissen. „Hast du schon den Kratzer auf deinem linken Schenkel entdeckt? Er stammt von letzter Nacht, da habe ich deinen Schoß geöffnet. Ich wollte wissen, was mich heute erwartet." Wieder lachte er und seine Stimme hallte verzerrt durch den Raum. Das schwarze lange Haar umrahmte Virinas bleiches Gesicht, das Kleid zerrissen, die Beine geöffnet lag sie vor ihm. Sie zitterte am ganzen Körper. Kein Laut kam über ihre Lippen, sie war wie gelähmt. Seine großen, klauenartigen Hände fühlten sich an wie die Schuppen eines Reptils. Sie waren rau und hart. Suchend glitten sie über ihre Haut und erforschten ihren ganzen Körper. Obwohl sie große Angst hatte und vor Schreck immer noch nicht alles registrierte, begann sich in ihrem Körper etwas zu regen, das sie bisher nicht gekannt hatte.

Virina spürte die Feuchtigkeit zwischen ihren Beinen, starrte ihn an und erkannte an ihm markante männliche, fast schöne Züge. Er zeigte ein blitzendes Gebiss, seine Eckzähne glichen denen eines Vampirs. Als sein ebenfalls rauer, schuppenartiger Mund ihre Brust umschloss, schrie das Mädchen kurz auf. Es spürte seine spitzen Zähne, die sich leicht in das weiche Fleisch ihrer zarten Brüste bohrten. Er lachte heißer und nahm sich die andere Brust vor. Blut tropfte auf das weiße Tuch. Schon kam seine gespaltene Zunge, leckte die einzelnen Tropfen von ihrer Haut. Leise, gurrende Töne kamen über seine etwas wulstigen Lippen. Fast zärtlich wurden seine Berührungen. Virian hatte das Gefühl zu träumen. Ein wahnsinniges Gefühl sich nicht rühren, sich nicht bewegen zu können, hielt sie umfangen.

Lektra atmete schwer, strich erneut zärtlich über Virinas Arme. „Ich muss es tun", flüsterte er leise. Dann schnalzte und geiferte er: „Ich durchstoße dir jetzt dein Häutchen und dringe vor bis zu deinem Muttermund und dann wirst du ihn aufnehmen meinen Samen und meine Brut wird deinen Schoß zum Wachsen bringen bis du mir unter Schmerzen das gebären wirst, was ich dir hier einpflanze. Doch vorher beschere ich dir eine Woge der Lust!"

Er zog sie an den Beinen zu sich auf die Schenkel. Ihr Unterleib fing an zu zittern. Sie spürte eine Welle der Wollust. Ja sie gierte fast danach von ihm genommen zu werden, so als hätte ein Dämon von ihr Besitz ergriffen. Und so war es auch. Virina war besessen. Mira die Frau des Vogtes, die in den Vollmondnächten zur Hexe wird, hat die Welt der Dämonen aufgestachelt. Sie wollte Lektra mit der unerfahrenen Dirn etwas Gutes tun. Ihn befriedigen, ihn an sich ketten um mit ihm ihre ungezügelte Lust zu leben.

Virina war wie in Trance, sie war in sich selbst gefangen. Lektra lachte und zog seinen Lendenschurz zur Seite. Virina konnte seine Besamungslanze nicht sehen, doch sie spürte etwas dickes, raues, das sich lüstern ihrem entblößten Unterleib näherte. Feuchtigkeit netzte ihre Schenkel. Es brannte wie Feuer, roch nach Schwefel.

„Heute ist Vollmondnacht und du bist mein", keuchte Lektra. Sein schuppiger Körper bäumte sich auf. Seine verzerrte Fratze zeigte scharfe Eckzähne. „Die Hexe kann meine Brut nicht mehr empfangen und auch nicht mehr austragen. Man hat dich geschickt. Dein Becken ist jung und empfänglich und du hast Kraft." Lektra gab einen animalischen Schrei von sich, ehe er Virina begattete. „Wenn das nicht Früchte trägt, besuche ich dich in der nächsten Vollmond-nacht wieder", verkündete Lektra aus rauer Kehle. Dann war nur noch ein kalter Hauch zu spüren. Wieder roch es nach Schwefel, nach abgestandenem Rauch. Von weitem war ein dämonisches Lachen zu hören, das Virina noch Tage später in den Ohren klang.

War es nur ein Traum, war es Wirklichkeit? Virina konnte sich am anderen Morgen nur noch schemenhaft erinnern. Sie lag in ihrem karg eingerichteten Zimmer, auf ihrer schmalen Liegestatt. Der Strohsack war feucht, ihr Hemd zerrissen. Immer wieder tastete sie ihren Körper ab. Hatte sie sich tatsächlich die letzte Nacht dem Dämon hin-gegeben? Oder war es nur ein Angsttraum, weil der Alte ihr von den Dämonen und ihren Lustnächten erzähl hatte? Virina war unsi-cher. Sie ging etwas später wie immer ihrer Arbeit nach. Als sie Mira, der stolzen Herrin begegnete, wurde sie unsicher. Die Frau be-dachte sie mit eigenartigen und lauernden Blicken. Sie sagte nichts und auch Virina schwieg.

Sollte sie die nächsten Vollmondnächte abwarten? Sollte sie zum Vater zurück? Was sollte sie ihm erzählen? Und wenn sie blieb, was wird geschehen? Wird Lektra wieder-kommen, sie mitnehmen in sein Reich der ungezügelten Lust? Und wollte sie das? Virina wusste es nicht. Trotz und Stolz bäumte sich in ihr auf. Sie hob den Kopf, streckte den Rü-cken. Was wenn doch in dieser Nacht etwas geschehen ist. Wenn eine neue Leibesfrucht in ihr wächst? Er hat sie der Herrin vorgezogen, sie war seine Favoritin. Sie, die kleine Fischertochter. Ja, sie sollte doch seine Brut austragen. War sie jetzt vielleicht selbst verhext? Es ging etwas in ihr vor, doch was, das konnte sie nicht einschätzen. Etwas war anders an ihr und in ihr. Sie fühlte sich stark, nicht mehr als kleines Mädchen. Erneut gab sich Virina einen Ruck. Überlegen schürzte sie den Mund. „Man wird sehen", flüsterte sie und ging ihrer Arbeit nach.

Die Vergangenheit kehrt zurück

Die Ferienzeit ist angebrochen und eigentlich müsste ich fröhlich und vergnügt sein, doch ich bin eher nachdenklich. Ich unterrichte als Lehrerin die Abiturklasse auf dem Gymnasium. Die Prüfungen sind alle gut verlaufen, die Klasse feiert den Abschluss und hat mich zu ihrem Fest eingeladen.

Soll ich hingehen? Oder lieber nicht? Der Gedanke daran weckt Erinnerungen an meine eigene Abiturfeier in mir, an die Nacht, die damals mein ganzes behütetes Leben auf den Kopf gestellt hat. Es erinnert mich aber auch an die Abiturientenfeier vor sieben Jahren und das treibt mir heute noch die Schamröte ins Gesicht. Geprägt durch meine Vergangenheit bin ich heute eher etwas ruhig und zurückhaltend. Aber genau diese Nacht hat meinem Leben eine neue Wende gegeben.

Ich war 35 Jahre alt und betreute meine erste Abiturientenklasse und war daher bei der Abschlussfeier sehr aufgeregt. Doch an diesem Abend wusste ich nicht, welcher Teufel mich geritten hat. Obwohl es ein absolutes No Go war, sich mit einem Schüler einzulassen, hätte ich es fast getan.

Bei Jens, einem drahtigen Typ mit frechem Mundwerk, dunklen Augen und den fast schwarzen Haaren könnte man meinen, er sei ein Südländer. Seine vollen sinnlichen Lippen animieren zum Küssen. Er ist als Frauenheld an der Schule verschrien und so manches Mädchenherz hat er schon gebrochen. Doch am heutigen Abend benimmt er sich vorbildlich. Vielleicht deshalb, weil sein Vater und seine Tante ihn zur Abschlussfeier begleitet haben? Ich spüre den ganzen Abend, wie er mich beobachtet. Zu vorgerückter Stunde steht er auf einmal neben mir. Er hält zwei Gläser in der Hand und macht mir ein Kompliment. „So wie heute Abend sollten Sie immer aussehen, Frau Wanger. Sie sind eine total faszinierende Frau!" Ich habe an diesen Abend mein langes blondes Haar hochgesteckt. Einige Strähnen hängen mir frech ins Gesicht. Ohrringe und der andere Schmuck passen zu meinem klassischen Kostüm, das meine gute Figur hervorhebt und mir sogar einen etwas sexy Look verleiht.

Ich spüre seinen Atem an meinem Ohr, als er sich leicht zu mir beugt. Ich sauge seine Worte gierig auf, wie ein Schwamm. Auf einmal bin ich richtig verlegen, wie ein Schulmädchen. Ich bin es schon lange nicht mehr gewohnt, dass man mir Komplimente macht, denn ich bin seit Jahren Single, etwas scheu und lebe zurückgezogen. Mit so jungen Männern habe ich gar keine Erfahrung, denn als ich jung war, hielt mich die Dominanz eines älteren Mannes gefangen und ließ mich lange nicht mehr los. Bei dem Gedanken daran spüre ich eine innere Unruhe. Dieser Mann führte mich damals durch Himmel und Hölle und ließ mich in einem Chaos der Gefühle zurück. Der heutige Abend ist für mich, als würde ich in ein neues Leben gehen. Ich bin berauscht, aber nicht vom Alkohol, sondern von Jens, von seinen Worten und seinen Blicken. Zaghaft nehme ich das Glas entgegen. Unsere Hände berühren sich und ich spüre ein eigenartiges Kribbeln in der Magengegend. „Würden Sie mit mir tanzen Frau Wanger?" Ich kann nur nicken, sehe mein Umfeld nicht mehr, lasse mich einfach fallen. Er nimmt mir das Glas ab und stellt es auf die Theke zurück, berührt leicht mit der Hand meine Schulter und führt mich zur Tanzfläche. Die Tanzfläche ist nicht sehr voll. Einige Gäste sind schon gegangen, viele der jungen Leute befinden sich draußen im kleinen Park und genießen die laue Sommernacht. Andere sitzen mit den Eltern an den Tischen.

Ich nehme nichts mehr wahr. Ich sehe nur ihn, meinen zwanzigjährigen Schüler, dem es mit einem Satz gelungen ist, etwas in mir zu wecken, das ich vor vielen Jahren zur Seite geschoben habe. Die Frau in mir! Mein sinnliches Begehren, meine Lust! Wie das geschah? Ich weiß es nicht. Ja, ich war schon während des Unterrichts von seiner lässigen Art, seinen coolen Sprüchen und seinem bestimmenden Auftreten angetan. Aber so wie ich ihn jetzt sehe, das ist doch ganz neu. Es beglückt mich, macht mich aber auch unsicher. „Nicht denken", höre ich ihn sagen, „einfach tun", flüstert er. Dabei kommt mir sein Gesicht ganz nahe. Oh mein Gott, jetzt unbedingt den Verstand einschalten. Es darf nicht sein, dass ich mich hier vor allen anderen von ihm küssen lasse. Und doch sehne ich mich danach, diese sinnlichen Lippen auf meinem Mund zu spüren. Ich blicke zu Boden, damit er in meinen Augen nicht das lodernde Feuer erkennen kann und spüre, wie er seinen Arm um meine Taille legt und mich eng an sich zieht. Leicht führt er mich über das Parkett. Die Band spielt einen flotten Disco-Fox und langsam taue ich auf. Es macht Spaß mit ihm zu tanzen. Seine Fröhlichkeit ist ansteckend und sein Lachen betörend. Im Moment habe ich das Gefühl, als würde ich schweben. Es ist mir alles egal.

Nach dem Tanz führt er mich zurück zur Theke, wir leeren unser Glas und ich habe plötzlich das Gefühl, von den anderen Gästen beobachtet zu werden. Es macht mich unsicher und dämpft meine Freude. Anscheinend falle ich hier auf, vielleicht bilde ich mir das auch nur ein. Ich fühle mich nicht mehr wohl und nehme meine Tasche, bedanke mich bei Jens und geh nach draußen. Ich muss dabei an dem Tisch vorbei, an dem Jens Vater und seine Tante sitzen. Die Mutter starb an Krebs, als Jens noch sehr klein war. Die Tante hat die Mutterrolle übernommen. Ich kenne sie von den Elternabenden. Den Vater habe ich bisher nie gesehen. Ich weiß nur, dass er eine höhere Position in einem Wirtschaftsunternehmen belegt und sehr viel im Ausland unterwegs ist. Ich nicke freundlich, gehe auf die Beiden zu und begrüße sie. Jetzt wird mir auch bewusst, woher Jens sein rassiges Aussehen hat. Er ist ganz der Vater. Dessen fester Händedruck und sein ganz eigenartiger Blick gehen mir durch und durch. Ja er macht mich sogar verlegen. Dieser Blick erinnert mich an meine Vergangenheit. Ich spüre, wie sie langsam wieder auflebt, als er mich von oben bis unten mustert. Oder bilde ich mir das nur ein? Ich weiß es nicht. Raus, nichts wie raus. Ich kenne mich auf einmal selbst nicht mehr.

Endlich bin ich im Freien. Tief atme ich die laue Luft ein. Es ist schon dämmrig. Im Park blinken viele bunte Lichter. Die jungen Leute stehen in kleinen Gruppen und albern herum oder lachen ausgelassen. Ich komme mir verloren, ja sogar einsam vor. Ich will weg, irgendetwas bekommt mir nicht. Ich spüre einen Druck auf meiner Brust, es schnürt mir den Hals zu. Was ist nur los mit mir? Langsam gehe ich die Treppe hinab und laufe ein Stück über den Kiesweg bis hin zum großen Teich. Eine angenehme Stille umfängt mich. Ich höre nur noch von weitem die Tanzmusik und einige Wortfetzen der anderen. Ich spüre mein erhitztes Gesicht, meine innere Unruhe und ich setze mich auf die kleine Bank, die etwas verdeckt direkt am Teich steht. Tief atme ich ein und versuche mich zu entspannen. Ich weiß nicht, wie lange ich hier gesessen habe, als ich auf einmal Schritte auf dem Kiesweg höre. Der Weg ist nur schwach beleuchtet und ich kann nicht gleich erkennen, wer auf mich zukommt.

„Hallo Frau Wanger", höre ich die einschmeichelnde Stimme von Jens, „habe ich Sie doch gefunden! Warum waren Sie auf einmal weg? Hat Ihnen unser Tanz nicht gefallen?" Er lacht leise, stellt sich hinter mich, stellt die Flasche Sekt, die er in der Hand hält auf die Bank, zieht aus jeder Jackentasche ein Sektglas heraus und füllt die Gläser. Wieder reicht er mir ein Glas und wieder berühren sich unsere Hände. Es ist total angenehm. Er bleibt hinter mir stehen und legt ganz vertraulich seine Hand in meinen Nacken. Eine pulsierende Wärme geht von seiner Hand aus. Das tut mir gut und ich lehne mich entspannt zurück. Mein Hinterkopf berührt ihn. Ich spüre seinen festen Körper und schließe die Augen. Wir stoßen an und ich trinke hastig mein Glas leer, reiche es nach hinten und lasse mir erneut einschenken. Auch das zweite Glas trinke ich auf einen Zug aus. Ich habe das Gefühl, innerlich zu verbrennen. Das dritte Glas halte ich nur noch in der Hand und beginne es langsam zwischen meinen Fingern zu drehen. Der Sekt steigt mir in den Kopf, meine Wangen glühen und ich spüre, wie Jens mit seinem Daumen meinen Hals liebkost und mit meinen lockigen Haaren, die sich etwas gelöst haben, spielt. Ganz sanft massiert er mit einer Hand meinen Nacken, weiter runter zu meiner Schulter. Ein leichter Schauer läuft über meinen Rücken. Wir sprechen kein Wort, um dieses langsam aufkommende Feuer nicht zu dämmen. Seine Hand berührt meine Schulter, streicht wieder über meinen Hals und schiebt sich nach vorne in meinem Blusenausschnitt. Die oberen Knöpfe meiner Bluse sind geöffnet und er kann von hinten meinen Brustansatz sehen. Er hält noch immer in der einen Hand das Sektglas, während die Fingerspitzen seiner anderen Hand zärtlich meinen Brustansatz liebkosen. Ich atme tief durch, schließe die Augen und lege meinen Kopf weit zurück. Nicht aufhören denke ich, bitte jetzt nicht aufhören, mach weiter. Ein kurzer Blick. Ich sehe, wie sich mir sein Gesicht nähert, öffne meine Lippen, schließe erneut die Augen und spüre, wie seine Lippen meinen Mund umschließen und seine Zunge vorsichtig meine Mundhöhle erforscht. Immer mehr beginnt er zu saugen und ich erwidere seinen Kuss. Wie lange ist es her, dass mich jemand so ausgiebig geküsst und so zärtlich berührt hat? Ich weiß es nicht. Ich wünsche mir nur eines, dass es nicht enden möge.

Während er mich immer fordernder küsst, öffnen seine Finger weitere Knöpfe an meiner Bluse. Langsam schiebt sich seine Hand in meinen BH, umfasst meine rechte Brust. Er trinkt sein Glas mit Sekt aus, stellt es zur Seite und schiebt jetzt auch seine andere Hand in meinen Ausschnitt. Beide Brüste liegen in seinen Händen, er hebt sie heraus. „Sie haben geile Brüste Frau Wanger wissen Sie das?" Ich kann nicht antworten, schlucke nur ganz schwer und atme etwas schneller. Er beginnt meine Brüste zu massieren. Ich halte ganz still und genieße seine Berührungen. Sanft massiert er mit den Daumen meine Brustwarzen, die sich prall und fest aufrichten. Leise beginne ich zu stöhnen. Ich spüre ein prickelndes Wohlgefühl. Meine Anspannung lässt nach, ich schließe die Augen und gebe mich seinen Händen hin. Nicht aufhören denke ich für mich, bitte nicht aufhören mach weiter, ich will mehr, ich will alles! Meine Brustwarzen sind hart und fest und es schmerzt, als er sie mit seinen Fingern zusammenpresst. Er lacht, als ich kurz zusammenzucke und stöhne.

Er lässt mich plötzlich los, legt seine Hand wieder in meinen Nacken, schenkt sich mit der anderen Hand sein Glas voll und prostet mir zu. Ich bin total unsicher. Worauf habe ich mich hier eingelassen? Ich sitze hier am Teich auf einer Bank, meine Bluse ist geöffnet, meine Brüste liegen blank da, meine Nippel brennen und zwischen meinen Beinen zuckt es ganz verdächtig. Mein loderndes Döschen wird feucht. Und das durch die Berührungen meines Schülers. Das geht nicht, das darf nicht sein. Ich will aufstehen, doch ich kann es nicht. Er bemerkt meine Unruhe, setzt sich neben mich, nimmt mir wieder mein Glas aus der Hand und schiebt mir seine Zunge erneut in den Mund. Immer fordernder saugt er. Seine Hand fährt zärtlich über meine heißen Brüste, über meine Taille, hin zu meinem Knie. Ob ich will oder nicht, ich öffne meine Beine, giere danach, dass er mit seinen Händen mehr berührt als nur meine Brüste. Er führt seine Hand unter meinen Rock, weiter nach oben. Ich trage halterlose Strümpfe und genieße das Krabbeln der suchenden Finger auf meinen nackten Schenkeln. Nur noch ein kurzes Stück und er wird mein Lustzentrum berühren.

Ich darf das nicht zulassen. Der Gedanke quält mich und die Lust treibt mich. „Machen sie die Beine breit Frau Wanger", flüstert er mit zitternder Stimme an meinem Ohr. Schon schieben sich seine Finger in meinen Slip. Leise stöhnt er, während er meinen Venushügel berührt. Ich bin nicht in der Lage, mich zu bewegen. Ich sehne mich nur danach, dass er mich berührt, dass er meine Scham erforscht, ja dass er mich stimuliert. Aber nein, das geht nicht, das gibt nur Probleme. Ich will mich von ihm loslösen und doch nicht. Er lacht leise und beginnt erneut mich zu küssen. Seine Zunge streicht über meinen Hals, bis hin zu meinen Brüsten. Er saugt gierig an meinen Nippeln, knabbert mit seinen Zähnen daran. Sein Daumen streicht über meine erogene Zone. Leise stöhne ich, spüre, wie ein feuchter Film meine Schenkel nässt. Wie lange ist es her, dass jemand so intensiv meinen Schoß berührt hat? Ich weiß es nicht. Ich erkenne nur, wie etwas Verstecktes in mir erwacht.

Seine Finger wirken nervös. Er wird unruhig, als er den Eingang zu meiner stillgelegten Weiblichkeit sucht. Mein Hals rötet sich, mein Gesicht brennt. Ich warte gierig auf mehr. Ja ich will mehr. Erregt lege ich meine Hand zwischen seine Beine. Seine pralle Männlichkeit verursacht eine starke Wölbung in seiner Hose. „Hol ihn raus", fordert er mich mit erregter Stimme auf und gleitet mit seinem Finger unsicher durch meine Spalte. Meine Erregung steigt. Sein Daumen streicht langsam über die Spitze der Erregung. Ich habe das Gefühl jeden Moment einen Orgasmus zu erleben. Ich bin ausgehungert nach Sex und deshalb ist mir jetzt alles egal. Ich lehne mich zurück, schiebe mein Becken nach vorne und flehe für mich: „Los, dring in mich ein, mach es mir einfach!"

Von weitem klingt immer noch die Musik von der Tanzkapelle. Plötzlich vernehme ich ein Geräusch. So als würde jemand über den Kiesweg laufen. Oder täusche ich mich? Da war es wieder. Hier kommt jemand. Oh mein Gott, wenn man uns hier erwischt, nicht auszudenken. Ich war hin und her gerissen. Ich will einen Orgasmus erleben, zittere und giere bereits danach und doch hält mich auf einmal etwas zurück. „Hörst du nichts", frage ich ihn. Wir lauschen beide. Seine Finger stecken zitternd in meinem Lustkanal, der be-

73

reits verdächtig zuckt. Mein Unterleib pocht und vibriert. Das Geräusch ist weg, so als sei jemand stehen geblieben. Ich höre noch ein Rascheln und habe das ungute Gefühl, dass hier jemand ganz in unserer Nähe ist.

Mein Liebesrausch ist plötzlich verflogen. Ich versteife mich. „Hörst du das?" Meine Stimme zittert. Jens zieht seine Hand zurück, blickt mich mit einem unsicheren Lächeln an und hebt lauschend den Kopf. Er steht auf, streift sich durch seine Haare, während ich meinen Rock zurechtrücke und meine Bluse zuknöpfe. Ich blicke etwas verlegen zurück, stelle mich auf die Zehenspitzen und küsse ihn zärtlich auf seinen Mund. „Geh zu den anderen zurück Jens, das ist besser. Sie warten mit Sicherheit schon auf dich. Ich muss noch etwas nachdenken." Er steckt die Hände in die Hosentasche und schlendert davon. Ab und zu dreht er sich um. Von weitem höre ich die anderen nach ihm rufen. Jetzt bin ich wahrscheinlich längst schon wieder vergessen.

Doch ich selbst bin noch total aufgewühlt. Worauf hätte ich mich hier eingelassen. Das kenne ich von mir gar nicht. Er hat Gefühle in mir geweckt, die ich seit langem verdrängt habe. Es gibt sie also noch, diese wahnsinnige Lust in mir. Noch immer bebt mein Körper, wenn ich an seine suchenden Hände denke, die mich überall berührt haben. Die Vergangenheit holt mich ein. Wie viele gierige Männerhände haben schon von meinem

Körper Besitz ergriffen? Weg, weg mit den Gedanken, sie machen mich wahnsinnig!

Ich sitze noch eine ganze Zeit und entscheide für mich, nicht mehr zurückzugehen. Es ist schon sehr spät, die meisten sind wahrscheinlich schon gegangen. Ich bin so aufgewühlt und weiß gar nicht, wie ich mich jetzt verhalten soll. Gott sei Dank beginnen morgen die Ferien, danach kommen neue Schüler in meine Klasse. Jens wird sein Studium beginnen und das war es dann. Ich laufe langsam zum Parkplatz. Es sind fast keine Autos mehr da. Mein kleiner Flitzer steht etwas abseits hinter einer Hecke. Ich will gerade aufschließen, da höre ich eine Stimme: „Hallo, Frau Wanger! Sie wollen schon nach Hause?" Ich drehe mich um und erkenne Jens Vater. Die Röte schießt mir ins Gesicht. Ich werde verlegen und weiß gar nicht warum. War es mein schlechtes Gewissen oder sein Blick, der mich durchdringt? Meine Hand zittert leicht, als ich mich ihm zuwende. „Ja es wird Zeit, die Nacht war lang, es war ein sehr schöner Abend und ich bin müde", antworte ich. „Ich habe auf Jens gewartet, er war auf einmal weg. Meine Schwester ist bereits mit Bekannten vorausgefahren. Jetzt ist Jens allerdings mit der Clique noch in eine Bar gefahren. Ja die jungen Leute, die können nie genug bekommen." Wieder blickt er mich eigenartig an. Weiß er etwas? Hat er mich mit seinem Sohn gesehen? Schon wieder regt sich mein schlechtes Gewissen.

Er steht jetzt ganz dicht vor mir. Sein Blick hält mich fest. Er stützt sich mit seiner Hand auf dem Dach meines PKW ab. „War es schön für Sie, Frau Wanger?" Er lacht spöttisch, fast so wie Jens. Was meint er, ich blicke etwas verlegen zu Boden. Er legt seine Hand unter mein Kinn, hebt meinen Kopf hoch, ich schaue in blitzende Augen und werde total unsicher. Seine Hand umfasst von hinten fest meinen Nacken, ich will seinem eindringlichen Blick ausweichen und meinen Kopf auf die Seite drehen, doch er hat mich fest im Griff. Seine Lippen pressen sich auf meinen Mund, seine Zunge schiebt sich fordernd zwischen meine Zähne. Er drückt mich mit seinem ganzen Gewicht gegen mein Auto und ich kann mich nicht mehr bewegen. „Ich meine den Kuss deines zwanzigjährigen Schülers, Frau Lehrerin", zischt er zwischen den Zähnen. Mit einer Hand streicht er mir eine Haarsträhne aus meinem Gesicht. Erst dieser fordernde Kuss, jetzt diese zarte Berührung. Ich will nur noch eines, weg von hier und nach Hause. Doch ich bin nicht in der Lage. So als würde mich machtvoll etwas festhalten. Er ist es, der mich festhält. Seine dunklen Augen, sein Atem, der leicht nach Alkohol riecht. Sein dominantes Auftreten.

Seine Hand legt sich an meinen Hals, er drückt leicht zu und es nimmt mir den Atem. Ich halte mich an der Autotüre fest. „Du brauchst einen Mann und keinen Schuljungen! Noch besser wären für dich mehrere Männer oder nicht?" Er lacht jetzt laut und schiebt mir sein Knie zwischen meine Beine. „Du hättest dich wohl gerne von meinem Sohn besteigen lassen und ich hätte mir das Schauspiel gerne angeschaut. Vielleicht hätte ich mich dazu gesellt und wir hätten es dir beide besorgt. Darauf stehst du doch oder? Ich habe euch genau beobachtet. Du hast ihm deine Brüste gezeigt du geiles Luder, jetzt will ich sie sehen! Komm, knöpf deine Bluse auf und zeig mir deine großen Dinger! Mal sehen ob deine Brüste noch so sind, wie ich sie in Erinnerung habe." Ich stutze, seine Bemerkungen machen mir Angst, meine Vergangenheit holt mich ein. Kennt er mich? Was weiß er von mir? Warum spricht er so mit mir? Ich falle sofort in mein altes Muster, in meine Unterwürfigkeit. Dabei war ich lange der Meinung, das sei endlich alles vorbei. Ich bin erwachsen geworden, habe dazu gelernt und mich verändert. Ich stehe als Lehrerin inzwischen mit beiden Beinen im Leben und jetzt das.

Seine Worte sind so eindringlich und dulden keine Widerrede. Wie in Trance knöpfe ich meine Bluse auf. Er blickt von oben auf mich herab. „Hol deine Titten raus, beide und spiel an deinen Brustwarzen."

Mit zittrigen Fingern hebe ich meine Brüste aus dem BH heraus. „Gut machst du das! Du hast nichts verlernt. Jetzt spreiz deine Beine und schieb deinen Rock hoch, ganz hoch bis zum Bauchnabel." Ich gehorche, so wie ich es bisher immer gewöhnt war zu gehorchen.

Die Autotür ist offen. Soll ich mich jetzt nicht einfach losreißen und ins Auto setzen und davonfahren? Ich will, aber ich kann nicht. Eine gewaltige Macht hält mich zurück. So als ahne er meine Gedanken zieht er mich eng zu sich heran. Beruhigend streichelt er meinen Körper, über mein Haar, mein Gesicht. Sein Daumen berührt zärtlich meine Lippen, dann meine Brustwarzen. Sacht wiegt er mich in seinen Armen. Ich spüre den weichen Stoff seines Hemdes auf meiner nackten Haut. Seine weichen Lippen liebkosen sanft meinen Hals und meine Brüste. Sein Kuss ist fordernd, ich erwidere ihn. Ich kann nicht anders, denn seine Liebkosungen tun mir gut. Außerdem bin ich ausgehungert und aufgegeilt von dem, was ich kurz vorher im Park mit Jens erlebt habe.

Mein Gott Jens. Erst sein Sohn, jetzt er. Ich treibe es mit Sohn und Vater. Heiße Röte steigt in mein Gesicht. Was tu ich, oh Gott was tu ich? Noch immer ist mein Rock hochgeschoben, liegen meine Brüste blank. Ich stehe hier am Parkplatz mit einem fremden Mann und lasse mich von ihm küssen und betatschen. Seine warme Hand gleitet über meine nackten Schenkel. Schiebt sich in mein Höschen. Er berührt meine feuchte Muschi. Ich bin feucht, ja ich bin feucht. Ich kann nicht anders, der Typ weckt eine längst vergessene Lust in mir, so wie Jens. Mein Atem geht schnell. „Du zitterst macht dich das an? So wie damals?"

Ganz ruhig klingen seine Worte und doch haben sie einen süffisanten Unterton. Erneut steigen mir Hitze und Röte ins Gesicht. Kennt er mein früheres Leben? Ich kann mich nicht an ihn erinnern. Woher kennt er mich? „Ich will nach Hause!" Meine Stimme bebt, irgendwie fröstelt es mich. „Deine Augen sagen mir aber etwas anderes", meinte er und streichelt mich erneut sanft zwischen den Beinen. Ich stöhne, ein Schauer gleitet durch meinen Körper. „Glaube mir, ich weiß genau was du brauchst. Einen Kerl der es dir besorgt. Deine Augen flehen mich an, dich zu nehmen. Ich spüre aber auch deine Angst. So wie damals. Du warst ängstlich, neugierig und du warst jung, so verdammt jung. So alt wie mein Sohn jetzt, der heute seine Frau Lehrerin besteigen wollte."

Sein raues Lachen klingt unheimlich in meinen Ohren. Alles in mir versteift sich. Er schaut mich an, zieht meinen Rock nach unten, knöpft mir langsam die Bluse zu. Dabei lässt er mich nicht aus den Augen. „Du bist schön geworden, verdammt schön", flüstert er. „Eine richtige Frau. Eine Frau mit Sehnsüchten, die ich gerne erfüllen würde. Dazu noch klug und gereift durch ihre Vergangenheit. Wir werden uns wiedersehen, ich weiß es." Seine Hand schiebt sich über meine Stirn in mein Haar, streichelt zärtlich meine Wange. Noch einmal spüre ich seine Lippen. Dann geht er zu seinem Auto. „Ich rufe dich an, irgendwann, nein schon bald." Er lächelt und ich stehe da, mein Körper zittert. Noch lange hänge ich meinen Gedanken nach, ehe auch ich einsteige und nach Hause fahre.

Am nächsten Tag scheint die Sonne. Es ist mein erster Ferientag. Herrliche lange Wochen liegen vor mir. Ich denke über gestern nach. War das alles nur ein Traum oder habe ich mich tatsächlich von Vater und Sohn aufgeilen lassen? Der bloße Gedanke treibt mir erneut die Schamröte ins Gesicht. Schon wieder macht sich die Angst in mir breit. Was habe ich nur gemacht? Was kommt da auf mich zu? Ich sollte das ganz schnell vergessen und mich jetzt nur auf die Sommerferien konzentrieren. Ich will nicht, dass mich die Vergangenheit wieder einholt. Kurz darauf nehme ich eine ausgiebige Dusche und als ich fertig bin, klingelt mein Telefon. Wer ruft mich denn jetzt schon an? Ich nehme ab und höre seine Stimme: „Guten Morgen, Frau Lehrerin!" Er ist es, der Vater von Jens. Ich will es verdrängen, doch das Erlebnis mit ihm und seine Worte verfolgen mich. Ich kann nicht sprechen. Was will er? „Höre mir gut zu, Sonja", seine Stimme lässt mich erschauern, und wie er meinen Namen spricht. Ich werde wahnsinnig. „Du hast Ferien und du hast Zeit, ich will dich sehen und ich spüre genau, dass du nur auf meinen Anruf gewartet hast. Ich gebe dir jetzt eine Adresse, notiere sie, pack einige leichte Sachen für mehrere Tage zusammen und komme zu dieser Anschrift. Ich erwarte dich gegen Mittag." Er macht seine Angaben und legt auf.

Ich merke, wie es in meinem Kopf arbeitet, alles dreht sich. Wie fremdgesteuert nehme ich meine Sachen und fahre zu dieser Adresse. Es ist nicht so sehr weit, vielleicht eine halbe Stunde zu fahren. Doch ich bin so aufgeregt, finde nicht gleich dort hin und verspäte mich. Der Weg führt mich weit aus der Stadt hinaus in ein Erholungszentrum. Mehrere Kilometer führt mich der Weg an einem Waldstück entlang zu einem etwas abseits gelegenen Haus. Es sieht aus wie ein Wochenendhaus. Man ist hier ganz allein. Nur zögernd betrete ich das Grundstück. Plötzlich steht er hinter mir. „Du kommst spät Sonja, du bist ungehorsam und weißt was das bedeutet!" Ich zucke zusammen bei diesem Satz, denn ich habe ihn früher so oft gehört. Danach bin ich immer bestraft worden. Ich beginne am ganzen Leib zu zittern. Woher weiß er das? Mir wird kalt, obwohl es sehr heiß ist. Urplötzlich packt mich die Angst, der Schweiß steht auf meiner Stirn, ich will umkehren, doch ich kann nicht.

Er nimmt mir meine Tasche ab, legt seine Hand in meinen Nacken und führt mich hinter das Haus in einen idyllischen Garten mit einem großen Swimmingpool. „Dusche dich ab und schwimm eine Runde, ich bereite dir eine Erfrischung zu." Auf einmal war er wieder freundlich, er lächelt mich an und geht ins Haus. Ich tue tatsächlich, was er mir angetragen hat. Ich dusche, schwimme und fühle mich schnell wieder besser. Es ist herrlich hier, alles ruhig und schön anzuschauen.

Als ich aus dem Pool steige steht er da mit einem weichen, duftenden Badetuch. „Zieh deinen nassen Badeanzug aus!" Wieder höre ich den leichten Befehlston. Ich schaue ihn für einen Moment irritiert an. Jetzt, hier, einfach so vor ihm soll ich meinen Badeanzug ausziehen? Leichte Röte steigt in mein Gesicht. Er tut so, als wäre das alles ganz normal. Für einen Moment zögere ich, dann lege ich meine nassen Sachen ab und er hüllt mich fürsorglich in das Badetuch ein. Dabei öffnet er meine Haarspange und meine langen, blonden, lockigen Haare fallen mir über die Schulter. Er greift in seine Hemdtasche, holt eine schwarze Augenbinde hervor und bindet mir die Augen zu. Ich beginne zu zittern, als er mir die Augen verbindet, das Handtuchtuch vom Körper zieht und meine Haare durch seine Finger gleiten lässt.

„Wow!" Genauso war es, so habe ich dich kennengelernt. Nur damals warst du fünfzehn Jahre jünger, du wirktest unschuldig und als unschuldige Sklavin wurdest du uns damals präsentiert. Erinnerst du dich noch? Du konntest uns nicht sehen, denn deine Augen waren verbunden. Du warst noch sehr jung. Gerade mal neunzehn oder zwanzig Jahre alt." Ich spüre, wie er mich berührt, meine Brüste, meine Schenkel.

Mir wird schwindlig, er weckt Erinnerungen in mir, die ich seit langem verdrängt habe. Ja ich erinner mich, sogar ganz genau. Ich wurde vorgeführt, Männern nackt präsentiert für ihre Spiele. Mir wird übel, ich schwanke. Martin nimmt mir die Augenbinde ab und hüllt mich erneut in das Badetuch. „geht es wieder", meint er und führt mich einige Schritte zu einer Bank.

„Seit ich dich das erste Mal gesehen habe in deiner unschuldigen Nacktheit, an der Leine geführt wie ein Hund von einem Mann, der dein Vater hätte sein können. Dieter war bekannt dafür, dass er jungen Frauen nachsteigt und kein Kind von Traurigkeit ist. Wie es ihm aber gelungen ist, eine so junge Frau zu seiner Sklavin zu machen, der Gedanke hat mich viele Jahre verfolgt. Ich will von dir wissen, wie dich Dieter zur devoten Sklavin abgerichtet hat. Ich will alles genau wissen, denn ich habe den Anblick und die Nacht noch vor meinen Augen, als dich der Kerl all den lüsternen Männern präsentierte. Weiß du das noch, als er dich an der Hundeleine in unseren Clubraum führte?

Ich habe dich genau beobachtet und war fasziniert von diesem ungewohnten Schauspiel. Schon als du fast nackt hereingeführt wurdest, war ich entsetzt und blockiert. Gleichzeitig machte es mich an. Dein gut gebauter Körper war umhüllt von einem dünnen, fließenden Stoff, der mehr zeigte, als verdeckte. Ich wäre kein Mann, hätte es mich nicht erregt. Ich wusste nicht, dass uns an diesem Abend so etwas erwartet. Ich war Mitläufer einer Männerrunde. Für sie war dieser Auftritt nicht neu, doch mir war nicht bewusst, dass solche erniedrigenden Szenen mich erwarten. Du standest direkt vor mir, als Dieter dich an der Leine hochzog. Ich war der Erste, der dich berühren durfte. Und ich tat es, obwohl ich es auf einer Seite abstoßend fand. Auf der einen Seite war da der Reiz der Lustbarkeit, auf der anderen Seite fragte ich mich, warum tut sie das? Will sie es oder treibt eine Angst sie dazu? Ich ertastete deine zarten Brüste, deine Schenkel, deinen Körper. Deine Haut war warm unter dem dünnen Schleier. Deine Haltung war devot. Sie berührten dich alle, auch deine Scham. Zum Teil drangen ihre Finger in dich ein, mehr aber war an diesem Abend nicht gestattet. Du hast es aber zum Teil auch mit den Männern getrieben. Nicht nur mit einem, du hast dich mehreren gleichzeitig hingegeben. So auf jeden Fall wurde es mir berichtet. Es wurde viel von dir erzählt. War es Lüge oder Wahrheit? Ich weiß es nicht.

Dieter führte dich von einem zum anderen. Mit einem Mal stieg Eifersucht in mir auf, als dich jeder begrabschte. Ich wollte etwas sagen, doch ich brachte keinen Ton über die Lippen. Innerlich aber kochte ich. Ich beobachtete dich genau, jede Regung in deinem Gesicht. Ob du Lust verspürst, ob es dich anmacht. Doch du warst regungslos, dein Gesicht wie versteinert.

Meine Frau war damals zwei Jahre vorher verstorben. Jens war noch klein und ich war seitdem mit keiner Frau mehr zusammen. Es war einer meiner ersten Abende, an denen ich mich wieder dem öffentlichen Leben präsentierte und mich mit Freunden und Kollegen traf. Bis dahin war in mir alles tot. Langsam aber kam wieder Leben in meine Männlichkeit. Auf Drängen und aus Neugier schloss ich mich meinen Kollegen an. Die hatten vorher einiges erzählt, von einer Lustsklavin, die sehr willig sei. Ich war ausgehungert, ihre Erzählungen machten mich an. Außerdem war ich neugierig, konnte mir das nicht vorstellen. Und dann war es genauso, du warst so. Als ich dich sah, wirktest du so zerbrechlich, so hilflos. Gleichzeitig strahltest du einen Reiz aus, der meine männlichen Lebensgeister erzittern ließ. Dein Anblick hat irgendetwas in mir geweckt. Lust, Leidenschaft aber auch der Beschützerinstinkt waren entfacht. Die Männer erzählten, dass du dich auf dem Billardtisch nackt räkelst und sie sich an dir bedienen. Doch das war an diesem Abend nicht der Fall. Wir konnten uns nur Appetit holen. Dadurch aber begleiteten mich lüsterne Träume. Ich sah dich vor mir mit diesen Kerlen. Meine Fantasie malte die schamlosesten Bilder. Wie du sie befriedigst, wie sie in dich eindringen. Es stieß mich ab und gleichzeitig wollte ich daran beteiligt sein, wollte die ausschweifende Lust mit dir leben. Doch ich konnte es nicht, durfte es nicht. Es gab keine Möglichkeit, alles geschah nur in meinen Träumen.

An diesem Abend konnte ich meinen Blick nicht von diesem Schauspiel lösen. Warum tut sie das, habe ich mir immer wieder gedacht. Warum lässt sie sich von Dieter fesseln und so erniedrigen. Ich fand keine Antwort. Das alles hat mich nicht mehr losgelassen. Und als ich dich gestern Abend sah, habe ich dich sofort wieder erkannt und ich wusste, ich will von ihr alles erfahren, ich will wissen, was der Typ mit dir gemacht hat. Unser Männerclub wollte, dass er dich wieder einmal vorführt, doch es gab keine Übereinstimmung mehr. Eines Tages haben wir erfahren, dass Dieter weggezogen ist. Man hat sich aus den Augen verloren. Dein gefesselter Körper, deine verbundenen Augen, dein durchdringender Blick, als er deine Augenbinde löste, das hat mich noch lange verfolgt. Ich war vernarrt in dieses Bild, das sich so sehr bei mir eingeprägt hat. Ich wollte wissen, wo du bist, wo du herkommst. Ich habe einiges unternommen, dich aber nie gefunden."

Während mir Martin das alles erzählt und nun meine Vergangenheit, die ich bisher verdrängt habe, aufrollt, versteift sich etwas in mir. Ich breche zusammen, fühle mich schlecht. Ich meine, mich übergeben zu müssen. Mein ganzer Körper zittert. Er spürt es und nimmt mich ganz fest in seine Arme. Langsam lässt meine Anspannung nach, ich lege meinen Kopf an seine Schulter, mein Zittern lässt nach und ich beruhige mich. Im Moment kann ich gar nichts sagen, denn meine Gedanken überschlagen sich.

„Ich habe das Gefühl, du brauchst es noch immer, du brauchst deinen Herrn, die Züchtigung", meint er. Ich kann nicht antworten doch ich weiß, dass er recht hat. All die Jahre, die ich jetzt alleine bin, haben mich viel Kraft gekostet, mein anderes Ich zu unterdrücken. Er hat heute alles wieder aufgeweckt, eigentlich schon gestern. Warum nur musste er mir begegnen und mich wieder zurückholen?

Es beginnt langsam dunkel zu werden. Ich geh ins Haus. Martin hat bereits ein Essen vorbereitet. Ich zieh mich um und setze mich zu ihm an den Tisch. Er ist jetzt wieder ganz anders. Meine ursprüngliche Beklemmung lässt nach. Nach dem Essen machen wir es uns vor dem Kamin bequem. Wir sitzen eng aneinandergeschmiegt auf der weichen Couch. Er legt beide Arme um meinen Körper und wiegt mich wie ein Kind hin und her.

Wir schweigen lange und plötzlich durchbricht seine etwas belegte Stimme die Stille. „Wie hat Dieter es geschafft, dich abzurichten?" Ich schweige und er wiederholt seine Frage. Ich will nicht darüber sprechen, doch Martin bleibt hartnäckig. „Was ist passiert zwischen dir und ihm, warum hatte er so große Macht über dich? Woher kennst du ihn, er ist doch bestimmt dreißig Jahre älter als du! Hast du mit ihm noch Kontakt?"

Noch immer liege ich in seinen Armen. Er spielt mit meinen Haaren, streichelt meinen Nacken, mein Dekolletee. Sanft berührt er mit seinem Zeigefinger meine Lippen. „Sprich mit mir Sonja, ich muss es wissen. Seit ich dich das erste Mal gesehen habe, bist du etwas Besonderes für mich. Ich habe quälende Nächte durchlitten bei den Gedanken, dass dich andere Männer haben können. Dass du ihnen willig deinen Körper für Orgien zur Verfügung stellst. Mit Dieter konnte man nicht reden, er hat dich als sein Eigentum betrachtet und auf einmal war er nicht mehr aufzufinden und auch du warst wie vom Erdboden verschluckt. Bitte Sonja, ich muss alles wissen!"

Ist es seine vertraute Nähe, das Knistern des Feuers im Kamin oder der schwere Rotwein, dass sich endlich der starke Druck auf mir löst? Ich weiß es nicht! Langsam beginne ich zu sprechen:

„Dieter war der beste Freund meines Vaters. Sie kannten sich schon von Kindheit an und gingen miteinander durch dick und dünn. Er war alleinstehend. Er sah gut aus und war immer gut drauf. Keiner konnte begreifen, dass er am liebsten Single war. Und tatsächlich, er war eine sehr eigene Persönlichkeit. Viele Freunde hatte er nicht, denn nicht jeder mochte ihn. Er war so undurchschaubar. Ich kannte ihn von Kindheit an. Er war viel bei meinen Eltern und ging bei uns zu Hause ein und aus. Er verbrachte die Festtage bei uns, fuhr auch schon mal mit uns in den Urlaub und meine Eltern verstanden sich mit ihm sehr gut. Wenn sie keine Zeit hatten, was sehr oft vorkam, da sie beruflich sehr engagiert waren, dann hat Dieter auf mich aufgepasst, mich von der Schule oder vom Kindergarten abgeholt. Er war selbständig und konnte sich seine Zeit frei einteilen. Ich nannte ihn damals Onkel Dieter und ich freute mich immer, ihn zu sehen.

Als ich älter wurde und ins Teenageralter kam, da hat er mich oft unterstützt, wenn meine Eltern zu streng waren. Ich wuchs sehr streng und sehr behütet auf und kannte meistens nur Ge- oder Verbote. Dieter hat für mich oft die Situation gerettet, sonst wäre aus mir ein Stubenhocker geworden. Er hat sich angeboten, mich von der Disco abzuholen oder auch von anderen Veranstaltungen. Sonst hätte ich von meinen Eltern nie die Erlaubnis bekommen. Manchmal war es mir fast zuviel, seine Fürsorge, denn er beobachtete mich mit Argusaugen, war sehr neugierig und wollte immer von mir wissen, ob ich schon einen Freund habe. Das war nervig. Auf der anderen Seite aber beneideten mich meine Freundinnen. Dieter hatte eine charmante Art, konnte gut reden, sein Auftreten war super und er nahm mich ernst. Er behandelte mich nicht wie ein kleines Kind, sondern wie eine Erwachsene und das fand ich so super an ihm. Immer mehr geriet ich in sein Netz und ich merkte es gar nicht. Meine Eltern waren viel zu sehr mit sich selbst beschäftigt und sie fanden das alles in Ordnung.

Und dann kam der berühmte Tag. Es war meine Abiturfeier. Meine Eltern und auch Dieter begleiteten mich. Es war ein aufregender Abend. Wir Schüler hatten uns eine Spezialbowle gemischt und sie heimlich zur Feier mitgebracht. Wir hatten alles mögliche an Alkohol zusammengemixt. Sie war sehr stark. Doch das merkten wir nicht. Nach dem offiziellen Teil war nur noch Fete angesagt. Ich tanzte ausgelassen. Ich war so jung und unbekümmert. An diesem Abend trug ich ein super enges zweiteiliges Kleid, das meine Figur betonte. Meine langen Haare gingen mir fast bis zu den Hüften. Die Blicke der Jungs folgten mir und es gab auch einen Verehrer in meiner Klasse. Ralf war schon immer scharf auf mich, doch ich konnte mit den Jungs in meiner Klasse oder in meinem Alter nichts anfangen.

An dem Abend haben wir alle etwas zuviel getrunken. Den Eltern und Lehrern durften wir das nicht merken lassen. Wir waren nur noch verrückt, ausgelassen und wir konnten nicht genug bekommen. Meine Eltern wollten früher nach Hause und machten sich wegen mir Gedanken. Ich hatte keine Lust schon zu gehen. Die Party hier war noch lange nicht vorbei. „Ich kann mir ja ein Taxi nehmen", beruhigte ich meinen Vater. Doch da war Dieter. „Lass es gut sein, Sonja, ich habe Zeit, ich vertreibe mir hier mit den anderen noch den Abend und ich nehme dich mit nach Hause." Das fand ich super. Alle waren beruhigt und ich stürmte los.

Dieter blieb und ich merkte, dass er mich beobachtete. Er hat mich an diesem Abend auch mehrmals zum Tanz geholt. Meine Freundinnen waren begeistert von ihm und richtig etwas neidisch, denn er behandelte mich wie eine Dame. Da konnten die Jungs aus unserer Klasse nicht mithalten. Zu später Stunde machte sich die Bowle bemerkbar. Mir war schrecklich heiß, ich war nicht mehr sicher auf den Beinen. Ralf führte mich nach draußen. Wir gingen zu einem kleinen Pavillon. Die frische Luft tat gut, aber sie verschlimmerte auch meinen Zustand. Alles drehte sich im Kreis und ich war froh, dass Ralf mich festhielt. Er drückte mich auf die Bank, setzte sich neben mich und legte seinen Arm um meine Schulter. Er begann mich zu streicheln und zu küssen. Wir schmusten und seine Küsse erregten mich. Ich hatte mit Jungs oder Männern bisher keine großen Erfahrungen gesammelt. Mal flirten, schmusen oder Händchen halten, mehr war nicht drin. Meine Eltern waren sehr streng und suchten für mich eigentlich das Besondere. Ihre stetigen Warnungen hinderten mich an meiner sexuellen Entwicklung. Als jetzt die Küsse und Hände von Ralf etwas fordernder wurden, hatte ich sofort die Warnungen meiner Eltern im Hinterkopf. Ich zuckte zusammen, als sich seine Hand unter mein Oberteil schob und meinen Busen berührte. Dann führte er die Hand unter meinen Rock, direkt in meinen Slip. Er stöhnte an meinem Ohr und schob einen Finger durch meine intimste Stelle. Ich höre immer noch, wie er sagte: „Mach die Beine breit Sonja, komm, stell dich nicht so an!" Ich machte sie breit und seine Berührungen erregten mich sehr stark.

Er schob mein T-Shirt hoch. Ich trug keinen BH, meine Brüste waren prall und fest und er saugte daran. Ich muss zugeben, das hat mich richtig heiß gemacht. Ich kannte dieses Gefühl nicht und ich war wie gebannt. Ralf hätte jetzt alles mit mir machen können. Er nahm meine Hand und legte sie zwischen seine Beine. Ich spürte seinen erregten Penis. Das Blut schoss mir ins Gesicht. Ich war jetzt total überfordert und mein Kopf drehte sich wie ein Karussell. Ralf stöhnte immer mehr und wollte mir den Slip ausziehen. Plötzlich geriet ich in Panik, ich wollte ihn wegschieben, doch er presste mich mit seinem Körper auf die Bank und versuchte seinen Penis rauszuholen. „Nein rief ich, nein lass das, ich will nicht!"

Plötzlich hörte ich meinen Namen. Es war Onkel Dieter, Gott sei Dank. Ich sah ihn kommen. Da stieß sich Ralf ab und lief auf der anderen Seite aus dem Pavillon hinaus. Ich war total verstört, als Dieter kam. Er blickte mich an, schaute sich um und setzte sich neben mich. Er nahm mich in die Arme, strich mir übers Haar und meinte: „Du hast wohl zu viel getrunken?" Ich nickte. „Bleib sitzen, ich hol eine Decke." Er ging und kam kurz darauf mit einer Decke zurück und hüllte mich ein. Er begann mich zu streicheln. „Gefällt dir das? Was hat Ralf mit dir gemacht hat?" Während er mich fragte, hat er mich immer wieder zärtlich gestreichelt, über meinen Rücken und meine Arme. Er schob seine Hand unter die Decke und legte sie zwischen meine Schenkel. „Wie weit war er mit seiner Hand", raunte er in mein Ohr. „War er schon bei deiner Muschi?" Ich nickte. „Tut das ein braves Mädchen?" Sein Atem an meinem Ohr und seine Berührungen erregten mich. „Tut dir das gut?" Er war mit seiner Hand an meinen Brüsten und streichelte mit der Handfläche über meine Brustwarzen. Ich stöhnte, denn dieses Streicheln erregte mich immer mehr. Mir wurde heiß, ich schob die Decke weg, mir wurde schwindlig und eigentlich wusste ich gar nicht mehr, was ich wollte.

Er nahm die Decke und breitete sie hinter dem Pavillon aus. Er kam zurück, hob mich hoch und legte mich sanft auf der Decke ab. Er zog mir das T-Shirt aus und den Rock. Ich hatte nur noch meinen Slip an. Ich wollte etwas sagen, doch er legt mir den Finger auf den Mund. „Schweig jetzt Sonja, lass es geschehen." Er war mir so vertraut, seine Stimme war in diesem Moment so weich, so sinnlich. Seine Augen, seine Berührungen, das alles machte mich zunächst unsicher. Was geschah hier mit mir? Immer wieder streichelte er mich, flüsterte mir Dinge ins Ohr, die mich verlegen machten. Ich bebte und spürte, dass ich sehr erregt war. Das alles war so fremd für mich. Erst Ralf, jetzt Dieter, das war Wahnsinn. Eine Gänsehaut überzog meinen Körper, als er über mir kniete. „Lass die Arme oben!" Ich tat es. Ich vibrierte innerlich und er spürte das. Vorsichtig begann er meine Brüste zu liebkosen. Er strich über die Innenseite meiner Arme, meiner Schenkel. Ich stöhnte und drehte mein Becken, als sich seine Hand in meinen Slip schob und vorsichtig über meinen kleinen Hügel strich. Endlich, endlich näherten sich seine Finger meiner Spalte. Er berührte meine unschuldige Scham, während seine Lippen meinen ganzen Körper abtasteten. Seine sanften Worte waren wohl gewählt. Schon damit machte er mich zu seiner Frau, die ihm gehört, die das tut, was er möchte.

Er nahm mich nicht in dieser Nacht. Er unterwarf mich seinen Streicheleinheiten, seinen Worten. Eine unbeschreibliche Erregung nistete sich in mir ein und ließ mich nicht mehr los. Von da an war ich ihm verfallen. Ich war es, die ihn wieder treffen wollte. Heimlich, denn meine Eltern durften davon nie erfahren. Diese Heimlichkeit gefiel mir. Endlich einmal ein unanständiges Mädchen sein, etwas tun, das verboten ist. Es war wie eine Sucht und er nutzte es aus. Er führte mich aus wie eine große Dame, ich unterwarf ihm nicht nur meinen Körper, sondern auch meine Seele. Ich präsentierte mich ihm so, wie er es wollte. Hauptsache er ließ mich diese Lust spüren, die ich bei ihm empfand. Als er das erste Mal in mich eindrang, mich füllte, da war es wie ein Rausch.

Seine Hände und sein Mund trieben mich von einem Höhepunkt zum anderen. Ich konnte von dem, was er mit mir trieb, nicht genug bekommen. Hauptsache er war bei mir. Er war so stark, so klug und er wusste genau, was ich wollte. Dazu kam, dass ich willig war. Ich diente ihm und merkte es nicht.

Dann kamen seine Fesselspiele. Langsam brachte er mich dazu, ihm hilflos ausgeliefert zu sein. Trotz mancher Pein machte sich immer wieder ein Glücksgefühl in mir breit. Ich kam mir willenlos vor und wusste nur eines, ich brauche in. Er hatte etwas in mir geweckt, das nur er befriedigen konnte.

Und er hat mich befriedigt. Immer und immer wieder. Jede Woche hatte er neue perverse Spiele für mich bereit. Und ich war willig, ich war süchtig. Er konnte mit mir machen, was er wollte. Er war mein Herr und ich seine Sklavin. Er schleppte mich wochenlang in ein Domina Studio und züchtigte mich. Er fuhr mich nachts in einen Wald und band mich nackt an einem Baum fest. Holte mich erst am anderen Tag wieder ab. Noch an den Baum gefesselt brachte er mich mit seinen Zärtlichkeiten zum Orgasmus. Er hörte nicht auf, er wusste genau, worauf ich reagiere, und dass ich es brauche. Die Lust, den Schmerz und vor allen Dingen ihn.

Später hat er mich dann vorgeführt und da hast du mich dann kennengelernt. Ich konnte mich nicht wehren, denn ich wollte es. Ich wollte, dass die Männer meinen Körper missbrauchen, denn ich wollte ihm gefallen. Ja er hatte mich abgerichtet. Während meines ganzen Studiums war ich ihm verfallen. Ich war verrückt nach ihm und nach dem, was er mit mir tat. Irgendwann ging es über meine Kräfte. Als ich meine Referendarzeit antrat, streikte meine Psyche. Ich wurde krank und auf einmal zog er sich zurück. Er hat sich eine neue, jüngere Sklavin herangezogen.

Ich flehte ihn an, sich Zeit für mich zu nehmen. Ich brauchte ihn. Doch er hatte an mir das Interesse verloren. Er verschwand von einem Tag auf den anderen. Mit meinen Eltern konnte ich nicht darüber sprechen, sie wissen bis heute noch nichts davon. Dieter hat auch zu ihnen den Kontakt abgebrochen. Ich war lange in psychotherapeutischer Behandlung, habe mich einigermaßen erholt und meine erste Lehrerstelle weit weg von meinem Heimatort angetreten.

Ruhe ist in mein Leben eingekehrt bis gestern Abend. Auf einmal hat mich die Vergangenheit eingeholt und ich weiß nicht, was werden soll."

Das Feuer ist inzwischen heruntergebrannt. Man kann nur noch die Glut sehen. Martin hält mich immer noch im Arm. Ich schaue ihn an. Er spricht kein Wort. Ich habe Angst, wie wird er sich jetzt verhalten? Ich fühle mich so wohl bei ihm. Es tut gut in seinen Armen zu liegen. Doch es befremdet mich, wie er mich gestern Abend und heute Nachmittag behandelt hat. Er hat mich erniedrigt wie Dieter und das versetzt mich in Panik.

„Ja ich wollte verletzen, dich erniedrigen", erklingt nach langem Schweigen seine Stimme. „Ich war durcheinander, war verletzt, als ich dich mit meinem Sohn sah und ich nahm mir vor, in die Fußstapfen von Dieter zu treten, dich zu meiner Sklavin zu machen, mich an dir zu rächen, dich mit verbunden Augen der Clique von Jens vorzuführen um zu sehen, was sie tun, was du tust. Ich weiß nicht warum, aber ich war verrückt. Verrückt, weil ich dich liebe. Ja ich liebe dich seit damals. All die Jahre konnte ich dich nie vergessen. Ich bin glücklich, dich gefunden zu haben. Das was du mir erzählt hast hat mir die Augen geöffnet und ich schäme mich für meine Gedanken. Du sollst nie mehr Sklavin anderer Männer sein, du bist die Sklavin meines Herzens und so wie ich dich heute im Arm halte, werde ich dich nie mehr loslassen."

Da endlich löst sich meine Angst, meine Anspannung und ich spüre, ich bin geheilt, ich bin angekommen, es kann mir nichts mehr passieren, denn ich werde von Herzen geliebt.

Es zählte nur dieser Augenblick

Ich war überglücklich, als ich die Nachricht bekam, dass ich als Au pair Mädchen nach Kanada reisen darf. Das war schon immer mein Wunsch. Endlich mal weg von zu Hause, frei wie ein Vogel zu sein. Mein Freund Stefan, mit dem ich erst seit einigen Wochen zusammen war, würde ich natürlich mehr vermissen, als alle anderen. Er versprach auf mich zu warten und ermahnte mich, schön brav zu sein. Da brauchte er sich keine Gedanken zu machen. Jungs waren im Moment nicht so wichtig für mich. Ich hatte noch viele andere Ziele. Da ich jetzt auch noch nicht vorhatte zu heiraten, war das also alles kein Thema. Meine Freundin Angela würde ich ebenfalls vermissen, aber man kann sich per

Skype unterhalten. Ansonsten hatte ich nicht viele Freunde, also fiel mir der Abschied auch nicht sehr schwer. Ich freute mich darauf, Land und Leute kennen zu lernen. Beim Abschied küsste mich Stefan zärtlich. Bleib mir treu Angelika. Er drohte lachend mit dem erhobenen Zeigefinger. Auch meine Eltern gaben mir noch einige Ermahnungen mit auf den Weg. Doch als ich nach einem langen Flug wieder Boden unter den Füssen hatte, waren die diversen Ermahnungen bereits vergessen.

Die Millers, meine Gastfamilie, bewirtschafteten eine Pferderanch, die etwas abseits vom großen Geschehen lag. Ich liebte die Natur, war nicht unbedingt ein Stadtmensch und somit war das für mich in Ordnung.

Ben, der Verwalter, holte mich am Flughafen ab. Mein Englisch war gut und somit konnten wir uns prima unterhalten. Nach etwa einer Stunde waren wir an Ort und Stelle. Sagenhaft dieses weite Land, der tiefblaue Himmel und die großen Wolken. Alles wirkte viel größer und intensiver als bei mir zu Hause. Auf der Ranch wurde ich herzlich von Jason, dem Familienoberhaupt, empfangen. Neben ihm stand die achtjährige Liss an der Hand von Caroline, der 75-jährigen Mutter von Jason. Da fehlte aber noch jemand? Lena, die Frau von Jason und der kleine Steve. Als wir gemeinsam am Tisch saßen und Tee tranken, erklärte mir Jason, dass seine Frau vor einigen Tagen verreisen musste. Ihre

Mutter war plötzlich erkrankt und sie musste einspringen. Sie hatte Steve mitgenommen, weil er sehr an seiner Mutter hing. Es handelt sich hier um eine längere Zeit. Es kann also sein, dass sie erst in drei Monaten wieder zurückkommt. Das war jetzt doch etwas überraschend für mich. Wie sollte ich hier allein klarkommen? Jason lachte. „Wir helfen dir alle. Wichtig ist, dass du dich um Liss kümmerst, da meine Mutter nicht mehr so gut laufen kann. Den Haushalt könnt ihr gemeinsam mit der Haushaltshilfe meistern. Die kommt drei Mal die Woche."

Die Fronten waren also schnell abgesteckt. Ich wusste, was zu tun war und ich zog mich am ersten Abend sehr früh zurück. Am nächsten Morgen war ich schon zeitig munter. Ich ging in die Küche, um bei den Vorbereitungen des Frühstücks zu helfen. Jason stand am Herd und brutzelte etwas. Es roch verführerisch. Er trug nur seine Jeans. Sein Oberkörper war frei und er stand mit dem Rücken zu mir. Aber Hallo, dachte ich mir, was für ein durchtrainierter Body. Diese starken Oberarme, die breiten Schultern. Da waren ja meine zu Hause alles schmale Handtücher.

Als er mich kommen hörte, drehte er sich um. Er musterte mich, lachte dann und fragte, ob ich auch Eier mit Speck haben wolle. Ich verneinte. Seine blaugrünen Augen musterten mich erneut. Ich senkte den Blick, wusste gar nicht, was mit mir los war. Er beeindruckte mich total. Seine kräftige Brust war leicht behaart, sein dunkles, schon etwas graumeliertes Haar war mit Gel zurückgekämmt. Er sah für seine 48 Jahre verdammt gut aus. Wir unterhielten uns angeregt, als sich plötzlich die Tür öffnete. Stürmisch betrat Mike den Raum. Das war der 27j-ährige Sohn von Jason aus seiner ersten Partnerschaft. Er sah dem Vater sehr ähnlich. Die gleichen blitzenden Augen, seine natürliche Fröhlichkeit. „He" rief er, „was haben wir denn hier für eine Schönheit!" Er lachte und reichte mir die Hand. „Dad hat mir schon von deiner Ankunft erzählt. Super! Du kannst auf mich bauen oder dich mir anschließen. Du wirst bestimmt zwischendurch auch mal frei haben, dann führe ich dich gerne aus." Er lachte und zwinkerte mir zu. Auch Jason lachte, nachdem Mike rausgegangen war. „Lass dich mit dem auf nichts ein", meinte er, „der macht die Mädchen nur unglücklich!"

Als ich mittags Jason wiedersah, freute ich mich. Er war ein toller Anblick. So stellte ich mir einen Mann vor. Ich träumte davon, wie es wäre, wenn er mich in seinen starken Armen halten würde. Ich merkte von Tag zu Tag mehr, dass Jason eine starke Anziehungskraft auf mich ausübte. Wann immer es ging, suchte ich seine Nähe. Als ich wieder einmal an der Stalltüre lehnte und ihm bei der Arbeit zusah, stand auf einmal Mike hinter mir. „Mein Vater gefällt dir wohl!" Er lachte laut, als ich rot wurde. „Allen Frauen gefällt er und er weiß das auch. Er war noch nie ein Kind von Traurigkeit." Seine Stimme klang jetzt etwas gehässig. Aber schnell kam wieder seine Fröhlichkeit durch. „Was ist, kommst du heute Abend mit an den kleinen See. Wir treffen uns mit anderen zum Barbecue. Morgen ist Sonntag, da können wir alle ausschlafen und meine Großmutter hat sicher nichts dagegen, wenn du dich einmal amüsierst. Du musst nicht nur immer für das Haus da sein."

Ich fand das super und willigte sofort ein. Da ich nicht reiten konnte, fuhren wir mit Mikes Auto. „Du siehst gut aus, die anderen werden mich um diese Begleitung beneiden." Er lachte wieder. Bei ihm wusste man nie so recht, wie man dran ist. Anscheinend war er der gleiche Charmeur wie sein Vater. Es wurde ein lustiger Abend. Das große Lagerfeuer in der Dunkelheit, die vielen Fackeln, das war Romantik pur. Einige hatten Instrumente mitgebracht und der kanadische Rotwein heizte die Stimmung richtig auf. Mike wich an diesem Abend nicht von meiner Seite. Immer wieder versuchte er, mit mir zu flirten. Es gefiel mir und ich ließ mich darauf ein. Zärtlich legte er seinen Arm um mich, streichelte meine Wange und flüsterte mir einschmeichelnde Worte ins Ohr. Ein anderes Land, andere Menschen, Stefan zu Hause war vergessen. Ich spürte, dass noch eine andere Angelika in mir steckte, die jetzt endlich freigelassen werden wollte.

Mike war beliebt in der ganzen Runde und ich hatte mitbekommen, dass er meistens nichts anbrennen lässt. Ich sah, dass das eine und andere Mädchen hier in der Gruppe neidisch auf mich blickte. Mike war begehrt. Er zog mich hoch. „Komm Angelika, ich zeige dir etwas." Er nahm mich bei der Hand und lief mit mir ein ganzes Stück weg. „Siehst du den Baum", fragte er. „Er ist uralt und wenn man seine Hände dagegen legt, dann kann man seine Energien spüren. Die Schamanen halten hier zweimal jährlich Baumrituale ab. Wenn man sich gegen den Baum lehnt und man sich intensiv etwas wünscht, dann geht das in Erfüllung." Ich lehnte mich gegen den Baum, fühlte die Wärme vom Tag, die sich im Baumstamm eingenistet hatte. Ein schauriges Wohlgefühl durchzog meinen Körper. Mike stand jetzt direkt vor mir. Seine Augen funkelten, seine Lippen kamen mir so unendlich nahe. Ich schluckte, mein Mund zitterte. Ich ahnte, was jetzt kommen würde und ich sehnte mich danach.

Endlich berührten seine vollen Lippen zärtlich mein Gesicht. Der Zauber dieser Nacht hielt mich umfangen und der ungewohnte Rotweingenuss zeigte seine Wirkung. Ich genoss seine Zärtlichkeiten, erwiderte seine Küsse und ließ es zu, dass seine Hände anfingen, meinen Körper zu erforschen. Ich hatte noch keine großen Erfahrungen. Stefan zu Hause war mein erster fester Freund. Aber außer schmusen und etwas fummeln, war bisher bei mir nicht drin. Ich hatte da meine Prinzipien. Doch jetzt war es anders. Etwas ging von Mike aus, das ich nicht beschreiben konnte. Ich hielt still, als er meine Bluse aufknöpfte und meine Brüste liebkoste. Immer wieder saugte er an meinen dunklen Nippeln, streichelte mit seinem Daumen über meinen großen Brustwarzenhof. Meine großen Brüste gefielen ihm. „Ich will dich", stöhnte er und öffnete den Knopf meiner Jeans, zog den Reißverschluss runter und schob seine Hand in meinen Slip. Ich war wie benebelt. War es seine Nähe, seine Worte oder der Rotwein? Vielleicht aber auch das lockende Ambiente der aufkommenden Dämmerung. Alle guten Vorsätze waren vergessen. Ich zog den Bauch ein, damit seine Hand die Tiefe der Wollust erreichen konnte. Er fand, was er suchte. „Traust du dich Angelika,", flüsterte er und seine Stimme bebte. „Traust du dich die Beine zu öffnen?" Sein Körper war so weich und warm, seine suchenden Bewegungen so sanft. „Ich will dich fühlen." Er stöhnte und wurde sichtlich nervös. Ich schwankte zwischen lustvollen Gefühlen und Ängsten bei dem Gedanken an danach. Wie weit würde ich es zulassen, wie weit würde er gehen? Er war so anders als Stefan. Oh Gott Stefan! Alles holte mich ein, sein drohender Finger beim Abschied, ihm treu zu bleiben. Ich hatte es versprochen. Und jetzt? Ich zitterte.

Mike war so ganz anders. Er verstand es, in mir eine Sehnsucht zu wecken nach mehr, nach dem Unbekannten, nach Lust und Leidenschaft. Noch nie wurde ich so feucht wie jetzt bei ihm. So hatte mich Stefan nie berührt. Und ich hätte das so auch nicht zugelassen. Was ging hier in mir vor? Ich verdrängte die Erinnerung, gab mich nur dem herrlichen Feeling hin, der Begierde, die mich ummantelte. Endlich, endlich war er bis zu meinem Allerheiligsten vorgedrungen. Ich hielt den Atem an. Seine Augen glitten suchend über mein Gesicht. Wieder liebkosten mich seine Lippen. Zärtlich umkreiste er den Gipfel meiner Erregung. Ich stöhnte, schloss die Augen. Durfte ich es, sollte ich es zulassen, was sind die Folgen? Alles verzehrte sich in mir danach, doch ich wagte es nicht. Meine Hand legte sich um sein Handgelenk. Ich hinderte ihn daran, fortzufahren. Er sah mich für einen Moment verdutzt an und lächelte. Kurz darauf, ich war noch ganz benommen, gingen wir schweigend zu den anderen ans Feuer zurück.

Er tat so, als wäre nichts gewesen. Als wir zum Feuer kamen, erkannte ich Jason. Er saß da und stocherte in der Glut. „Ich habe euch schon vermisst. Ihr wart lange Zeit weg." „Ich habe Angelika den Baum der Schamanen gezeigt", meinte Mike. „Aha! Hast du ihr auch erklärt was der Baum bedeutet?" Mike wurde jetzt etwas verlegen. „Was bedeutet der Baum", wollte ich nun wissen. „Wenn ein Mädchen oder eine Frau von ihrem Liebsten an den Baum gedrückt und geküsst wird und sie seine Küsse erwidert, dann wird der Liebste bald darauf in sie eindringen und sie besamen, damit ihr Schoß Früchte trägt, so wie dieser Baum. Das ist eine uralte Überlieferung. Wenn der Baum sprechen könnte, dann könnte er so manche Liebesstory erzählen." Jason blickte auf und sah mich durchdringend an. Ich wurde rot und verlegen. Mike dachte sich nichts dabei, der lachte nur.

Die Worte von Jason konnte ich so schnell nicht vergessen, auch nicht die Fingerspiele von Mike. Ich war total durcheinander und in den nächsten Tagen wich ich beiden aus. Ich konnte mit Jason nicht mehr so umgehen wie früher. Irgendetwas stand zwischen uns. Ich spürte bei Tisch, wie er mich immer wieder anschaute.

In der nächsten Zeit widmete ich mich meinen Aufgaben. Ich kümmerte mich um Liss und um den Haushalt. Jason gab mir Reitstunden und die alte Hausdame verriet mir heimische Rezepte. Alles lief wunderbar. Mike nahm mich mit zu Veranstaltungen und ich konnte im Laufe der Zeit Land und Leute kennenlernen. Allerdings vermied ich es, mit ihm alleine zu sein.

Die Tage waren ausgefüllt mit Arbeit. Oft fiel es mir schwer, allen Anforderungen nachzukommen. Es war heiß, der Sommer meinte es zu gut. An einigen Tagen gab es kaum eine Abkühlung. Selbst die Nächte waren noch warm und ich konnte nicht schlafen.

Spät ging ich in dieser Nacht noch mal vor die Tür. Nur eine einfache Nachtbeleuchtung sorgte für spärliches Licht. Alles war ruhig. Ich lehnte mich leicht über die Holzbrüstung der Terrasse, schaute in die dunkle Nacht hinaus, hoch zum Sternenhimmel und ging meinen Gedanken nach. Ich war barfuß und trug nur ein dünnes Longshirt. Auf einmal ging die Türe. Ich ahnte, dass es Mike war. Dann stand er hinter mir. Ich blickte mich nicht um, starrte nur geradeaus. Er legte seine Hände an meine Hüften. Die Berührung war angenehm. Die Wärme seiner Hände tat mir gut. Ganz leicht berührten sich unsere Körper. Für einen Moment standen wir einfach nur schweigend da. Ich genoss diesen Moment. Es war so schön, seine warmen Hände zu spüren, seinen Atem, seine Nähe. „Was ist los mit dir", flüsterte er leise an meinem Ohr. Sein feuchter Atem ging mir durch und durch und ich lehnte mich zaghaft an seine breite Brust. „Du weichst mir aus, seit damals, am Baum. Hat dich die Erklärung von Jason durcheinandergebracht?" Er lachte leise. Ich antwortete nicht. Genoss einfach nur, dass er mich in seinen Armen hielt. Das volle Feeling war wieder da, so wie am Baum. Nein dachte ich, nein nicht schon wieder, mahnte eine Seite in mir. Die andere Seite aber sehnte sich danach, das Baumspiel fortzusetzen. Alles war wieder präsent. Mein Hunger nach ihm, die Neugier nach dem, was kommen würde, wie es sein würde mit ihm.

Seine Lippen an meinem Ohr, seine zärtlichen Worte, sie berauschten meine Sinne. Ich ließ geschehen, dass er sein Knie von hinten zwischen meine Beine schob und sie auseinander drückte. Ich zitterte innerlich. Würde er mich jetzt intim berühren? Meine Anspannung wuchs. Nichts geschah, nur meine Beine waren jetzt leicht gespreizt. Zärtlich glitten seine Lippen über meinen Hals, seitlich über mein Gesicht. Ich drehte meinen Kopf. Unsere Blicke trafen sich und sie sagten alles. Wie von selbst öffnete sich meine Mund. Ich erwiderte seine Küsse, genoss es, als er zärtlich über meinen Rücken streichelte. Es war so schön mit ihm und ich bat innerlich darum, dass es nicht enden möge. Ganz still lehnten wir aneinandergeschmiegt. Sanft schaukelte er mich in seinen Armen hin und her. Wieder wand ich meinen Kopf, sah, wie er mich anlächelte. Etwas, das ich nicht deuten konnte, glänzte in seinen Augen. Seine Körperwärme und die warme Nacht heizten meinen Körper noch mehr auf. Seine Hände schoben mein Schlafshirt langsam hoch. Oh Gott, ich trug keinen Slip, was würde er denken? Ich wollte doch nur die laue Nacht für einen kurzen Moment genießen. Ich hatte nicht damit gerechnet, ihm zu begegnen. Wir schwiegen und ich hielt still, ließ es geschehen, dass er langsam mein Shirt immer höher schob.

„Damit habe ich heute nicht gerechnet", flüsterte er, schob mein langes Haar zur Seite und liebkoste mit dem Mund meinen Nacken. Seine Stimme war rau und belegt. Er trug nur eine dünne Short. Ich spürte seine stark erregte Männlichkeit, seinen kräftigen, nackten Oberkörper. Er presste seinen harten Freudenspender an meinen Po und fing an, sich leicht hin und her zu bewegen. Ich passte mich seinem Rhythmus an, lehnte erneut meinen Kopf zurück und schloss die Augen. Es war schön, ihn zu spüren, seine wachsende Erregung. Hart umklammerten in diesem Moment seine Hände meine Oberarme. Er stöhnte und ich vergaß alles um mich herum. Die Mahnungen meiner Eltern bei meiner Abreise, mich anständig zu benehmen. Die Blicke von Stefan, einfach alles. Ich wollte mich nur noch fallen lassen. Langsam glitten seine Hände über meine nackten Hüften, schoben sich hoch und umfingen meine Brüste. Leise stöhnte ich unter seinen Berührungen. Heiße Wellen der Lust durchzogen meinen Körper. Ich wusste, dass es heute geschehen würde. Ja, ich würde heute ihm gehören. Er wird meine Sehnsüchte stillen, die mich seit dem Erlebnis am Baum begleiteten. Ich wollte das Baumwunder erleben, von dem Jason erzählt hatte.

Mein Blick ging erneut in den dunklen Nachthimmel, hoch zu den unzählig blinkenden Sternen, die Zeugen unserer Lustbarkeit wurden. Mike hielt noch immer meine Brüste umfangen, strich sanft über meine Brustwarzen und erzeugte damit eine Revolution der Leidenschaft zwischen meinen Beinen. Ich wollte es mir nicht anmerken lassen, aber er schien es zu spüren. Sein fast stilles Lächeln war nicht zu überhören. „Gefällt dir das?" Ich nickte nur und schmiegte mich noch enger an ihn. Seine starke Männlichkeit drängte sich unter seiner dünnen Short gegen meinen Po. Es war, als würden wir langsam zu einer

Einheit verschmelzen. Ein feiner Luftzug kam auf. Er tat so gut, kühlte meinen Körper. Es war, als würde ein leichtes Frösteln über meinen Rücken ziehen. „Ist dir kalt, willst du in dein Zimmer zurück", flüsterte er besorgt, und doch klang etwas in seiner Stimme, das mir sagte: „Bitte bleib!" Und ich blieb, genoss diese herrliche laue Nacht mit ihm. Alle Anspannung fiel von mir ab. Er war mir mit einem Mal so vertraut, als seine Hände immer forscher über meinen nackten Körper glitten. Von meinen Brüsten über meine Taille, Hüften, hin zu meinem nackten Po. Wann würde er meine Scham berühren? Ich zitterte.

„Weißt du noch was Jason gesagt hat Angelika? Das von dem Baum?" Seine Stimme war rau und doch unendlich warm. Ich nickte und lehnte meinen Kopf an seine Schulter. Mike hielt mich fest umfangen, drückte mich leicht über die Holzbrüstung. Und dann glitten sie durch meine Spalte, seine suchenden Finger. Zärtlich, langsam. Es war, als würde ein Blitz durch meinen Körper jagen, als er meine Perle berührte. Ich stöhnte, bewegte leicht mein Becken. Ich wollte ihm zeigen, dass ich mehr möchte. Für einen Moment dachte ich an die Worte von Jason, was er von der Baumsage erzählte. „Tu es", flüsterte ich leise. „Tu das, was die Baumsage verspricht?" Ich stöhnte erneut.

Seine feinen Berührungen trugen mich auf die Wolke einer noch nie erlebten Lust. Ich wurde mutig, drehte mich zu ihm, schob meine Hand in seine Short. Unsere Blicke hielten sich fest, als meine feuchte Hand den Stab seiner Lust umschlang, ihn zärtlich stimulierte. Nur für einen Moment. Sein Gesichtsausdruck signalisierte Leidenschaft pur. Ein fester Griff, eine kurze Drehung und ich spürte erneut seinen feuchten Atem in meinem Nacken, sein Knie zwischen meinen Beinen. Langsam schob er mein Shirt nach oben und dann konnte ich ihn spüren, den Zauberstab, der von hinten meine Öffnung suchte. Gezielt glitt er gierig durch meine aufblühenden Schamlippen. Ich bewegte animierend mein Becken. Er eroberte meine feuchte Öffnung. Langsam, ganz langsam, drang sein glühender Lüstling tief in mich ein. Ich stöhnte, spürte einen lustvollen Schmerz. Sein heißer Atem strich über meinen Nacken. Seine Stöße wurden heftiger, mein Becken passte sich seinem Rhythmus an. Fest hielt er meine Hüften umfangen. „Spürst du, wie sich die Baumsage erfüllt", keuchte Mike. Ich nickte, genoss seine Erregung, die lustvollen Gefühle, die durch meinen aufgewühlten Leib peitschten.

In der Stille der Nacht waren die Geräusche der Leidenschaft nicht zu überhören. Langsam ebbte unsere Erregung ab und noch lange hielt er mich umfangen. Wir standen einfach nur da, immer noch eng umschlungen. Unsere Wangen berührten sich. Wir schauten hinaus in die dunkle Nacht, über die weite Landschaft. Und ganz weit da hinten, da war der Baum. Ob Mike ihn auch suchte mit seinem Blick? Ich wollte ihn nicht fragen, nicht diesen einzigartigen Moment mit Worten zerstören. Zuhause würde es kein Baumorakel geben. Doch daran wollte ich jetzt nicht denken. Auch nicht an morgen. Jetzt zählte nur dieser Augenblick.

Gefährliche Neugier

Melanie war so herrlich jung, als sie anfing sich in diversen Chatlines zu bewegen. Immer öfter interessierte sie sich für Jungs, traute sich aber nie mit einem aus der Klasse oder aus dem Freundeskreis zu flirten. Ihre Freundinnen hatten schon erste sexuelle Erfahrungen gesammelt. Auch Melanie interessierte sich immer mehr dafür, wie es wohl wäre, mit einem Jungen intim zu werden. Alle erzählten so viel vom ersten Mal. In ihren Vorstellungen ging da allerlei durch ihren Kopf, doch die Wirklichkeit sah anders aus. Da hielt sie sich eher zurück. Viel lieber lebte sie ihre Träume in der Anonymität diverser Lines aus. Da, wo sich junge Leute trafen und sich austauschten. Immer wieder war sie dort unterwegs. Mal mehr, mal weniger, dann mal wieder eine längere Zeit nicht. Sie lernte auch ganz nette Jungs kennen, schrieb mit ihnen, doch wenn es dazu kam, sich auch einmal zu treffen, dann blockte sie ab. Sie hat sich zweimal sogar verliebt. Träumte von einer späteren Zukunft um dann festzustellen, dass der Auserwählte gar nicht so lange warten wollte. Irgendwie war sie noch richtig naiv.

Ihre Neugier wurde immer mehr geweckt. Und vor allen Dingen, sie war nicht mehr einsam. Da war immer mal jemand, der sich für sie interessierte. Sie selbst erzählte keinem davon. Das alles sollte ihr Geheimnis bleiben. Die Eltern hätten kein Verständnis dafür. Im Gegenteil, sie warnten immer vor diesen Freundschaften. Ja und mit ihren Freundinnen, da hatte sie auch keinen solchen Kontakt, dass sie darüber erzählen würde. Manchmal konnte sie es kaum erwarten, bis sie zu Hause war, um sich in ihre eigene geheimnisvolle Welt zu begeben. Sie nutzte die Zeit, wenn die Mutter zur Arbeit war oder schon auch mal nachts, wenn alle schliefen. Wenn sie dann mal wieder enttäuscht war von einem Jungen, mit dem sie schrieb, dann konnte es sein, dass sie wochenlang nicht in den Chat ging.

So ganz aber kam sie nicht los davon. Was es da so alles zu lesen oder zu berichten gab. War schon alles ganz lustig. Und wie sich die alle vorstellten oder was sie so von sich schrieben oder erzählten. Das mussten ja alles tolle Kerle sein. Da kam sich Melanie manchmal richtig klein vor. Was die so für Fragen stellten. Der richtige Kick aber war einfach nicht dabei. Lange Zeit war Melanie nicht mehr auf der Line vertreten. Die Schule verlangte ihre ganze Aufmerksamkeit. Sie stand kurz vor dem Abschluss und wollte alles geben.

Trotz Sommerzeit war der Tag regnerisch, alles grau in grau. Melanie war lustlos. Keiner war zu Hause, Aufgaben waren kaum noch zu erledigen. Die Prüfungen waren alle abgeschlossen. Irgendwie kam sie sich richtig verlassen vor. Wie von selbst griff sie nach ihrem Smartphone, loggte sich in den Chat ein und rief ihre Nachrichten ab. Viel hat sich da nicht getan in den letzten drei Wochen. Für sie schien sich wohl keiner zu interessieren. Ob sie vielleicht mal ihr Foto ändern sollte oder ihre Eckdaten? Da fiel ihr ein Hinweis auf: „Hallo, du gefällst mir, ich würde gerne mehr von dir wissen, melde dich bitte!"

„Wer hier wohl dahinter steckt", fragte sich Melanie und klickte die Nachricht an. Es war ein Junge, der hieß Mirko, zwanzig Jahre alt, besuchte das Gymnasium. Das, was er von sich geschrieben hat, gefiel ihr und sie schrieb ihm zurück. Schon bald darauf kam Antwort von ihm. Er findet es super, dass auch sie das Gymnasium besucht. Er hat dieses Jahr das Abitur gemacht und wenn sie soweit wäre, dann könnte er ihr vielleicht sogar behilflich sein. In allem, was er schrieb, wirkte er so erwachsen, verständnisvoll und doch richtig lustig und fröhlich. Den ganzen Sommer hindurch hatten sie regen Kontakt. Schon bald tauschten sie die Telefonnummern aus und telefonierten zusammen.

Er hatte eine sehr einschmeichelnde, beruhigende Stimme. Sie könnte ihm stundenlang zuhören. Er wollte viel von ihr wissen. Ob sie schon oft verliebt war, derzeit einen Freund hätte bzw. ob sie schon mal länger mit einem Jungen zusammen war. Sie erzählte ihm, dass sie nicht so richtig bei Jungs ankam und sich manchmal schon sehr einsam fühlen würde. Dass der Kontakt mit ihm so anders wäre, als mit den Jungs bisher. Sie ertappte sich dabei, wie sie sich immer mehr nach ihm sehnte, nach den Gesprächen mit ihm, nach seinen Komplimenten.

Manchmal meldete er sich einfach nicht, dann wurde sie nervös, ja fast krank. Sie konnte es kaum erwarten, seine Stimme zu hören oder eine Nachricht von ihm zu lesen. Seine einschmeichelnden Worte gefielen Melanie, dass sie schön wäre und dass man sich mit ihr wunderbar unterhalten könne. Dass sie klug sei und nicht so affig wie die anderen Mädels.

Eines Nachts, sie plauderten wieder zusammen über das Smartphone, da meinte er: „Kannst du dir vorstellen wie es wäre, wenn ich jetzt bei dir wäre und dich küssen würde? Wenn ich dich berühren würde? Deine Brüste, deine Schenkel." Melanie wurde unruhig bei seinen Worten. So direkt hat er noch nie mit ihr gesprochen. Sie haben zwar geflirtet, aber nicht so. Sie hielt den Atem an, um ihn genau zu verstehen. „Möchtest du das, Melanie, möchtest du, dass ich dich streichle an deinen intimsten Stellen?" Melanie nickte, hielt krampfhaft ihr Smartphone fest und lauschte seiner Stimme. „Tust du es für mich? Berührst du dich da, wo ich es dir sage? Folge einfach meinen Worten Melanie, ich spüre genau, dass du bereit dazu bist. Wir wollen gemeinsam deine intimen Stellen berühren.

Hast du das schon mal mit dir gemacht? Hast du dich schon berührt, dein Liebesdreieck, deine Brüste? Gerne würde ich jetzt bei dir sein. Aber wenn du mir ein Foto schickst, auf dem ich dich nackt sehen kann, auch direkt ein Foto so zwischen deinen Beinen, dann kann ich dich über das Smartphone streicheln."

Die Stimme von Mirko war leise, freundlich und doch fordernd. Melanie konnte nicht sprechen. Etwas ging in ihrem Körper vor. Sie spürte etwas, das sie so nicht kannte. Ein Verlangen das zu tun, was er wollte, wäre da nicht die Angst, die warnenden Worte ihrer Mutter, sich nie einfach mit Fremden einzulassen. Überhaupt, wenn das ihre Mutter oder ihre Freunde wüssten. Doch Mirko war ja nicht fremd, er war ihr inzwischen so vertraut. Und ihr Körper sehnte sich danach, endlich einmal etwas Außergewöhnliches zu erleben, etwas Verbotenes zu tun. „Was ist mit meiner kleinen Melanie", hörte sie wieder Mirkos schmeichelnde Stimme.

Melanie zögerte, dann drückte sie den Knopf. Sie hat das Gespräch abgebrochen. Alles wurde ihr zu eng. Sie atmete schwer, ihr war heiß geworden und sie war plötzlich unsicher. Lange noch blickte sie auf ihr Smartphone, als schien sie darauf zu warten, dass der Ruf ertönt, doch es kam nichts. Auch in den nächsten zwei Wochen kam keine Meldung, Mirko war auch nicht im Chat. Melanie vermisste ihn und als sie es nicht mehr aushielt, setzte sie sich hin und

schrieb: „Warum meldest du dich nicht mehr?"
Zwei Tage später kam eine kurze Nachricht:
„Warum? Du willst doch nichts von mir wissen!" „Ich vermisse dich", schrieb Melanie.

„Dann schick mir das Foto, das ich von dir möchte. Schick mir ein Nacktfoto von dir. Ich will deine Brüste sehen und deine gespreizten Beine, mach ein Selfie und schick es mir, dann ruf ich dich an!" Melanie blickte unsicher auf seine Forderung. Wieder zögerte sie, doch die Sehnsucht nach ihm, die Angst, dass er sich nicht mehr melden würde, war größer als die Scham, ein Nacktfoto von sich zu machen und es ihm zu schicken.

Sie kannte ihn doch nicht, hatte ihn noch nie gesehen? Oh doch, sie kannte ihn, und er kannte sie. Seit Wochen hatten sie Kontakt. Keiner wusste so viel von ihr wie er. Sie hatte ihr ganzes Leben vor ihm ausgebreitet. Er kannte ihre Sehnsüchte, wusste, dass sie noch unberührt war, dass sie starke körperliche Sehnsüchte verspürte und doch voller Hemmungen war. Alles hatte sie ihm erzählt und er war ein geduldiger Zuhörer, zeigte viel Verständnis für ihre großen und kleinen Nöte.

Noch zögerte Melanie, doch dann entkleidete sie sich, legte sich nackt auf ihr breites Mädchenbett, mit den vielen kleinen Kissen und fing an sich selbst zu fotografieren. So wie er es wollte. Ihre Brüste, ihre geöffneten Schenkel und ein Bild, wie sie seitlich nackt da liegt und in die Kamera lächelt. Noch mal ein kurzes Zögern, doch dann schickte sie die Fotos ab. Kurz darauf meldete sich Mirko. „Wow! Melanie, du siehst klasse aus, ich bin hin und weg. Du machst hier ja jedem Model Konkurrenz!" Seine smarte Stimme verfehlte nicht seine Wirkung. Melanies Gesicht rötete sich vor Aufregung. Sie konnte gar nichts sagen, atmete nur ganz aufgeregt. „Liegst du noch in deinen schönen Kissen?" „Ja!" Und, bist du noch nackt, sind deine Beine noch gespreizt? Mach sie schön auf und dann nimm deine Hand und berühre dich." Mirkos Stimme war bestimmend und doch leicht angespannt. Streichle dich, streichle dich bis du schön feucht bist, nicht aufhören, ich will hören, wie du es dir machst, wie du kommst."

Melanie tat alles, was Mirko wollte. Sie hielt ihr Smartphone zwischen ihre Beine, damit er hören konnte, wie sie sich stimulierte. Immer wieder feuerte Mirko sie an. Er ließ mit seinen Worten ihre Finger kreisen und lauschte den Geräuschen am anderen Ende der Leitung. Dass er dabei Hand an sich legte, wusste Melanie nicht. Die ersten Schweißperlen traten auf ihre Stirn. Ihr Gesicht war heiß und rot. Ihr ganzer Körper spannte sich. Und dann kam Melanie. Sie explodierte regelrecht, erlebte ihren ersten, richtigen Höhepunkt. Auch Mirko, am anderen Ende der Leitung, atmete schwer. „Du warst gut Melanie, deine Lust zu hören war super. Jetzt will ich aber noch ein Bild, wie das jetzt so aussieht zwischen deinen Beinen also mach ein Foto und schick es mir."

Und Melanie tat erneut, was er wollte. Von da an verführte Mirko Melanie regelmäßig über das Smartphone, verlangte von ihr Fotos, wie sie sich selbst befriedigte und ihre weibliche Öffnung bediente. Wenn Melanie nicht so tat, wie er wollte, dann brach er das Gespräch ab und meldete sich nicht mehr. Das konnte Melanie nicht ertragen. Sie liebte ihn und wollte geliebt werden. Dass sie ihm inzwischen verfallen war, merkte sie nicht. Ein Leben ohne ihn, ohne seine Anrufe und Nachrichten konnte sie sicht nicht mehr vorstellen. Sie lebte nur für den Moment, von ihm zu hören. Manchmal telefonierte sie mit ihm stundenlang, litt, wenn er sich tagelang nicht meldete. Immer mehr zog sie sich von ihren Freunden zurück.

Ihre Mutter fragte oft, was mit ihr los sei. Doch keinem konnte Melanie von Mirko erzählen und was er mit ihr machte. Eines Tages wollte er sie sehen, meinte, dass die Zeit jetzt reif wäre, sich persönlich kennenzulernen. Melanie wollte es auch. Ja sie freute sich sehr darauf. Schon lange träumte sie davon, wie es wäre, ihn zu treffen. Inzwischen war sie mit Mirko so vertraut, dass sie sich regelrecht danach sehnte, endlich von ihm in den Arm genommen zu werden.

Melanie war an diesem Tag total nervös. Er wohnte etwas von ihr entfernt, wollte sich mit ihr am Busbahnhof ihrer Stadt treffen. Er nannte ihr seine Autonummer und Melanie hielt Ausschau nach ihm. Er war pünktlich, doch als sie zu ihm ins Auto stieg, stellte sie fest, dass da nicht ein zwanzigjähriger junger Mann saß, sondern ein offensichtlich schon etwas älterer. Die Dreißig hatte er schon überschritten. Er bemerkte ihren fragenden Blick, lachte aber nur und streichelte ihre Wange. „Du siehst so hübsch aus, wie auf den Fotos", meinte er. Mirko fuhr mit Melanie in eine andere Stadt, führte sie aus, sie plauderten und für Melanie war es, als würde sie ihn schon jahrelang kennen. Sie war richtig stolz, wie er sie behandelte, wie er mit ihr sprach. Das war alles ganz anders als mit den Freunden aus der Schule. Sie speisten vornehm, verbrachten den Abend noch in einer kleinen Bar. Es war alles total aufregend. Immer wieder trafen sich ihre Blicke, sie tauschten Küsse aus. Melanie hätte sich gerne eine intime Schmusestunde gewünscht. Mirko aber nahm sie zum Abschied nur in den Arm und hielt sie längere Zeit fest. „Wir sehen uns wieder", meinte er mit etwas belegter Stimme.

Beim nächsten Treffen fuhr er mit ihr weiter hinaus in die Natur, da wo sie keinem begegnen würden. Es war ein herrlicher warmer Spätsommertag. Sie liefen durch den Wald, kamen an eine Lichtung. Mirko hatte aus dem Auto die Decke mitgenommen und breitete sie aus. Hier waren sie ganz allein. Nur die Geräusche der Natur waren zu hören. Die Sonnenstrahlen wärmten Melanie, als er sie im Arm hielt und langsam ihre karierte Bluse öffnete. Sie trug keinen BH, ihre festen Brüste waren eine herrliche Handvoll, als er sie berührte. Seine Hände machten weiter, nestelten an ihrer Jeanshose, streiften sie über ihre Hüften. Ein verführerischer Slip bedeckte ihre Reize.

Sein Mund suchte ihre Lippen, die sie ihm willig anbot. „Leg dich zu mir", raunte er an ihrem Ohr und drückte sie auf die ausgebreitete Decke. Sie sah so süß aus in ihrer geöffneten, karierten Bluse, ihren festen Brüsten mit den steifen, dunklen Nippeln und dem knappen Slip. Erwartungsvoll auf der Decke liegend, die Augen geschlossen, ließ sie sich von der Sonne wärmen. Sie war voller Erwartungen, hatte das Gefühl innerlich zu frieren, obwohl es ihr irgendwie heiß war. Mirko entkleidete sich, legte sich nackt neben Melanie und umfasste mit seinen Händen die festen Hügel. Während sich ihre Blicke trafen, beugte er sich hinab und kreiste mit der Zungenspitze über ihre Brustwarzen. Melanie stöhnte. Wieder hielten sich ihre Blicke fest. Er spürte, wie ihr jungfräulicher Körper bebte, als sich seine Hand zwischen ihre Beine schob.

So wie er sie berührte, im Arm hielt und liebkoste. So fühlte sie sich wohl. Sie sah nur ihn, kokettierte mit seinen Augen. Ihr Atem ging schnell. Ja sie wollte es, wollte ihn empfangen, seine Männlichkeit in ihrem Schoß aufnehmen. Noch nie hatte sie sich so sehr nach einem Mann gesehnt wie in den letzten Wochen und Monaten nach Mirko. Und er war ein Mann, kein Junge, mit ihm war alles so ganz anders und sie wollte ihn nicht verlieren. Seine kräftigen Arme umschlangen ihre

Beine. „Du wirst heute meine Frau, Melanie", flüsterte Mirko an ihrem Ohr. Sein feuchter Atem ging ihr durch und durch. Seine Worte waren Balsam für ihre Seele. Ja, sie wollte ihm gehören. Endlich direkt erleben, was er sie schon immer über das Telefon hat spüren lassen.

„Sag mir, dass du es möchtest", flüsterte Mirko mit belegter Stimme. Etwas scheu legte Melanie ihre Arme um seinen Hals. „Du weißt es doch, so wie am Telefon, so wie du mich geführt hast." Ihre Augen glänzten, lockten. Vorsichtig strich Mirko der erwartungsvollen jungen Frau durch das feuchte Haar, liebkoste ihr Gesicht, ihren Körper, ihren Schoß. Fast unbemerkt klopfte sein Zauberstab an die Pforte der Glückseligkeit, die sie ihm erwartungsvoll darbot. Als er lustvoll ihre zuckende Weiblichkeit eroberte, sie zum Beben brachte, verschmolzen ihre Körper ineinander.

Mirko stillte Melanies Sehnsucht und sein eigenes Verlangen und versenkte tief in ihr sein Serum der Fruchtbarkeit.

Gefesselte Leidenschaft

Das alte Adelsgeschlecht derer zu Stonebag gab wieder einmal eine ganz besondere Einladung. Nur auserwählten Gästen war es gestattet, an diesem traditionellen Jahresfest teilzunehmen. Ulmut, der weit über die Lande bekannte Heiler mit den Kräften eines Zauberers war ebenfalls eingeladen. Man nahm gerne seine Dienste in Anspruch. Allein schon sein Auftreten hob die Stimmung. Eine enorme Gewalt ging von ihm aus. Wenn er den Raum betrat, hatte man das Gefühl, dass ihn ein aufbrausender Sturm umgab.

Seinem lodernden Blick entging nichts. Stella Stonebag, die alternde Gräfin, hielt sich gerne in seiner Nähe auf. Er hatte es noch immer geschafft, sie aus ihrem Tief zu befreien, wenn sie mal wieder Tage der Trauer und Unlust begleiteten. Er kannte ihre innersten Geheimnisse. Gab es doch Zeiten, in denen sie ihm regelrecht verfallen war. Damals, als ihr Mann sie mit anderen Frauen betrog. Doch das lag schon lange zurück.

Die Jahre ihrer Fruchtbarkeit und ihrer strotzenden Weiblichkeit waren vorüber. Ihr Körper sehnte sich langsam nach Ruhe. Doch ihr Gatte hatte das Gefühl, seinen Samen in alle Richtungen ausstreuen zu müssen. Immer wieder suchte er sich junge Frauen, um seine Gelüste zu stillen. Ja er machte nicht einmal vor seiner Stieftochter Halt. Er nahm sie mit in sein Bett, als die Gräfin mit Frauenkrankheiten zu kämpfen hatte und immer mehr die Unlust von ihr Besitz ergriff.

Das Mädchen war schon immer dem Stiefvater zugetan und er nahm keine Rücksicht darauf, mit wem er sein Bett teilte. Er nahm sie und besamte sie, wann und wie es ihm gefiel. Es herrschten raue Sitten im Hause der Stonebag und keiner getraute sich, dem Alten zu widersprechen. Stumm musste die Gräfin das alles mit ansehen und ertragen.

Sie ging damals zu Ulmut und flehte ihn an, ihr einen Zaubertrank zu brauen, der ihren Mann wieder in ihren Schoß zurückführen sollte. Sie wollte ihn befreien von seinen gierigen Gelüsten. Und sie wollte ihre eigene Liebeskraft zurückgewinnen, um ihn endlich wieder zwischen ihren Beinen zu spüren. Schließlich war sie eine Frau im besten Alter und noch lange nicht zu alt für die Liebe, auch wenn ihr Körper nicht mehr so straff und knackig war wie noch vor zwanzig Jahren.

Ulmut gefiel diese stolze Frau. Sie sah immer noch gut aus und ihr ausgeschnittenes Mieder zeigte pralle Brüste, deren Haut zwar nicht mehr so glänzte wie früher, dennoch versprachen die weichen Hügel Freuden der Lust. Keiner kannte Ulmut richtig, niemand wusste genau, was hinter seiner Fassade steckte. Schon so manche Frauen sind zu ihm gekommen und er hat es verstanden, sie auf seine ganz besondere Art und Weise zu heilen. Sie waren voll des Lobes, ja sie schwärmten sogar von ihm. Und die eine oder andere war es, die ihn regelmäßig aufsuchte.

Er war davon angetan, als Stella nach ihm schickte. Sie gewährte ihm Einblick in ihr Innerstes und er bestellte sie in seine schlichte Behausung, die etwas abseits des Geschehens lag und von einer hohen Mauer umgeben war. Damals war Stella noch regelmäßig ausgeritten und so war es ein Leichtes, den Magier in seiner trutzigen Behausung zu besuchen. Sie wählte eine Zeit, in der es bereits dämmerte. In einen schwarzen Umhang gehüllt betrat sie zögernd das düster wirkende Haus. Er erwartete sie bereits und führte sie in einen wohnlich wirkenden Raum, der erfüllt war von ganz eigenen Gerüchen. In einem großen Kamin brannte das Feuer und warf einen hellen Schein an die vom Ruß geschwärzten, rauen Wände.

Vorsichtig blickte Stella um sich. Noch nie war sie allein und ohne Begleitung im Haus eines fremden Mannes. Es wurde viel gemunkelt, dass es bei dem Heiler nicht mit rechten Dingen zugehen soll. Doch keiner wusste etwas Genaues. Auch nicht wer bei ihm so ein und aus ging, da alles meist heimlich geschah. Und doch kamen die Menschen zu ihm, meist wurde aber nur hinter vorgehaltener Hand über ihn und sein Treiben erzählt.

Er nahm Stella den Umhang ab. Ihre dunkelrote Samtrobe schmückte ein üppiges Mieder. Ihre helle Haut passte zu ihren blonden, mit grauen Fäden durchzogenen, hochgesteckten Haaren. Unsicher blickte sie um sich. Ulmut stellte sich hinter sie, berührte ihre Schultern und drückte sie sanft gegen seine breite Brust. „Du wirst genau das tun, was ich dir sage, Stella. Du willst eine neue Liebeskraft, willst dadurch deinen Mann zurückgewinnen. Ich werde dir helfen, doch du musst mir vertrauen. Ich werde deine Haut mit verführerischen Ölen tränken. Diese Lockstoffe werden ihn zu dir führen. Wenn du ihm dann noch zwei Wochen lang jeden

Abend fünf Tropfen meines Wundermittels in seinen Wein gibst, dann wird er schon bald wieder ganz dir gehören.

Stella lehnte dankbar und entspannt ihren Kopf an seine Schulter. Er streichelte ihr Gesicht und ihre Wange, sie schmiegte sich in seine große, etwas raue Handfläche. Was für ein Gefühl. Wie lange war es her, sich so vertraut an einen Mann zu lehnen. Der Graf hatte sie schmählich zur Seite geschoben. Teilte sein Bett mit anderen willigen Frauen und machte sogar vor der Stieftochter nicht halt. Ja sie wusste davon, doch sie verdrängte es.

Manchmal packte sie purer Neid und Zorn, wenn sie sah wie er schöne, junge Frauen mit lüsternen Augen betrachtete. Für sie hatte er keinen Blick und Streicheleinheiten kannte sie schon lange nicht mehr. Es tat jetzt so richtig gut, die Wärme und Nähe des undurchschaubaren Heilers zu spüren. Ulmut führte Stella an den klobigen Holztisch und bat sie, Platz zu nehmen. Im Kessel über dem Feuer brodelte eine dunkle Flüssigkeit. Ulmut schöpfte etwas davon in einen irdenen Becher und reichte Stella das heiße Getränk. „Trinke es in kleinen Schlucken aus. Eine wohlig Wärme wird dich umhüllen und deine Haut öffnen für die Duftstoffe, mit denen ich dich dann einreiben werde."

Sie blickte ihn irritiert an. Wie sollte das gehen? Röte schoss in ihr Gesicht bei dem Gedanken. Erst jetzt wurde ihr bewusst, dass sie ganz alleine mit ihm war. Doch sein durchdringender Blick duldete keine Widerrede. Sie trank und fühlte eine Leichtigkeit, durch ihren Körper ziehen. Entspannt schloss sie die Augen, glaubte leise Musik zu hören und gab sich ganz ihren Gefühlen hin. Sie kam langsam zu sich, als sie erneut seine Hände auf ihren Schultern spürte. Er schob sie weiter nach unten, um dann von oben in ihr fest geschnürtes Mieder zu gelangen. Ein leichter Schwindel umnebelte ihre Sinne. Ihre Stimme wollte ihr nicht gehorchen. Seine kräftigen Hände umschlossen ihre großen Brüste, die sich bei der Berührung strafften. Mit Daumen und Zeigefinger zwirbelte er ihre Brustwarzen, bis sie einen himmlischen Schmerz verspürte.

Ihr Gesicht brannte vor Scham und Lust. Langsam zog er sie hoch und führte sie zu einem Waschzuber, der in der Mitte des Raumes stand. Er war gefüllt mit warmem Wasser. Zahlreiche Kräuter schwammen darin. Die zum Teil ätherischen Öle stiegen in ihre Nase. Sie hob den Kopf und schnupperte. „Zieh dich aus Stella, steig in das Wasser und schließe die Augen." Ihre anfängliche Scheu war verschwunden. Langsam zog sie die Schnüre ihres Mieders auf und streifte die schwere Robe ab. Jetzt noch ihre Unterwäsche. Etwas unsicher blickte sie zu ihm. „Steig in das Wasser", befahl er ihr erneut. Das, was er sah, gefiel ihm. Ihre üppigen Brüste und ihr wohlgeformtes breites Becken konnten sich sehen lassen. Ihre Scham war umhüllt mit feinen blonden Haaren. Ihre Haut war makellos. Zwar nicht mehr so elastisch, aber ihr Körper konnte einen Mann schon noch gewaltig in Erregung versetzen.

Ulmut wusste genau, wenn sie erst in diesem Kräuterwasser gebadet hat und sein Öl von ihrer Haut aufgesogen wurde, wird sie ihren Mann vergessen haben. Dann wird sie immer wieder an diesen Ort zurückkehren und ihn anflehen, ihre immer wieder aufkeimende Lust zu stillen. Und sie wird ihm den Weg ebnen zu ihrer schönen Tochter, die meistens hochmütig an ihm vorbei ging. Würde sich diese arrogante Schönheit erst in seinen Räumen befinden, würde er sie schon seinem Willen zu unterwerfen wissen. Der alte Graf hat dann verspielt und Stella wird in Ruhe weiterleben können. Das war sein Plan Doch davon erzählte er Stella nichts. Heute würde er ihren Schoß erobern und die Krönung wird sein, wenn er den Unterleib von Tamara, der schönen und verruchten Grafentochter erobert. Wenn sie für ihren Stiefvater die Schenkel öffnet, dann konnte sie das auch für ihn tun.

Immer mehr reifte der Gedanke in seinem Kopf, während er Stella beim Bad beobachtete. Als das Wasser langsam abkühlte, forderte er sie auf, aus dem Waschzuber zu steigen. Er hatte im Kamin noch einmal kräftig Holz nachgelegt. Das Feuer loderte und verbreitet eine angenehme Wärme. Ihr Körper dampfte, als er sie in ein grobes Linnen wickelte und anfing, sie abzureiben. Das Tuch war rau und ihre Haut bekam rötliche Striche. Er spürte ihr festes Fleisch unter seinen Händen. Ihre etwas kräftigen Schenkel, die gut gepolsterten Hüften und die herrlichen dicken Brüste, die leicht nach unten hingen. Sie war Fleischeslust pur und das gefiel ihm.

„Komm mit", forderte er sie auf, „lehn dich hier mit dem Rücken an die Wand." Die Mauer war kühl und rau, doch ihr aufgeheizter Körper merkte das nicht. Er nahm ihren Arm, zog ihn zur Seite und hängte ihn in eine Schlinge aus Leder, die fest ihr Handgelenk umschloss. Sie blickte ihn mit großen Augen an, doch er reagierte nicht. Nahm die andere Hand und hängte sie ebenso in eine Schlinge. Ihr nackter, angebundener Körper, noch rot vom heißen Bad und der flackernde Feuerschein gab ein gespenstisches Bild ab. Er nahm aus einem kleinen Kästchen eine dunkle, reich verzierte Flasche. Als er sie öffnete, entströmte ihr ein zauberhafter Duft. Stellas Gesichtszüge entspannten sich, ihre Brust hob sich. Sie atmete tief ein und aus.

Vorsichtig goss er das duftende Öl in seine große raue Hand und fing an, ihren nackten, noch dampfenden Körper damit einzureiben. Schon bei der ersten Berührung schloss Stella die Augen und lehnte sich in ihren Fesseln gegen das nackte, kühle Mauerwerk. Ein tiefer Seufzer drang aus ihrer Brust, als seine Hand über ihren schlanken Hals strich, weiter wanderte über ihre Schultern, hin zu ihren Brüsten und langsam über die hellen Brustwarzen. Ihre Nippel richteten sich auf, ein leichter Schauer lief über ihre Haut. Das Blut pochte in ihren Adern, als sich seine raue

Hand ihrer Scham näherte und vorsichtig durch ihre behaarte Spalte glitt. Feine Feuchtigkeit war zu spüren. Die Lustperle, noch versteckt zwischen den kleinen Schamlippen, zuckte leicht zusammen, als er sie zwischen seine Finger nahm und hin und her schob. Stella stöhnte laut, wand sich in ihren Fesseln und stieß verzückte Schreie aus. Er liebte die Lustgrotten der lüsternen Frauen, die sich willig seinen Spielen hingaben. Ihr weißes Fleisch, der aufblühende Unterleib, der sich unter seinen Fingern lüstern drehte, waren immer wieder ein genussvoller Anblick.

Hier konnten sich die einsamen und betrogenen Frauen das holen, was sie bei ihren Männern nicht bekamen, weil die geilen Böcke nur nach anderen Frauenröcken blickten und gar nicht wussten, was sich unter dem Rock ihres eigenen Weibes tatsächlich befand. Ulmut aber holte sich die sehnsüchtige Weiblichkeit, nahm sich ihre Schöße und gab ihnen seinen Samen tief in ihre zuckenden Grotten. Sein Zaubertrank stärkte ihn und ließ sein Rohr zu einer Größe erwachsen, von der jeder nur träumen konnte. Heute würde er Stellas Schoß füllen und morgen die Schenkel der Tochter auseinander drücken. Die Vorstellung steigerte seine Gier, und seine Hände umspannten erneut Stellas satte Brüste. Sein wettergegerbtes Gesicht näherte sich ihrer verlockenden Weiblichkeit. Seine kräftigen Zähne umschlossen die festen Nippel, bissen zu.

Ein unterdrücktes Stöhnen erfüllte den düsteren Raum. Er lachte und biss erneut zu. Im Licht des Feuerscheines glänzte ihr nackter Körper. Ihre gespreizten Beine zeigten ihm, dass sie mehr wollte. Seine Hände wanderten wieder zu ihrem Allerheiligsten und berührten das, was sich so sehnsüchtig in seine Hand schmiegte. Der kleine Knopf zuckte, als er über ihn strich. Ihr verschleierter Blick war voll auf ihn gerichtet. Sie stöhnte und flehte ihn an, sie zu nehmen. Wieder lachte er leise, als er ihre Gier bemerkte.

Sie sind alle gleich, dachte Ulmut. Und sie wollen nur eines, befriedigt werden. Warum nicht? Ihre Männer vergnügten sich bei jeder Gelegenheit und er nahm sich ihre Frauen. Und das problemlos. Sie kamen von alleine und boten sich ihm lüstern an. Nur Tamara nicht. Noch nicht. Sie war noch jung und testete ihre Reize in anderen Revieren. Doch der Tag wird kommen, da wird sie seine Hilfe suchen.

Ulmut war nicht so richtig bei der Sache, er dachte an diese verdammte Tamara, während er deren Mutter für sein Vorhaben benutzte. Der Duft von Stellas weiblicher Feuchtigkeit kitzelte seine Nase. Er betrachtete ihren glühenden Leib, nestelte an seiner Leinenhose und legte seinen Lustspender frei. Ein wahres Monster, das hier in seinen kräftigen Händen lag.

Der zuckende Kopf seiner Männlichkeit richtete sich immer wieder nach oben. Stella starrte auf das, was er tat. Genüsslich schaute er sie an. „Er wird sich in dir vertiefen, er wird dich verzaubern und dir deinen Mann zurückbringen. Der Graf wird meinem Riemen folgen und ihr werdet wieder Freude aneinander finden." Dann umspannten seine kräftigen Arme ihre immer noch festen Schenkel. Stelle spürte schmerzhaft das harte, kalte Mauerwerk in ihrem Rücken.

Mit kräftigen Stößen eroberte er ihren Schoß. Sein schon ergrautes Haar hatte sich gelöst, hing wirr in sein kantiges Gesicht. Er wusste, was sie wollten, was sie brauchten, die vergessenen Frauen, deren Jugend dem reifen Alter gewichen war. Sie öffnete sich ihm, bewegte im Rhythmus ihr Becken. Ulmut verstand es, auch Stellas Körper zum Explodieren zu bringen. Sie zeigte es ihm und er konnte es hören. Das war für ihn immer wieder eine Genugtuung. Außerhalb oder in ihren Schlössern und Burgen begegneten sie ihm immer etwas von oben herab. Wenn sie aber in seiner Behausung aus dem Zauberbad stiegen und in Fesseln hingen, dann gaben sie sich ihm leidenschaftlich und willig hin. Da präsentierten sie schamlos ihre Nacktheit und wollten nur eines, befriedigt werden. Langsam sanken ihre Beine auf die Erde zurück. Er hatte ihr alles gegeben.

Der Heiler schnürte seine Leinenhose um seinen Leib und ließ von ihr ab. Erschöpft hing sie in ihren Fesseln. Schweiß stand auf ihrer Stirn und lief über ihre Brüste. „Geh nach Hause Stella und tu was ich dir gesagt habe. Gib das zweite Fläschchen deiner

131

Tochter. Sag ihr, dass es von mir ist, das Öl würde ihre Schönheit steigern. Und dann wird sie kommen, Heilung bei mir suchen. Wenn sie erst mal bei mir war, wird sie den alten Stonebag ablehnen. Zieh dich an Stella, trage aber keine Unterwäsche. Dein Mann wird dich erwarten. Lege dich in deiner Robe auf das Bett, schürze deinen Rock und spreize deine Beine. Dein Duft wird ihn gefangen halten und dein Schoß wird ihn erfreuen. Du wirst sehen, noch heute wird er dich begehren. Seine Spuren vermischen sich mit meinen Spuren und er wird nur noch dir gehören, dich immer wieder beglücken. Ich weiß aber auch, dass deine Lust ab heute sich immer wieder nach mir sehnen wird, nach Ulmut, dem Heiler und Zauberer. Da bist du genauso wie die anderen Frauen. Aber ab heute weißt du ja, wo du mich finden kannst."

Nur aus Erfahrung wird man klug.

Schon immer war es mein Wunsch, Model zu werden. Doch meine Eltern waren davon nicht begeistert. Meine Mutter selbst war immer in der Modebranche tätig. Sie kannte die Härte des Geschäfts. Dadurch wollte sie es immer vermeiden, dass ich mich diesem Stress unterwerfe. Zu den Modeevents durfte ich nur selten mit. „Wenn dich die Fotografen sehen", meinte meine Mutter, „setzen sie dir nur Flausen in den Kopf. Das will ich nicht. Ich kenne diese Typen. Sie verdrehen Mädchen wie dir den Kopf und treiben dann Gott weiß was mit ihnen." Warum nur hielt sie mich von dem Geschehen fern? Ich sah doch schließlich gut aus.

Doch ich konnte einfach nicht verstehen, weshalb sie mich von diesem Geschehen fernhielt. Schließlich sah ich doch gut aus. Mein Vater war Inder und ich sah ihm sehr ähnlich. Mit meinem dunklen Teint, den schwarzen langen Haare und meinen dunklen blitzenden Augen war ich nicht zu übersehen. Außerdem hatte ich einen guten Job in der Medienbranche. Das Modeln allerdings wäre auch etwas für mich. Es gefiel mir, wenn man mir Komplimente machte. Außerdem reizte es mich, mein Outfit so zu gestalten, dass die Blicke auf mich gerichtete waren. Auf mich und auch auf meinen Körper. Ja, da war diese tiefe Sehnsucht in mir. Ich wollte mich Männern zeigen, meinen Körper präsentieren und mich fotografieren lassen.

Das Verlangen wurde immer stärker. Wie würden sie meinen Körper sehen, wie mich in Pose stellen und ablichten? Wie wird es sein ihre Nähe zu spüren, wenn sie mich dabei berühren? Oh Gott, alle möglichen Gedanken wirbelten durch meinen Kopf. Das machte mich zum Teil regelrecht an.

Meine Mutter hielt mich von Allem fern. Befürchtete sie vielleicht, ich würde sie in den Schatten stellen? Sie hat mir versprochen, mich zum nächsten Event mitzunehmen. Ich wusste, dass Björn, der ältere Geschäftspartner meiner Mutter, uns begleiten würde. Björn war ein alter Hase in der Branche und hatte gute Verbindungen.

Die Zwei waren nicht nur geschäftlich zusammen. Das fiel richtig auf. Manchmal war ich sogar etwas eifersüchtig. War es auf ihn oder auf meine Mutter? Ich war da sehr im Zwiespalt. In der letzten Zeit setzte ich viel daran, um Björn mehr auf mich aufmerksam zu machen. Warum eigentlich? Wollte ich meiner Mutter Grenzen setzen? War es sein Aussehen, sein Auftreten? Für Anfang Fünfzig hatte er sich gut gehalten und sein Charme war sowieso umwerfend. Außerdem kannte er viele Leute, stand immer im Mittelpunkt. Irgendwie reizte er mich. Ich hatte das nur lange nicht bemerkt.

Bis zu diesem gemeinsamen Abend. Meistens stand ich ja im Schatten meiner bisher immer sehr selbstbewusst auftretenden Mutter. Doch heute war es anders. Es lag so ein eigenartiges Feeling in der Luft. Mein Outfit war für diesen Abend etwas gewagt. Aber ich wollte bewusst provozieren, auffallen und es gelang mir auch. Ich trug keinen BH. Meine Bluse war sehr durchsichtig. Man konnte meine Brüste erkennen. Diese festen prallen Dinger waren nicht zu klein und nicht zu groß. Die herrlichen dunklen Nippel rieben an dem feinen Stoff der Bluse und weckten ein zartes Gefühl, das sich durch ein leichtes Ziehen in meinem Unterleib bemerkbar machte.

Die Bluse war mit einem Gürtel dezent über einen, bis fast zu den Knöcheln reichenden, traumhaft fließenden Rock, kaschiert. Ich ging barfuß und an der rechten Fußfessel trug ich ein buntes Band mit kleinen Glöckchen, die bei jeder Bewegung einen silberhellen Klang von sich gaben. Ich wirkte kindlich und doch reif, zum anbeißen verführerisch, aber auch unnahbar.

Björn sah mich zuerst und kam auf mich zu. Er blickte mich fasziniert von Kopf bis Fuß an, so als sehe er mich heute das erste Mal. „Du siehst bezaubernd aus Murena!" Seine Stimme klang rau, als er meine Hand nahm und sie zu einem kleinen Kuss an seine Lippen führte. Ich errötete. So hat mich bisher noch kein Mann begrüßt. Mir wurde heiß und kalt als ich in die sprechenden Augen von Björn schaute. Er machte mich fast etwas verlegen. Ich spürte förmlich die Blicke der anderen und wie sie mich beobachteten.

Jetzt entdeckte mich auch meine Mutter, kam auf mich zu und ich sah, dass es sie große Mühe kostete, Haltung zu bewahren. „Wie siehst du denn aus?", zischte sie mir ins Ohr und lächelte weiter in die Runde. Es war mir egal, was sie sagte. Gott sei Dank wurde sie schnell von anderen Menschen wieder in Beschlag genommen. Mein Blick fiel erneut auf Björn, der mit einigen Herren an einem runden Tisch stand. Sie blickten zu mir und er kam, führte mich an den Tisch und stellte mich vor. Die Augen der Männer waren sofort auf meine durchsichtige Bluse gerichtet. Ich schüttelte leicht meinen Kopf und warf meine wilde dunkle Mähne nach hinten. Meine Augen blitzten. Mein Gesichtsausdruck war direkt etwas provozierend. Ich spürte die Hand von Björn wie besitzergreifend auf meiner Schulter. Seine Körperwärme legte sich wie Balsam auf meine Seele. Ihn zu spüren tat so gut. Ich kam mir so erwachsen vor, hatte das Gefühl, in eine Welt einzutauchen, die mir bisher fremd war. Dann schob er seine Hand unter meine Haare. Seine Fingerspitzen berührten meinen Nacken und streichelten zärtlich rauf und runter. Man konnte es meinen Brüsten ansehen, dass mich starke Gefühle erregten.

Ich hörte den Männern gar nicht mehr richtig zu. Nur einer fiel mir auf, Sebastian. Er stand mir direkt gegenüber und zwang mich fast dazu, seinen Blick zu erwidern. „Die Kleine wäre super für unsere neue Fotokampagne", meinte er. Björn lächelte und nickte. Ich zog mich zurück, schlenderte durch die Räumlichkeiten. Als ich einige junge Leute traf, die ich kannte, wurde alles etwas lockerer. Wir widmeten uns mehr den vielseitigen Getränken an der Bar, und schon bald war nur noch ausgelassenes Lachen zu hören. Zwischendurch sah ich immer mal wieder Björn, der mich regelrecht beobachtete.

Leichtfüßig lief ich umher, meine Glöckchen klimperten und als ich von den hinteren Räumen durch einen etwas abseits gelegenen Gang lief, stand er auf einmal vor mir, Björn! „Wenn man dich nicht sieht dann kann man dich hören Murena." Er griff in mein volles Haar und zog mich zu sich. „Du bist eine wunderschöne junge Frau geworden Murena, weißt du das? Ich habe dich den ganzen Abend beobachtet. Jeder kann deine verdeckte Nacktheit schemenhaft erkennen, deine festen Brüste wippen sehen. Die Blicke der Männer haben dich verfolgt und auch ich sehe dich heute mit Augen die meine Lust wecken, dich zu berühren."

Er nahm meine Hände und zog sie nach oben, drückte sie gegen die Wand. Sein Zeigefinger strich zärtlich über die Konturen meines Gesichtes, über meinen Hals bis hin zum ersten Knopf meiner Bluse. Ich schluckte schwer und schloss die Augen. Wie oft hatte ich mir in der letzten Zeit ausgemalt, wie es wäre, wenn er mich berührt. Ob er auch meine Mutter so berührt? Ich glaube schon. Es ist offensichtlich, dass sie nicht nur Geschäftspartner sind. Was sie sagen würde, wenn sie uns jetzt so sehen könnte?

Unsere Blicke verkeilten sich ineinander. Zärtlich berührte mich sein Mund. Es war ein Kuss, sanft und doch fordernd. Die Küsse, die ich bisher mit Jungs getauscht hatte, waren nichts dagegen. Ich hatte das Gefühl in die Knie zu gehen. Sachte strichen seine Finger erneut über meinen Hals, hin bis zum Ansatz meiner festen Brüste. Langsam öffnete er mir die oberen Knöpfe. Ich zitterte. Was wenn jetzt jemand kommt?

Ich spürte seine warme Hand auf meinem nackten Brustansatz, seine Finger spielten mit meinen Nippeln. „Deine dunkle Haut ist wie Samt, deine kleinen dunklen Spitzen machen mich fast wahnsinnig Murena. Ich will mehr von dir fühlen und sehen."

Schon hob seine Hand meinen leichten Rock hoch und berührte er meine Schenkel. „Komm Murena, spreiz für mich die Beine." Ich tat es tatsächlich. Mein Unterleib bebte, die Fußglöckchen bimmelten. Was würde er tun? Ich kam mir vor, als wäre ich nicht mehr Herr über mich selbst, ihm ausgeliefert. Und ich wollte es, ja ich wollte ihm jetzt und hier zu Willen sein. Wahnsinn!

Wir sprachen kein Wort, nur unser Atem war zu hören. Ich spürte seine warme, kräftige Hand, die sich seitlich in meinen hauchdünnen Slip schob. Er kannte sich aus. Gezielt spaltete er meine Pforte und berührte zärtlich meinen Schoß, glitt über meinen zuckenden Lustknopf. Das Gefühl war maßlos erregend.

„Macht dich das an", flüsterte er leise an meinem Ohr. Sein feuchter Atem ließ mich regelrecht erschauern. Er lachte leise, schien es zu spüren, wie ich vor aufkommender Lust zitterte. Ich konnte nicht antworten, atmete nur schnell, ja ich stöhnte regelrecht. Er verstand es, mit seinen gezielten Berührungen ein Feuer der Leidenschaft in mir zu entfachen, meine Feuchtigkeit zu aktivieren. Mach weiter schrie alles in mir, ja mach weiter.

„Ganz schön heiß mein kleines Mädchen." Seine Stimme war belegt und rau. Das machte mich noch mehr an. Ob er meine Mutter auch so betört mit seiner Stimme? Ich wurde unruhig, wand mich regelrecht. Ich sollte hier weg doch irgendwie war ich nicht in der Lage, über mich zu bestimmen. Ich konnte auch nicht antworten, atmete nur oberflächlich.

Ob meine Mutter mich jetzt sucht? Was wenn sie durch diesen Gang kommen würde, wenn sie sehen würde, was ihr Björn mit mir trieb? Ich wünschte es mir fast, zitterte innerlich, gönnte es ihr, dass er nicht nur Augen für sie hatte. Dass ihn mein junger Körper anmachte, dass er mich schön fand und es mit mir treiben möchte, ja, das sollte sie sehen.

Mein ganzer Leib war angespannt, konzentriert auf seine Finger, auf das, was er mit mir tat, und ich ließ es geschehen. Ja ich genoss es und gierte nach mehr. Doch er gab mir nicht mehr. Im Gegenteil, seine suchenden Finger drangen zwar kurz und tief in mich ein, dass ich hätte schreien können. Doch dann zog er sich aus mir zurück, ließ mein Handgelenk vorsichtig los. Er lächelte nur und strich mir die feuchten Haare aus der Stirn.

Ich war total erregt, hätte mich jetzt im Stehen von ihm begatten lassen. Doch er brach das süße Spiel einfach ab. Wieder fanden sich unsere Blicke. Heiße Röte stieg in mein Gesicht. „Du bist herrlich Murena. Dein reifer, feuriger Körper ist geschaffen für die Liebe, für heiße Freuden der Lust. Und natürlich für einen Fotografen, der diese Lustgefühle im Bild zum Ausdruck bringt. Du würdest mir jetzt alles geben, stimmt ´s?" Ich nickte, war enttäuscht. Noch immer bebte mein Körper, fühlte ich zwischen meinen Beinen wo und wie er mich berührt hat. Ich spürte meine Feuchtigkeit, konnte regelrecht meine eigene Gier riechen.

„Ich will mehr als dich nur berühren Murena, ich will dich sehen, deine volle Nacktheit, deinen Körper und deine weiblichen Rundungen genießen. Und ich habe das Gefühl du willst das auch oder täusche ich mich?" Und ob ich es wollte. Alles in mir schrie nach ihm, doch ich wagte es nicht zu sagen, nickte nur und fuhr erschöpft mit meinen gespreizten Fingern durch mein Haar.

Ich schaute ihn mit verschleierten Augen an, wusste gar nicht, wie mir geschah. Solche Worte kannte ich nicht. Fast machte sich etwas Angst breit und doch war da ein Gefühl, dem ich nicht widerstehen konnte. Von einem Mann berührt zu werden war mir nicht fremd, denn meine Unschuld hatte ich schon verloren und doch war jetzt alles ganz anders.

Ich befand mich wie im Rausch. War es die Umgebung, oder das, was Björn mit mir getan hatte? Vielleicht der Gedanke an meine Mutter? Oder die Hilflosigkeit, die ich durch das Festhalten meiner Hände gespürt hatte, die ich aber auch irgendwie genoss? Ihm hilflos ausgeliefert zu sein, dass er alles mit mir machen konnte, diese Vorstellung erregte mich.

Sein starker Arm legte sich erneut um meine Taille. Fest zog er mich zu sich heran. Sein Mund an meinem Ohr, sein warmer Atem. Wieder zitterten meine Knie. Ich konnte seine erregte Männlichkeit erkennen. „Geh zurück Murena, sie werden dich vermissen und mich wahrscheinlich auch." Dann ließ er mich stehen. Ich sah nur noch kurz seinen Schatten, fühlte mich elend und doch war ich wie aufgekratzt. Langsam setzte ich einen Fuß vor den anderen. Meine Glöckchen klingelten. Wie vorhin, als er mit mir getändelt und sich meine Beine unruhig bewegt hatten. Das Läuten wird mich immer an ihn erinnern, an den Moment der Lust als ich bereit war, mich ihm hinzugeben. Wieder strich ich durch meine Haare, warf meinen Kopf zurück und atmete tief durch.

„Ich muss dich haben Murena, ja ich will die Liebe mit dir leben aber nicht nur das, ich will deinen Körper über Fotos ins rechte Licht rücken, will deine Erregung durch die Linse in mir aufnehmen und sie in Bildern festhalten. Du wirst am Wochenende in unser Studio kommen. Sebastian hat dir die Adresse gegeben. Ich werde deiner nackten Schönheit den richtigen Schliff geben." Das waren seine letzten Worte. Ich war immer noch wie benommen.

Ich konnte nicht mehr zu den anderen zurück. Mein Haar hing wirr und feucht vom Schweiß über meine Schultern. Ich hatte das Gefühl, dass jeder sehen konnte, was hier geschehen war. Ich zog mich an diesem Abend zurück. Die ganze weiter Woche kämpfte ich mit mir, da ich nicht wusste, was ich tun sollte. Ja ich wollte es, wollte meinen Körper ablichten lassen, mich berühren lassen. Und ich wollte es auch einmal erleben, von Björn zum Höhepunkt gebracht zu werden. Ich wollte ihm gehören, spüren wie seine Männlichkeit in mich eindringt, wie er meinen Körper zum Wahnsinn treibt. Wer würde ihm besser gefallen, meine Mutter oder ich?

Sie wusste nicht, dass ich vorhatte, mich von Björn ablichten zu lassen. Und dann wollte ich ihr Gesicht sehen, wenn sie die Bilder betrachtet. Soll sie ruhig wissen, wie er mich sieht, meinen Körper, was er aus meiner Nacktheit macht. Ja, sie soll wissen, dass er mich berührte, mich in Pose rückte, mir vielleicht sogar meine Beine spreizte. Sie soll sich Gedanken machen, ob er es mit mir treibt und ich will, dass er es mit mir treibt. Ich bin jung und hübsch. Und ihn werde ich fragen, wie er sie berührt, wie sie reagiert, ob sie besser ist als ich.

Wahnsinn, ich steigerte mich hier in etwas hinein, das ich eigentlich so gar nicht wollte oder doch? Warum lässt sie mich auch nicht teilhaben an der Welt der Mode, an dem gewissen Etwas, an dem besonderen Feeling? Immer nur will sie glänzen und Björn ist bestimmt ein gutes Sprungbrett für sie, um in Kreise zu kommen, die für sie wichtig sind. Ich kenne doch meine Mutter. Hat sie deshalb für ihn die Beine gespreizt? Oder ist er so einer, der sich jede Gelegenheit krallt, die sich ihm bietet? Die Gedanken drehten sich im Kreis und es machte mich verrückt.

In den nächsten Tagen spürte ich immer wieder seine Berührungen, wie er meinen Rock nach oben schob, meine Schenkel abtastete. Eigentlich habe ich gedacht, dass er mich anrufen würde. Dass wir uns treffen. Er war doch so scharf auf mich? Ob er sich mit meiner Mutter trifft? Ich sah sie kaum. Am Tag nach dem bewussten Abend hat sie mich immer wieder nur gemustert, viel gefragt hat sie nicht. Ob sie etwas ahnte?

Ich ging wie bestellt ins Fotostudio. Wieder trug ich meine verspielte, verführerische Kleidung mit den Glöckchen am Fußgelenk. Björn war nicht da. Ich wurde von Sebastian empfangen. Irgendwie war ich enttäuscht.

„Björn möchte, dass wir ganz spezielle Aufnahmen von dir machen." Er stand jetzt dicht vor mir. „Er möchte, dass ich deinen nackten, erregten Körper mit der Kamera festhalte. Er meinte du wärst ein Naturtalent, dessen erogene Zonen sehr schnell reagieren. Das ist natürlich für unsere Aufnahmen von Vorteil. Deine Reaktion auf seine intensiven Fingerspiele im dunklen Gang soll ja grandios gewesen sein. Das kann er der Kerl, der versteht es, die Frauen zu animieren. Bei dem reagieren sie alle." Sebastian lachte, als er mein entsetztes Gesicht sah.

„OK, das wollen wir jetzt alles in Bildern festhalten." Ich starrte ihn entsetzt an. Woher wusste er von den zarten Fingerspielen? Was hat Björn ihm erzählt? Er lachte erneut, als ihn meine dunklen Augen erschrocken anstarrten. „Björn und ich haben keine Geheimnisse, wenn es darum geht, die Lust der Frauen ins rechte Licht zu setzen. Und du bist heiß, ich sehe es dir an. Du willst deinen Körper zeigen und zwar alles. Jeden Zentimeter werde ich im Bild festhalten. Hier geht es ums Geschäft. Das ist wichtig und knallhart. Björn kennt da keine Grenzen und kein Pardon. Glaube mir, deine dunkle Schönheit wird voll zur Geltung kommen. Ich zeige im Bild deine Raffinesse aber auch deine naive Unschuld.

Wenn du dann leicht die Beine spreizt und deine feuchte Scham etwas klafft, dann haben wir schon gewonnen. Nur für einen Moment, nur andeuten, nur ein Hauch, nicht alles auf einmal. Dein Lustzentrum soll deine Sehnsucht, deine Gier signalisieren, aber nicht alles Preis geben. Ein hauchdünner Schal wird deine pulsierende Weiblichkeit hervorheben und gleichzeitig bedecken. Die Glöckchen an deinen Fesseln werden einen zauberhaften Ton abgeben, wenn sich dein Körper wie eine biegsame Schlange räkelt im Rausch der Sinnlichkeit.

Meine Finger werden vorher über deine nackte Haut gleiten, damit deine Erregung erkennbar ist. Verspielt ziehst du den dünnen Seidenschal durch deine Beine und der sinnliche Blick deiner Augen wird mir und der Kamera gehören.

Ich werde aus deinem Körper ein erotisches, leicht vulgäres Kunstobjekt machen, das Unschuld und Teufelsweib spiegelt. Und wenn sich deine Wollust in deinem Gesicht abzeichnet und dein Schoß wie ein Vulkan droht zu explodieren, dann werde ich die Kamera von allen Seiten klicken lassen."

Ich war fassungslos, konnte kaum atmen, hatte das Gefühl im falschen Film zu sein. Alles drehte sich im Kreis. Wollte ich das wirklich? Und wo war Björn? Nach ihm sehnte ich mich. Er sollte mich berühren, mich fotografieren. Sebastian musterte mich von Kopf bis Fuß. „Du schaust toll aus mit deinem orientalischen Touch. Und das zarte Läuten der kleinen Glocken an deinem Fußgelenk sorgt für eine erotische Stimmung."

Ich konnte verstand gar nicht, was er da alles gesagt hatte. Irgendwie fühlte ich mich hilflos, blickte unsicher um mich. Ich zitterte, fror innerlich. Ich war doch wegen Björn gekommen und nicht wegen dieses Sebastians. Ich war mit einem Mal so schrecklich enttäuscht. Die Vorstellung, mich vor ihm zu entkleiden, mich von ihm berühren zu lassen, machte mir Angst. Meine Mutter hatte doch recht, mich vor den Fotografen zu warnen. Ob Sebastian sie auch schon fotografiert hat? Nackt oder leicht bekleidet? Hat er sie berührt? Wusste er von ihr und Björn? Oh Gott, was wird er denken? Der treibt es mit der Mutter und mit der Tochter. Mir wurde regelrecht übel.

Plötzlich verspürte ich einen Luftzug. Ich drehte mich um und da stand er, Björn, in seiner aufregenden Männlichkeit. Seine Augen sprühten, sein Lächeln war umwerfend. Ich zitterte innerlich. Wieder bekam ich weiche Knie, spürte, wie die Röte in mein Gesicht stieg. Sofort war die Erinnerung wach, als er ohne große Worte eine gnadenlose Erregung in mir weckte, als ich ihn breitbeinig gewähren ließ, meine intimsten Stellen zu berühren.

Ich atmete regelrecht auf. Es war, als würde eine Last von mir abfallen. Er kam auf mich zu, nahm mich zärtlich in seine Arme und küsste mich auf die Wangen. Sein After Shave war umwerfend. Ich sog seinen Duft ein und mir wurde ganz schwindelig. Als er mir einen kleinen Nasenstüber gab, fiel alle Beklemmung restlos von mir ab.

Verlegen lächelte ich und blickte ihn strahlend an. „Komm Murena", lockte er. „Komm mit mir mit." Er führte mich in die hinteren Räume. Es war dunkel, nur ein heller Spot beleuchtete die Mitte des Raumes. Er zog mich in den Lichtkegel. „Du wirst jetzt genau das tun, was ich sage. Du wirst mein scheues Reh sein und unter meiner Regie deine gnadenlose Lust und das Unschuldige demonstrieren. Ich will jetzt alles sehen Murena, zeig mir deinen Körper, deine Geilheit, deine Ängste und Gefühle. Zieh dich langsam aus, öffne dein langes Haar und lass es über deine nackten Schultern, über deinen Rücken fallen.

Wie in Trance tat ich das, was er wollte. Erst zögerte ich, doch seiner Stimme konnte ich nicht widerstehen. „Lass dir Zeit Murena, zeig mir deine Scheu, aber auch deine Neugier. Ja, so ist es gut." Ich hörte die Kamera klicken, schaute auf ihn. Unsere Blicke trafen sich. Wieder seine lockenden Worte. Ich ließ langsam meine Hüllen fallen. „Spiel mit deinen Kleider, spiel mit dir. Ja, so ist es gut. Beweg deine Beine, lass deine Glöckchen klingen und berühre deine herrlichen Brüste. So, jetzt werfe deinen Kopf zurück, zieh deinen Slip zur Seite, damit ich einen Blick auf dein Allerheiligstes werfen kann. Schieb jetzt deine Hand in deinen Slip, berühre deine Perle, ich brauche einen Gesichtsausdruck voll Lust und Leidenschaft."

Ich wollte es so tun, wie er sagte, doch ich war zu nervös, war in meinen Gedanken bei ihm und nicht bei mir. Seine Stimme blieb gleichmäßig ruhig, animierte mich in einem Tonfall, der mir einen Schauer nach dem anderen bescherte. Dann brach er ab.

Er holte einen Hocker, stellte sich hinter mich und umfing meinen nackten Körper. Zärtlich massierte er meine Brüste. Ich lehnte mich an ihn, schloss die Augen. Er streifte mir meinen Slip ab. Ich hörte entfernt das Klicken einer Kamera, die Stimme von Sebastian die Anweisung gab, was er mit mir tun sollte. Für einen Moment war ich irritiert, es war mir gar nicht bewusst, dass Sebastian auch noch da war. Doch als ich den feuchten Mund von Björn an meiner Ohrmuschel spürte, als ich seine leicht vulgären Worte hörte und seine Anweisungen vernahm, da hatte ich das Gefühl abzuheben. Es war, als würde ich mit ihm verschmelzen, sehnte mich gleichzeitig danach, von ihm berührt zu werden. „Oh Gott schrie alles in mir. Nimm mich, berühre mich, mach es mir." Mein Kopf drehte sich. Ich war wie im Rausch, gehorchte und gab mich einfach dem Augenblick hin.

Ich hob fast ab, als er endlich meinen Körper streichelte, meine Brüste berührte. Ich spürte wie sich meine Brustwarzen aufrichteten. „Stell dein Bein auf den Hocker Murena." Ich stellte mein Bein auf und genoss seine warmen Hände auf meinem Po, meinen Hüften. Seine Hand schob sich von hinten zwischen meine Beine und streichelte meine intimste Stelle so sanft und zärtlich, dass ich mich ganz meiner aufkommenden Lust und Leidenschaft hingab.

Ich merkte nicht, wie er mich langsam auf eine rote Satindecke zog, mit einem dünnen Schal einen Teil meiner Nacktheit bedeckte. Wie aus weiter Ferne registrierte ich seine Anweisungen. Verspielt gab ich das von meinem Körper preis, was er für seine Aufnahmen wollte.

Er spielte mit mir, weckte meine totale Weiblichkeit, meine Wollust, aber auch eine Form der Naivität. Ich war Wachs in seinen Händen, Dienerin seiner Worte. Es war, als wäre ich der irdischen Welt entrückt.

Immer wieder erklang das Klicken der Kamera, seine sonore Stimme, fühlte ich seine Hände. Lustvoll räkelte ich mich im Spot des Lichtes, vor den Augen der beiden Männer. Ich gab mich preis, mich, meine Lust, meinen Körper und meine Gefühle. Bewusst wurde mir das erst später.

Dann wurde es kühl. Der Lichtkegel brannte nicht mehr. Sebastian brachte mir einen warmen Bademantel, in den ich mich einhüllte. Ich schaute mich um. Wo war Björn? Er hatte mich doch eben noch berührt, mir lustvolle Worte zugeflüstert. Ich konnte ihn doch noch riechen, ja sogar spüren. Ich schaute zu Sebastian. „Er musste weg, er hat noch einen anderen Termin. Ich soll dir sagen, dass er dich anrufen wird, wenn die Bilder fertig sind. Vielleicht müssen Szenen wiederholt werden. Du weiß ja wie das so ist beim Fotoshooting."

Ich verstand gar nichts mehr. Fühlte mich verletzt, benutzt. Habe ich nicht alles für ihn getan, mich ihm gezeigt so wie er wollte? Und das obwohl Sebastian mit dabei war. Mein Blick traf sich mit Sebastian. „Du warst der Wahnsinn Murena. Deine Lust brach total aus dir heraus, spiegelte sich in deinem Gesicht. Es war, als wärst du Wachs in seinen Händen. Du wolltest es mit ihm treiben stimmt´s? Björn bringt sie alle so weit. Sie räkeln sich lustvoll vor ihm und er benutzt sie nur für seine Kamera, für Fotos die ihre volle Weiblichkeit zeigen. Die kunstvollen

Darbietungen, die er damit erstellt, sind nicht zu übertreffen.

Der dünne Stoff, der immer wieder deine Scham bedeckte und doch zeigte welch dunkle Schönheit sich hier im Rausch der Leidenschaft räkelte. Deine Glöckchen am Fußgelenk, die in deiner zuckenden Ekstase läuteten. Es war der atemberaubende Anblick einer explodierenden Leidenschaft."

Sebastian stand jetzt direkt vor mir. Er fixierte meinen Blick. Ich schluckte, musste seine Worte erst einmal verdauen. Ich war noch immer wie benebelt, sehnte mich nach Björn. Ich hatte das Gefühl, dass mein Körper aufgepeitscht war, erfüllt mit Sinnlichkeit und lustvoller Gier die befriedigt werden wollte.

Er strich mir das Haar zurück, legte seine Hand seitlich an meinen Hals, fuhr mit dem Daumen zärtlich über meine Haut. Ich zitterte, stand da wie verzaubert. Mein Bademantel klaffte leicht. Er sah meine Brüste. „Du bist wunderschön", flüsterte er und glitt mit seiner Fingerkuppe über mein Dekolletè, führte seine Handfläche zärtlich über meine Brustwarzen. Es erregte mich. Ich bewegte mich ganz leicht. Dabei klimperten leise meine Glöckchen.

„Oh nein, dachte ich. Tue es nicht. Es ist alles noch zu frisch. Ich spürte Björn, sehnte mich nach ihm. Was tat dieser Sebastian, verdammt es machte mich an." Ich spürte seinen Blick, ließ mich erneut von seinen Augen fesseln, von seinen zärtlichen Händen, die jetzt nach meinen Brüsten griffen, sie streichelten und kneteten. Dann schob sich seine Hand zwischen meine Beine. Er griff gezielt in meine Vagina, drückte mir die Schamlippen auseinander und ließ seinen Finger sanft über meine pochende Klitoris gleiten. Ein heißer Schauer zog durch meinen zitternden Körper. Ich stöhnte, blickte hinab auf das, was seine Hand tat. „Gefällt dir das Murena?" Ich konnte nicht antworten, nickte nur. Es gefiel mir. Ja verdammt es geilte mich auf. Der Kerl wusste genau, was ich wollte. Noch nie hat mich jemand so sanft und zärtlich berührt wie vor einigen Tagen Björn und jetzt Sebastian. Die zwei Kerle, die ich bisher hatte, haben sich nach einem kurzen Vorspiel schnell zwischen meine Beine gedrängt und sind in mich eingedrungen. Das hier aber, das war Liebesfolter pur.

Langsam zog er den Gürtel meines Bademantels auf. Mein nackter Körper war zu sehen. Ich stand da wie gebannt, träumte von Björn und ließ es geschehen, dass Sebastian das mit mir tat, was ich von Björn wollte. Er berührte mich, heizte mich auf mit seiner suchenden Hand, die sich jetzt zwischen meinen Schenkeln bewegte, meine Spalte eroberte.

„Mach die Beine breit!" War er das, war das Björn, der seine Anweisungen gab? Ich war nur noch durcheinander, hin- und hergerissen von Lust und Leidenschaft.

Sebastian nahm meine Hand, drückte sie auf seine Männlichkeit. Ich spürte etwas

Starkes in seiner Hose. „Er will dich Murena, er will dich jetzt", keuchte Sebastian. „Spürst du ihn, willst du dich für ihn öffnen? Komm schon, komm, nimm ihn dir, hol ihn heraus, damit ich ihm deine feuchte Grotte zeigen kann." Seine Stimme zitterte, seine Erregung war nicht zu übersehen. Seine Finger bedrängten meinen Schoß. Ich stöhnte, wurde unruhig, ja ich bekam es mit der Angst zu tun. Alles in mir sträubte sich und doch gierte ich wie ein waidwundes Reh nach ihm.

„Nein, nein rief ich plötzlich, schob seine Hand weg, verschloss den Bademantel. Dann griff ich nach meinen Kleidern, die etwas abseits lagen und eilte in die Umkleidekabine. Mein Herz klopfte, ich atmete schnell, Schweiß stand auf meiner Stirne. Was war das, was tat ich hier? Mein Gott, ich habe diesem Sebastian meine intimsten Stellen präsentiert wie eine Hure. Ja es hat mir gefallen, aber er ist mir fremd und mein Herz schlägt nicht für ihn. Es war pure Lust, die mich zu ihm trieb. Meine Sehnsucht galt Björn. Er war es, der mein Herz höher schlagen ließ. Für ihn habe ich es getan. Ihm wollte ich gefallen. Deshalb habe ich mich nackt präsentiert, meiner Lust freien Lauf gegeben, mich für ihn auf dem Fußboden wie eine schillernde Schlange gewunden. Ich wollte Model sein, ja, das ist mein Traum. Aber so, so nackt vor fast fremden Männern? Alles in mir zog sich zusammen. War es Scham, Ernüchterung, ich wusste es nicht. Ich zog mich an und eilte nach Hause. Nur weg von hier. Ich war so enttäuscht. Er, für den ich alles gegeben hatte, war einfach verschwunden, hatte keine Zeit für mich. Wo war er? Trieb er jetzt das Gleiche mit einer anderen. Präsentierte sich jetzt wieder eine Frau schamlos vor ihm?

Die nächsten Tage waren die Hölle. Erzählte Sebastian ihm was geschehen war? Wenn sie sich doch alles erzählten. Der wusste schließlich auch, was Björn mit mir im dunklen Gang getrieben hat. Vielleicht lachten sie über mich. Oh ich konnte das alles nicht begreifen. Model stehen war mir erst mal richtig vergangen. Innerlich musste ich meiner Mutter Abbitte leisten. Sie hatte recht.

Nach einer Woche läutete das Telefon. Die Nummer kannte ich nicht. Nur zögernd nahm ich ab, dann hörte ich seine Stimme. Diese verdammt sanfte Stimme, die mir alle Sinne raubte. Es war Björn. Meine Hand zitterte. „Hallo Murena, wie geht es dir. Ich hoffe ich störe dich nicht. Sicher wartest du schon darauf von mir zu hören wie die Aufnahmen geworden sind. Ich hatte nur leider wenig Zeit in den vergangenen Tagen. Ich war viel unterwegs. Doch jetzt bin ich für dich da. Die Aufnahmenzeile ist eine Granate. Glückwunsch meine kleine Sonne, du bist tatsächlich ein Naturtalent. Damit kannst du groß herauskommen. Die Agenturen werden sich um dich reißen, um deinen Körper, deine Posen. Man sieht, fühlt und spürt deine Lust, dich zu zeigen. Deine Nacktheit, deine zart verhüllte und doch stark geprägte Scham zeigen ein wahnsinniges Feeling.. Einfach super Mädchen. Nur eine Kleinigkeit müssten wir noch nachholen, das ist mir jetzt erst eingefallen. Hast du Zeit meine kleine Sonne?"

Ich hatte das Gefühl im Boden zu versinken. Allein seine Stimme raubte mir den Verstand. Welche Frage, klar habe ich Zeit, ich würde für ihn alles tun. Eine Granate war ich. Und das sagt er so einfach. Er, der Topfotograf, der alle Models haben kann. Meine kleine Sonne, oh Gott wie sich das anhört. Ich zitterte am ganzen Körper.

„Wann, wann soll ich kommen", stotterte ich. „Heute Abend. Ich hole dich um 19 Uhr ab. Bitte zieh das kleine schwarze Kleid an, das du bei den Aufnahmen in deiner Präsentationsmappe trägst. Hast du das noch?" „Ja!" „Dann zieh es an. Wichtig, trage halterlose, schwarze Strümpfe. High Heels dazu, die Haare offen in wilden, großen Locken und noch etwas, schminke deinen Mut rot, kräftiges Rot. Du sollst berauschend wirken, wie ein Vamp. Ach und noch etwas, keinen Slip unter dem engen Kleid, er könnte sich abdrücken und das wäre nicht gut. Machst du das?" „Na klar", meinte ich. Es sollte cool klingen, doch so ganz gelang es mir nicht.

Warum diese Aufmachung? Die eigentlichen Aufnahmen in meinem orientalischen Touch waren doch so ganz anders. Ich war unsicher, fast etwas ängstlich. Den ganzen Nachmittag verbrachte ich damit, mich so herzurichten, wie er es wollte. Am Abend war ich perfekt. Er pfiff anerkennend durch die

Zähne, als ich ins Auto stieg. Er hielt mir die Türe auf. Ich kam mir vor wie eine Lady.

„Du schaust verdammt gut aus Murena. Das wird das Tüpfelchen auf das i heute Abend." Ich lächelte ihn verlegen an. Im Auto saß ich ganz steif auf meinem Sitz, schaute meistens geradeaus. Nur manchmal wendete ich meinen Blick zu seiner Seite. Es war wie im Traum. Ich hier neben ihm. Ich wusste gar nicht, was er vorhatte. Der Druck der letzten Tage war vergessen. Dass er mich einfach mit Sebastian allein gelassen und sich nach diesen erregenden Spielen vor der Kamera nicht mehr um mich gekümmert hat. Dass ich dadurch fast Sebastian verfallen wäre, weil ich aufgegeilt war, weil ich Sehnsucht nach mehr hatte, nach ihm, nach seinen Berührungen, nach seinen Küssen, alles war vergeben und vergessen.

Ich schwitzte bei diesen Gedanken, spürte erneut eine starke Erregung. Wieder trafen sich unsere Blicke. „Ich führe dich jetzt in ein schickes Restaurant. Dort treffen wir Alex. Er ist ein guter Freund von mir, ein Profi in Sachen Fotoshooting. Er hat Beziehungen in die ganze Welt und ich will, dass du ihn kennenlernst. Er wird dich klasse finden. Wir werden alles besprechen und danach gehen wir in sein Studio. Das ist first class. Dort machen wir noch einige Aufnahmen. Du und ich zusammen. Bei mir kannst du dich fallen lassen, das weiß ich. Ich brauche Fotos von dir in diesem Outfit mit einem Gesicht das eine gewisse teuflische, undurchsichtige Leidenschaft wiedergibt. Bzw. er braucht diese Fotos und ich bin ihm noch etwas schuldig. Er war mir einmal sehr behilflich und jetzt bin ich es, der ihm diese Fotos ermöglicht. Ich weiß, wenn ich deinen Körper berühre oder zwischen deine Schenkel greife dann wird sich dein Gesicht genau für das öffnen, was Alex sucht. Und du wirst durch ihn bekannt und berühmt werden. Und danach, das verspreche ich dir, danach gehört der Abend uns ganz alleine. Das ist es doch was du willst oder? Vorher aber brauche ich dich, dich und deinen Körper. Ich werde ihn benutzen und ich weiß, es wird dich rasend machen, aber es wird dir gefallen."

Björn streichelte zärtlich über meinen nackten Arm. Mein Kopf war total durcheinander. Damit hatte ich nicht gerechnet. Wer war dieser Alex? Ich hatte mich jetzt so darauf gefreut mit Björn auszugehen, ihn allein für mich zu haben. Ich war enttäuscht, schluckte, blickte wieder auf die Straße. Ich konnte nicht sprechen.

Das Lokal war sehr vornehm. Dieser Alex erwartete uns bereits. Er musterte mich wie ein Stück Ware von oben bis unten. Er selbst war ein schmieriger Typ. Seine Hand war feucht und sein Blick lauernd. „Wow", meinte er zu Björn. „Du hast nicht zu viel versprochen. Sie ist genau der Typ, den ich für diese besonderen Aufnahmen suche."

Ich sprach kein Wort, brachte auch kaum einen Bissen hinunter. Am liebsten wäre ich aufgestanden und gegangen. Doch da war

Björn. Immer wieder hielt er meine Hand und strich zärtlich mit seinem Daumen über meinen Handrücken. Das tat gut, so verdammt gut. Ich fühlte mich in diesem Moment geborgen. Ab und zu trafen sich unsere Blicke. Sein Lächeln war berauschend. Seine Hand legte sich auf meinen Oberschenkel. Mein Kleid war hochgerutscht. Ich trug keinen Slip, so wie er es wollte. Seine Hand glitt zärtlich über meinen Schenkel. Dabei lächelte er mich erneut an. Es entging mir nicht, dass sich sein Blick mit diesem Alex traf. Der nickte und dann eroberten tatsächlich seine Fingerkuppen meine intimste Stelle. Seine Augen lockten. Es war, als würde ich ihn wortlos verstehen. Eine maßlose Geilheit nahm von mir Besitz. Ich lehnte mich leicht entspannt zurück und spreizte meine Beine. Heiße Röte stieg in mein Gesicht, Schweiß bildete sich auf meiner Stirn. Björn stimulierte mich und das mitten im Lokal und Alex dieser geile Bock schaute zu. Warum tat ich das, warum stand ich nicht auf? Es war der Wahnsinn. Wieder nickte dieser Alex und Björn zog seine Hand zurück. Ich war durcheinander, fast wie gelähmt und doch regte sich in mir eine wilde Leidenschaft. Als Björn mir leise ins Ohr flüsterte: „Das ist unsere Gemeinsamkeit, du wirst in meinen Armen liegen und wirst es nicht bereuen", da entspannte ich mich etwas.

Später stand ich mit den beiden Männern in dem berühmten Fotostudio. Es war ein gepflegter, aufwendiger Laden. Wenn nur dieser schmierige Alex nicht wäre. Ich wurde nervös, unsicher. Doch da war Björn, der beschützend seinen Arm um mich legte, mich führte und mir Anweisungen gab.

Alles ging wie von selbst. Ich tat, was er mir auftrug. Bewegte mich nach seinen Angaben, hörte die Kamera klicken. Langsam zog ich breitbeinig mein Kleid nach oben, zeigte meine glatt rasierte Scham, bückte mich dann um meinen nackten Po zu präsentieren. „Mach sie scharf, so wie im Lokal", hörte ich diesen Alex. „Ich brauche die Röte der Leidenschaft in ihrem Gesicht, die sprühende Lust in ihren Augen und feuchte Schenkel. Das wird die Krönung, denn die Kleine ist gut."

Vor meinen Augen drehte sich alles. Wieder kamen mir Zweifel. Doch da war Björn, stand hinter mir, berührte mich, streichelte mich und liebkoste zärtlich meinen Hals, meine Ohrmuschel. „Lehn dich an mich, schließ die Augen, tu einfach, was ich dir sage und lass dich fallen. Ich folgte seinen Worten, spürte eine tiefe Entspannung, eine Leichtigkeit, die mir das Gefühl gab, auf Wolken zu schweben. Ich vertraute ihm, lehnte an seiner Schulter. Ich spürte nur noch ihn, seine Hände, seine Lippen, den warmen Lichtspot und hörte das Klicken der Kamera. Ich gab in diesem Moment alles, war wie in Trance als er mir das Kleid abstreifte, meinen BH öffnete. Da war dieser Alex, der ihn steuerte, doch ich spürte nur Björn, war besessen davon ihm alles zu geben. Er massierte zärtlich meine Brüste, hob mich hoch und trug mich zu einer breiten Spielwiese. Alex und die Kamera nahm ich kaum noch wahr. Ich sah nur noch ihn. Er spielte mit meinen Haaren, breitete sie aus wie einen Fächer. „Stell die Beine auf Murena", flüsterte er. „Spreize sie, räkele dich und zeig mir, dass du mich empfangen willst." Ich tat es, denn ich wollte ihn empfangen. „Schau mich an dabei, ich brauche deinen verzehrenden Blick, deine sprühende Leidenschaft. Ja, so ist es gut, du bist ein tolles Mädchen. Mach es, denke an die Belohnung, an unsere Gemeinsamkeit." Dann wurde es still.

Kein Alex war mehr da, kein Spot mehr an und das Klicken der Kamera war verstummt. Björn lag neben mir auf der breiten Spielwiese. Zärtlich nahm er mich in die Arme. „Du warst wunderbar, Murena, ein Vamp der gierte und doch hilflos wirkte, der vor Lust und Leidenschaft sich verzehrte. Du bist eine wunderbare Frau, so ganz anders." Ich stutzte „Anders als meine Mutter?" Ich konnte es mir nicht verkneifen. Björn lächelte, seine Lippen suchten meinen Mund, meine Brüste, liebkosten meinen Körper. „Hast du mit ihr geschlafen, hast du sie auch nackt fotografiert?" Wieder lächelte Björn und legte seinen Finger auf meinen Mund und drängte sich mit seinem nackten Körper zwischen meine Beine. Wieder küsste er mich, saugte an meinen Nippeln und entfachte mit seinen Fingerkuppen an meinen erogenen Zonen ein wahres Feuer der Leidenschaft. Ich stöhnte, schob ihm mein Becken entgegen. Er war so männlich, so stark.

Ich genoss es, in seinen Armen zu liegen, mich ihm hinzugeben. Seine Männlichkeit stimulierte meine feuchte Scham. Ich stöhnte. Dann spürte ich sie, seine suchende Kraft. Nur für einen Moment stockte mein Körper, dann nahm ich ihn auf, genoss sein zärtliches Eindringen, seine sanften Stöße, die mir endlich die Erfüllung brachten, nach der ich mich so lange sehnte.

Es war eine leidenschaftliche Nacht in diesem fremden Atelier. Erst als der Morgen graute, kam ich nach Hause. Meine Mutter schlief bereits. Lange stand ich unter der Dusche, genoss das warme Wasser, das über meinen Körper rieselte. Ich legte mich auf mein Bett, dachte an ihn. Noch immer hatte ich das Gefühl, ihn zu spüren. Etwas später sank ich in einen unruhigen Schlaf.

Erst gegen Mittag stand ich am nächsten Tag auf. Meine Mutter war Zuhause. Es war Sonntag, da war sie beruflich nicht unterwegs. „Du bist spät gekommen", meinte sie. Dabei schaute sie mich fast etwas lauernd an. Ich errötete. „Warst du mit ihm zusammen?" Ich wusste genau, wen sie meinte. Trotzig schaute ich sie an. „Und wenn", entgegnete ich. „Du musst dich vor mir nicht rechtfertigen", meinte sie und strich mir eine vorwitzige Strähne aus meinem erhitzten Gesicht. „Genieße es mit ihm, doch verliebe dich nicht, denn er wird dir nie alleine gehören." Ich hasste sie in diesem Moment für ihre Antwort und ich glaubte ihr nicht. Doch sie sollte recht behalten.

Björn traf sich mit mir noch ab und zu. Immer wieder verfiel ich ihm, erlebte mit ihm Lust und Leidenschaft, tabulosen Sex, den mir so bisher keiner gab. Er ließ mich aber auch warten, tauschte mich aus, brachte mir aber immer wieder den begehrlichen Höhepunkt. Ich liebte seine Leichtigkeit, doch bald musste ich erkennen, dass er Himmel und Hölle nicht nur mit mir alleine teilte. Da waren sie wieder, die Worte meiner Mutter. Ich wollte es nicht wahrhaben, nicht jetzt, sondern erst viel später.

Seinen Namen kannte sie nicht

Sie spürte, dass er mehr wollte, und sie wollte es auch. Darum überlegte sie auch nicht lange, als er ihr vorschlug, den angefangenen Abend gemeinsam zu verbringen. Warum nicht. Er sah gut aus und sie hatte ihn über das Geschäft kennen gelernt. Alles war so neu, so aufregend. Seine Blicke zogen sie magisch an. Schon seine zufälligen Berührungen während des Events am Nachmittag ließen ihren Körper erzittern. Seine Augen musterten sie, ja sie verfolgten sie geradezu. Immer wieder verwickelte er sie in ein Gespräch oder reichte ihr galant einen Drink. Man spürte, dass er den Ton angeben wollte und sie ließ sich gerne führen. Sie konnte nicht ahnen, dass sie genau seine Kragenweite war. Blond, schlank, lange Beine. Zwar wirkte ihr Gesicht etwas herb und auch der Brustumfang ließ zu Wünschen übrig, trotzdem war sie sein Beuteschema.

Wie lange war es her, dass sie sich bei einem Mann einmal richtig fallen ließ? Sie malte sich in Gedanken aus, wie es wäre, ihn zwischen ihren Schenkeln zu spüren. Sie blickte zu ihm, sah seine stechenden Augen und heiße Röte schoss ihr in die Wangen. Er fasste ihre Hand, als sie an ihm vorbeiging und zog sie leicht zu sich. Sie blieb trotzdem auf Distanz. Zu viele Menschen waren um sie herum. Man kannte sie, und sie konnte es sich nicht erlauben, sich hier vor allen anderen zärtlich an ihn zu schmiegen. Doch sie wusste genau, heute würde sie nicht ohne ihn nach Hause gehen. Sie wollte, dass er mit seinen kräftigen Händen ihre zitternden Flanken umschließt, sie an sich zieht und die Lust ihres brennenden Schoßes befriedigt.

Oh Gott, wann würde dieser Smalltalk mit den Gästen hier ein Ende haben? Es machte sie nervös, nach allen Seiten freundlich zu lächeln. Schöner wäre es, in seinen Armen zu liegen. Ihn zu spüren, wie er ihre heiße Haut mit seinen Lippen liebkost, wie seine Finger ihre Scham berühren. „Evi, Evi", hörte sie ihren Namen. Auf einmal kam sie zu sich. Wo war sie denn mit ihren Gedanken? Oh, jetzt war Vorsicht geboten. Hier wurde ihre gesamte Aufmerksamkeit gefordert und sie war schließlich für alle Gäste zuständig, nicht nur für Privilegierte.

Es dauerte noch einige Stunden, bis die Veranstaltung ihr Ende fand. Und er war immer noch da. Er wartete wie selbstverständlich, holte ihre Jacke von der Garderobe und begleitete sie nach draußen. Er lachte, als sie sich gegenüberstanden. Es war ein jungenhaftes Lachen, es hatte aber auch etwas Bestimmendes. Er schien den Ton anzugeben und brachte sie wie selbstverständlich nach Hause. „Lass uns noch ein Glas Wein bei dir trinken, ich möchte mehr von dir erfahren", meinte er. „Es war zwar ein anstrengender Tag, aber ein großer Teil der Nacht liegt noch vor uns." Er legte seine Hand auf ihre Hüfte. Sie spürte seine Wärme durch den dünnen Stoff ihres Kleides. Im Aufzug lehnte sie sich erschöpft an die Wand und schloss die Augen. Sie spürte, dass er sie von oben bis unten musterte. Sie hatte ihren Mantel geöffnet. Ihr dezenter Ausschnitt zeigte nicht viel, doch das eng anliegende Kleid unterstrich ihren makellosen Körper, ihre schlanke Figur.

Ein kurzer Moment und sie standen vor ihrer Tür. Er nahm ihr den Schlüssel ab und öffnete. „Schick", meinte er angenehm überrascht. „Die Wohnung passt zu deinem Typ." Evi lächelte. Ihre Blicke trafen sich. Dieser Moment ging ihr durch und durch, erregte sie. Dann ließ sie sich einfach auf den Fußboden sinken. Der weiche helle Teppich umfing ihren Körper. Sie gab Anweisung, wo er Wein findet und er ließ sich mit den gefüllten Gläsern neben ihr auf dem Boden nieder. Aufgestützt auf ihre Unterarme beobachtete sie ihn. Die Beine hatte sie aufgestellt, das Kleid war hochgerutscht und hing zwischen ihren leicht gespreizten Beinen. Ihr weiblicher Duft stieg in seine Nase, als er sich zu ihr beugte. Es machte ihn an, er würde nicht lange warten und ihr unter das Kleid greifen. Er wollte die Feuchtigkeit spüren, die sich da zwischen ihren Beinen staute. Sie tranken schweigend und man konnte sehen, dass sie ihn mit ihrer aufreizenden Haltung regelrecht herausforderte, sie zu berühren.

Er tat ihr den Gefallen und fasste in ihr volles langes Haar im Nacken. Es schmerzte, denn er packte richtig zu, um sie an sich zu ziehen. Sein Mund umfasste ihre fein geschwungenen Lippen. Sie öffnete sie ihm willig und er ließ seine Zunge tief eindringen. Sie saugten sich regelrecht fest und es schmerzte, als er sie ruckartig aus dem Zungenspiel entließ.

Noch einmal nahm sie einen kräftigen Schluck aus ihrem Glas. Dieser Teufelskerl hatte es in sich. Sie spürte immer mehr, wie sie anfing, ihm zu verfallen. Ihre Gedanken überschlugen sich. Ein geiles Gefühl, so breitbeinig vor einem Mann zu sitzen, dazu noch vor einem den sie kaum kannte, bei dem sie aber wollte, dass er sie nimmt! Ja er soll sie nehmen wie eine Hure. Sie zog ihr Kleid hoch über ihre Knie, spreizte die Beine, die von raffinierten, halterlosen Strümpfen umhüllt waren. Ihre nackten Schenkel waren nicht zu übersehen. Ihre Scham aber blieb immer noch bedeckt. Sie lehnte sich erneut auf ihren Unterarmen weit zurück, schüttelte den Kopf und warf die lange blonde Mähne hinter sich.

Er saß ihr schräg gegenüber, drehte sein Glas in der Hand und nippte daran. Ihre Augen, ihre Schenkel, die gespreizten Beine lockten, doch er rührte sich nicht, denn er wollte das Spiel bestimmen. Er reichte ihr erneut das Glas. Sie trank wieder in großen Schlucken. Ein wohliger Schauer jagte bei seinen gierigen und abschätzenden Blicken durch ihren Körper. Sie spürte den Zauber, der von ihm ausging, sah seinen undurchdringlichen Gesichtsausdruck und es war, als würde er stumme Kommandos geben. Sie knöpfte ihr Kleid auf und ließ den Brustansatz blinken. Die zarte Spitze ihres schwarzen BH rieb sich an ihren kleinen Brustwarzen, die vorwitzig hervor blitzten.

Sie kannte die Wirkung ihrer Pose. Es war nicht das erste Mal, dass sie einen Mann verführte, doch es war noch nie so intensiv das Gefühl entstanden, dass er ihr ohne große Angaben seinen Willen aufzwang. Er legte seine Hand auf ihre Knie und drückte kurz zu. Ein spitzer Schmerz durchzuckte ihren Körper, der aber sofort verflog, als sich seine schmale weiche Hand ihren Schenkeln näherte, diese sanft streichelte und sich dann immer weiter nach oben schob. Der nächste Schauer jagte durch ihren Körper und verstärkte das Ziehen in ihrem Unterleib.

Ihr schlichtes und doch raffiniert geschnittenes Kleid war zusammengeschoben. Die

165

schwarze Farbe des Kleides und ihrer Strümpfe bildeten einen geilen Kontrast zu ihrer weißen Haut und ihren blonden Haaren. Jetzt war er zu sehen, der kleine schwarze Spitzenslip, der in einem schmalen Dreieck ihre zarte Versuchung bedeckte. Seine Hand spürte die feuchte Wärme, die von ihrem Schoß ausging. „Berühr mich, bitte berühr mich!" Ihr Blick und ihr leuchtend roter Mund flehten, doch er ließ sich Zeit. „Berühre meinen Schoß, lass mich deine Finger in meiner Grotte spüren!"

Es war ihr noch nie passiert, dass sie einen Mann anbetteln musste, sie zu berühren, sie zu nehmen. Die meisten Kerle, mit denen sie es bisher trieb, fackelten nicht lange. Die sind schnell in sie eingedrungen, doch er hatte keine Eile. Ihr Becken bewegte sich lüstern hin und her. Ihr Unterleib streckte sich ihm wollüstig entgegen und forderte ihn auf, sie endlich an ihrer intimsten Stelle zu berühren.

Noch immer streichelte er die Innenseiten ihrer Schenkel. Nur wie zufällig berührten seine Fingerspitzen den Stoff ihres Höschens. Ihre Feuchtigkeit war nicht mehr zu übersehen und ihr süßlicher Duft zog seine Finger jetzt noch magischer an. Bereitwillig öffnete sie noch weiter Ihre Beine, lehnte sich herausfordernd zurück. Er schob ihr das Kleid hoch über ihren flachen Bauch, strich mit der Hand über ihren Slip, presste ihn auf ihre Ritze und spürte durch den Stoff ihre Lustperle, die ganz fein pochte.

Sein Daumen streichelte vorsichtig diesen zuckenden Knopf. „Ich will dich spüren", flehte sie erneut. „Nimm mich, öffne meinen Schoß und dring in mich ein!" Er lachte leise und zog ihren Slip zur Seite. Ihre kleine Vulva mit dem zarten Venushügel wippte. Der schmale Streifen ihrer blonden Schambehaarung war kaum zu sehen. Er strich zärtlich über ihren Schlitz bis hin zum Tor der zuckenden Grotte. Sanfte Wogen der Lust durchliefen ihren ganzen Körper. Ihr Kinn lag auf ihrer Brust und sie blickte ihn von unten her herausfordernd an. Seine Hand erfasste den schmalen dünnen Stoff ihres Slips, der sich jetzt eng durch ihre Ritze zog. Ein Ruck und schon hielt er die feine Spitze in seinen Händen. Er drückte sich den Stofffetzen unter die Nase und atmete den verführerischen, fraulichen Duft tief ein. Dann beugte er sich über sie. Sie spürte seinen warmen Atem, der vom säuerlichen Geruch des Weines geschwängert war. Der verdammte Kerl wusste genau, wie er sie zu nehmen hatte. Erneut suchten seine Lippen ihren Mund. Er schob ihr seine Zungenspitze zwischen die Zähne und seine Finger durch ihren feuchten Schlitz.

Ihre Beine wippten, leise Schreie des Entzückens drangen aus ihrem Mund. Vor lauter Gier begann sie an seiner Zunge zu saugen, die sich immer schneller in ihr bewegte. Sein Mund liebkoste ihren Hals und ihre Ohrläppchen. Sein volles Haar kitzelte ihre Nasenspitze. Wieder sog sie seinen herben Duft tief ein. Seine Hand drückte ihre Schulter nach unten. Und sie ließ sich entspannt auf den weichen Teppich sinken. Ihr Haar lag wie ein breiter Fächer um ihren Kopf, als sie mit einem leichten Seufzer in wohliger Geilheit die Augen schloss, um sich ihm ganz hinzugeben.

Fast genüsslich zog er ihr das Kleid über ihren Kopf und betrachtet mit einem satten Blick ihre zarte Nacktheit, den zierlichen Körper, die langen Beine die noch in den halterlosen schwarzen Strümpfen und den Stilettos steckten. Noch immer waren ihre Augen geschlossen. Er fing an, sich zu entkleiden. Als er seine Krawatte losband, hielt er sie eine geraume Zeit in seinen Händen, beugte sich dann zu ihr, schlang sie um ihre schmalen Handgelenke und zog fest zu. Sie wollte sich vor Schreck aufrichten, doch er drückte sie sanft auf den Boden, legte ihr beruhigend seinen Finger auf ihren Mund, streichelte über ihre Wangen, den Hals und umkreiste ihre kleinen leicht bebenden Knospen, die sich unter seinen Berührungen aufrichteten. „Das willst du doch meine Kleine oder nicht? Hilflos vor einem Mann liegen der dich so nimmt, wie er es gerne möchte. Dein Part ist vorüber, jetzt bin ich dran. Du hast mich gereizt, mich maßlos aufgegeilt. Jetzt will ich dich nehmen, ich will deine Hilflosigkeit ausnutzen und deinen Körper aufheizen, dir Himmel und Hölle zugleich bereiten."

Evi bewegte unruhig ihr Becken hin und her. Ja so wollte er es, den zuckenden Leib betrachten, der berauscht vom Alkohol und einer wachsenden Lust sich auf dem Boden wand wie eine Schlange. Fast nackt kniete er zwischen ihren Beinen. Ihre Haut zog sich zusammen, als wäre es ihr kalt und doch tobte in ihr das heiße Feuer der Leidenschaft. Ein wildes Verlangen fegte über ihren Körper, als sich sein Mund ihrer Scham näherte. Sie spürte seinen feuchten Atem auf ihrer Haut, seine spitze Zunge bewegte sich kreisend über ihren erogenen Zonen. Seine kräftigen Hände umfassten ihre Schenkel, während ihre Blicke sich in einer lodernden Gier ineinander verkrallten.

Er zögerte, nahm das Bild ihrer geöffneten Scham in sich auf. Ihre Augen sprühten, sie schien ihre Hilflosigkeit zu genießen. Ihre Gier war nicht zu übersehen. „Gefällt es dir", flüsterte er leise an ihrem Ohr. Sie nickte. „Willst du mehr? Willst du alles?" Sie stöhnte, lockte mit ihrem roten Mund, bat ihn, ihr alles zu geben. Wieder kreisten seine Lippen über ihre nackte Haut. Er verstand es, ihre Lust zu steigern, ihr die Feuchtigkeit aus den Poren zu locken. Ihre weibliche Ausdünstung erregte ihn, weckte seinen Mut ihr alles zu geben. Als sein heißer Atem ihren Lusthügel streifte, hob sich ihr Becken.

„Nimm mich" flehten ihre Augen. „Berühre mich, ich halte es nicht mehr aus."

Und er fing an zu kreisen, ganz langsam und zärtlich. Der kleine Knopf füllte sich mit

Blut und pulsierte unter seinen Liebkosungen. Er wusste genau, wenn er diese Perle stimulierte, dann wird ein vulkanartiger Orgasmus ihren Körper erschüttern und genau das war es, was er ihr geben wollte. Er genoss es, den sich aufbäumenden Leib der Frau fest umklammert zu halten, als sie explosionsartig ihre Lust herausschrie. Immer wieder versuchte sie, sich seiner Umklammerung zu entwinden, doch er gestattete es nicht. Langsam ebbte die erste Lustwelle ab. Feine Schweißperlen liefen über ihre zarte Haut. Er küsste sie ab und wiegte sie zärtlich in seinen Armen.

Sanft legte er ihren Oberkörper flach auf den Teppich. Mit den Fingerspitzen streichelte er über ihren Rücken, über die herrlichen Rundungen ihrer Hüfte, über den knackigen Po, der sich unter seinen Berührungen hin und her bewegte. Seine Finger strichen durch die Poritze, vor zu ihrer aufgeblühten Vagina, die sich feucht seiner Hand entgegenstreckte. Seine Finger fanden den direkten Weg in das Liebestor, das leicht geöffnet danach schrie, durchschritten zu werden.

Sie spürte seinen Riemen, der an ihrem Gesäß scheuerte. Die feste Spitze seiner Eichel tanzte über dem Eingang ihrer rückwärtigen Seite. Er schien sich nicht sicher, in welche Öffnung er zuerst eindringen sollte. „Ja, komm", klang es herausfordernd. „Zeig, was du kannst." Ihre Stimme bebte. Seine Finger erforschten vorsichtig ihren süßen Honigtopf. Sein Prügel schlug erneut gegen ihren Po. „Er will dich, spürst du ihn? Er will an deiner kleinen Lotusblüte naschen, das Hönigtöpfchen erobern." Seine Stimme schwang voll triefender Geilheit. Noch kreiste sein Schaft über die zuckende Vagina, die danach gierte den Blütenstängel aufzusaugen, ihn lustvoll aufzunehmen in der dunklen Versenkung der Leidenschaft.

Und dann spürte sie ihn, langsam, zärtlich. Er genoss jeden Millimeter, fühlte die heiße, feuchte Gier, die ihn anzog. Er füllte ihr lustvolles Töpfchen bis zum Anschlag, gab ihr das, wonach sie sich verzehrte. Der wilde Rausch der Leidenschaft hielt sie beide umfangen. Schweißbedeckte Körper gaben sich ganz ihrer Leidenschaft hin. Es war still im Raum. Nur die rhythmischen Geräusche des Liebesaktes waren zu hören und das dumpfe Schlagen einer Uhr. Gurrende Laute der Entzückung mischten sich mit den satten Klängen.

Und dann war da nur noch schnelles Atmen. Langsam lösten sie sich voneinander, blieben erschöpft einfach nur liegen. Er drehte sie sanft auf den Rücken, löste seine Krawatte, die als Handfessel diente. Noch zuckte seine starke Männlichkeit, als er ihren feuchten, Körper zärtlich streichelte, ihr das Haar aus dem Gesicht strich. Sie schmiegte sich an ihn. Keiner sprach ein Wort. Jeder genoss die Nähe des anderen.

Sie lagen einfach nur da, spürten ihre langsam abflachende Erregung, hielten sich eng umschlungen. Wie lange, das wussten sie nicht. Waren es eine oder mehrere Stunden? Evi war eingeschlafen und er irgendwann gegen Morgengrauen verschwunden. Wer war er? Wie war sein Name? Sie wusste es nicht.

Einmal Südfrankreich und zurück

Nachdenklich sitze ich alleine in einem abgetrennten Zugabteil. Die Landschaft saust an meinen Augen vorbei. Still träume ich vor mich hin. Keine Schule, keine Verpflichtung, das Abi in der Tasche. Erst nach dem Urlaub trete ich meine Ausbildung als Journalistin bei unserer Heimatzeitung an. Dort durfte ich bereits in meinen Ferien arbeiten. Es hat mir sehr gut gefallen. Ein Studium reizt mich nicht. Erst mal eine solide Ausbildung, dann werde ich weiter sehen.

Ich freue mich so sehr auf die Urlaubszeit in Südfrankreich. Meine Eltern haben mir die Reise für das bestandene Abitur geschenkt. So kann ich mit meinem großzügigen Taschengeld den Speisewagen aufsuchen. Ich will es mir einfach einmal gönnen dort zu sitzen und ein Glas Wein zu trinken. Gerade will ich mich erheben, da wird die Türe zu meinem Abteil aufgeschoben.

Ein gut aussehender Mann tritt ein. Wow, denke ich, das ist aber ein toller Typ. So richtig Gentlemanlike. Seine Kleidung ist sportlich elegant, das dunkle Haar glänzt. Seine funkelnden Augen schauen mich aus seinem sonnengebräunten Gesicht an, als würden sie auf den Grund meiner Seele blicken. Ich lächle verlegen, schaue ihn etwas unsicher an und richte mich auf. Sein intensiver Blick jagt mir einen Schauer über den Rücken. Ich verstehe mich selbst nicht. Was ist denn jetzt mit mir los? Dieser Typ bringt mich ja total aus dem Gleichgewicht.

Er setzt sich mir gegenüber, dann nennt er seinen Namen. Damit habe ich gar nicht gerechnet. Schüchtern murmele auch meinen Namen vor mich hin, um dann wieder aus dem Fenster zu schauen. Wie alt er wohl ist? Ich schätze ihn auf Mitte Dreißig. Oh Gott, da bin ich ja gegen ihn mit meinen zwanzig Jahren eine junge Göre. Aber egal, was interessieren mich schon ältere Männer?

Oder doch? Der Typ gegenüber geht mir nicht aus dem Kopf. Das kenne ich von mir gar nicht. Bisher hatte ich immer nur viel Spaß mit Jungs in meinem Alter, die aus meinem Umfeld waren. Da gab es die eine oder andere Liebelei, aber nichts Ernstes. Obwohl, einmal da war es sehr tiefgehend. Ich war unsterblich verliebt, als ich beim Schüleraustausch in Irland Mark kennenlernte. Meine Eltern haben mich sehr konservativ erzogen. Ein anständiges Mädchen trieb es in ihren Augen nicht so einfach mit den Männern. Dort aber tat ich es. Ich gab mich Mark hin und verlor meine Unschuld. Für meine Eltern bin ich noch immer die anständige Tochter und ich lasse sie in dem Glauben. Ich bin total romantisch veranlagt und habe da so meine Jungmädchen Träume, die sich bisher noch nicht so richtig erfüllt haben. „Du bist eine Träumerin", sagt meine Mutter immer. Ich merke gar nicht, dass ich laut seufze.

Der Mann mir gegenüber blickt über seine Zeitung und prompt treffen sich unsere Augen.

Verlegen streiche ich mit meiner Hand durch mein rotes, gelocktes Haar, das mir weit über die Schultern fällt. Mein Haar ist dick und glänzt. Ich habe es von der Mutter meines Vaters geerbt und jeder bewundert mich für diese Haarpracht.

Eigentlich wollte ich doch den Speisewagen aufsuchen. Zögernd erhebe ich mich. Mein Gegenüber blickt kurz auf. Dann richte ich mich in voller Größe auf, ziehe etwas unbeholfen an meiner Jeans. Er lächelt, schaut dann zum Fenster hinaus. Ich verlasse das Abteil. Im Speisewagen ist es noch ruhig. Der erste Schluck vom frischen Bier schmeckt herrlich. Ich wische mit dem Handrücken über meinen Mund, stocke, denn plötzlich steht er da.

Unsicher nehme ich meine Hand von meinem Gesicht und lächle verkrampft. „Darf ich Ihnen Gesellschaft leisten?" Ich nicke und stelle mein Glas ab. Langsam beginnt ein belangloses Gespräch. Er zieht mich in seinen Bann. Seine Stimme, seine Augen. Wieder bekomme ich eine Hitzewallung. „Nervös?" Seine Frage macht mich nun tatsächlich nervös. Diese spitzen Bemerkungen, warum treffen sie mich? Sein Blick hält mich fest. Ich merke gar nicht, wie ich fast automatisch so nach und nach seine Fragen beantworte. Woher ich komme, was ich vorhabe usw.

Immer mehr fasse ich Vertrauen. Er fragt nach meinen Plänen für den Urlaub. Ich zucke die Schultern und meine: „Auf jeden Fall werde ich täglich ans Meer gehen, mir die Stadt anschauen und andere Menschen kennenlernen." „Vielleicht der Liebe begegnen", lacht er und zwinkert mit den Augen. „Die französischen Jungs verstehen es, die Herzen der Frauen zu erobern", meint er etwas schelmisch. Ich erröte und blicke kurz zum Fenster hinaus. Ob er auch Herzen erobert? Mir wird heiß. Ich spüre seinen Blick, wage es nicht, meinen Kopf zu wenden. Verdammt, was macht der Typ mit mir? Mein Inneres ist total aufgewühlt. Die Landschaft draußen fliegt an meinen Augen vorbei. Langsam werde ich ruhiger und wende mich ihm wieder zu.

Etwas später verlassen wir sogar gemeinsam den Speisewagen. Er hält mir die Schiebetüre zu unserem Abteil auf. Wow, so etwas bin ich gar nicht gewöhnt. Ich entschließe mich, ein Buch zu nehmen und zu lesen. Ich lese und lese doch nicht. Meine Gedanken beschäftigen sich doch tatsächlich mit ihm. Ich schaue über meinen Buchrand hinaus, nur für einen Moment. Er hält die Augen geschlossen, als würde er schlafen. Er wirkt so männlich und doch jung geblieben. Ich werde müde und nicke tatsächlich nach einiger Zeit etwas ein. Das Buch rutscht mir aus den

Händen und fällt zu Boden. Ich schrecke hoch, lächle ihn verlegen an, als er nach dem Buch greift und es mir reicht.

„Noch eine Stunde, dann sind wir am Ziel", meint er so nebenbei. „Werden sie abgeholt oder wie kommen sie zu ihrem Domizil?" „Ich werde mir ein Taxi nehmen", antworte ich. „Das wird zwar meine Urlaubskasse sichtlich schmälern, aber besser als mit dem Gepäck zu Fuß laufen." „Ich nehme sie gerne mit, mein Wagen steht in der Parkgarage. Es wäre mir ein Vergnügen." Wieder schmunzelt er und schaut mich irgendwie herausfordernd an. Ich zögere, doch dann nehme ich sein Angebot an. Warum auch nicht. Er ist zwar fremd für mich, aber ich habe das Gefühl, ihn schon lange zu kennen.

Die Zeit vergeht wie im Fluge und mit einem Mal stehe ich vor dem kleinen Bahnhof. Er bittet mich, zu warten. Es dauert nicht lange und er fährt in einem schnittigen Sportwagen vor. Er steigt doch tatsächlich aus und öffnet mir die Autotüre. Ich fasse es nicht, lass mich in den Sitz plumpsen und komme mir total Erwachsen vor.

Dann geht alles ganz schnell. Wir erreichen die Promenade, ich sehe das Meer, die Sonne, die langsam am Horizont versinkt. Mir ist so eigenartig zu Mute. Noch zwei Kurven und er hält in einer kleinen Seitenstraße. „Voile Mademoiselle, wir sind am Ziel. Schön ist es hier", meint er und blickt an der Fassade der schnuckeligen Pension hinauf. Ich blicke mich um, während er mein Gepäck aus seinem Kofferraum holt. Dann steht er dicht vor mir, reicht mir zum Abschied die Hand „Es war mir ein Vergnügen junge Frau", lacht er. Dann zieht er mich ganz dicht zu sich heran. „Du bist verdammt schön, Frauen wie dich begehre ich. Ich will, dass du dich meldest. Wenn nicht, finde ich dich."

Er steckt mir eine schmale Karte in den Ausschnitt. Sein Blick ist ernst, seine Stimme fest, seine Augen sagen, dass er keine Widerrede duldet. Dann streicht er mir mit dem Handrücken zärtlich über meine Wange, steigt in seinen Wagen und fährt ab. Was war das jetzt für ein Abgang? Was bildet der sich ein? Ich greife an meine Wange, sie ist heiß. Es ist, als würde ich immer noch seine zärtlichen Finger spüren. Noch immer durchzieht ein vibrierender Schauer meinen Körper, fühle ich seinen warmen Atem, als er so nahe vor mir stand. Meine Knie sind weich, ich kann nicht denken.

Als ich abends in meinem Zimmer auf der Bettkante sitze, überfallen mich die Gedanken an ihn erneut. Ich suche nach seiner Karte. Justin Kaast steht darauf, und dass er Bauunternehmer ist. Er besitzt verschiedene Niederlassungen in Europa. Ich fühle mich wie erschlagen, lege mich auf meinem Bett, das Fenster ist geöffnet. Der kühle Nachtwind bringt Abkühlung.

Am nächsten Tag verbringe ich herrliche Stunden am Meer, genieße die Sonne und nehme einen Drink an der Strandbar. Ich fühle mich richtig wohl, wenn da nicht immer der Gedanke an ihn wäre. Justin! Ich sehe ihn immer vor mir, höre seine Stimme. Immer wieder blicke ich auf mein Handy, als würde ich auf seinen Anruf warten.

Doch er hat mich ja gar nicht nach meiner Nummer gefragt. „Ruf mich an", hallt es in meinem Ohr. Wie oft habe ich heute schon nach meinem Telefon gegriffen. Seine Nummer weiß ich auswendig. Wieder nehme ich mein Handy. Wie in Trance drücke ich die Tasten, langsam, fest. Der Ruf geht durch. Es dauert, dann höre ich seine Stimme. Ich wage es kaum zu atmen, geschweige denn zu sprechen. „Juliette?" „Ja!" „Wo bist du?" Ich nenne ihm den Namen der Strandbar. „Dort gibt es in der Nähe einen Taxistand", meint er. „Hast du Lust zu mir zu kommen?"

Er nennt mir die Anschrift. Ich kann nicht sprechen, nicke nur. Dann ist das Gespräch beendet. Ich habe das Gefühl, nicht mehr Herr meiner Sinne und schon gar nicht meiner Handlungen zu sein. Ich gehe zum Taxistand. Die Fahrt dauert einige Zeit. Ich weiß nicht, wo ich bin, stehe von einem großen Haus, im alten südfranzösischen Stil gebaut. Das große Tor wird wie von Geisterhand geöffnet. Langsam gehe ich den schmalen Weg durch ein etwas verwildertes Grundstück. Herrliche Blüten verströmen einen betörenden Duft. Dann sehe ich ihn. Er steht lässig am Eingang.

Wie im Zug, sportlich schick gekleidet. Ich komme mir ihm gegenüber vor wie eine graue Maus, obwohl ich ein buntes, dünnes

Kleid trage. Meine Großmutter nennt es immer einen Flattermann. Ja, es ist luftig, etwas durchsichtig. Aber schließlich war ich ja am Strand. Mein Haar ist zerzaust und irgendwie fühle ich mich wie vom Winde verweht. Er tritt mir entgegen, nimmt meine Hand und haucht einen Kuss auf meinen Handrücken. Ich lächle verlegen, bin aber doch voller Stolz. Träume ich mal wieder oder ist es Wirklichkeit?

Das Haus ist fantastisch, die rustikale Einrichtung, alles ist so stimmig zueinander. Er scheint hier alleine zu wohnen. Fast zärtlich legt er seinen Arm um meine Schulter. Meine Knie wackeln, ich schaue ihn an. Langsam führt er mich auf die Terrasse. Wow, was für ein Ambiente. Der Pool, die Sitzgruppe, es ist wie im Märchen. Er führt mich an einen gemütlichen Platz, bringt mir einen Drink. Nervös springe ich auf, laufe über das Grundstück, hin zum Pool. In der Ferne kann man das Meer blitzen sehen. Ich höre es rauschen, kann es riechen. Ich spüre, wie er mich beobachtet. Wieder werden meine Knie weich und die Gedanken überschlagen sich.

Was ist, wenn er kommt, seine Hände auf meine Hüften legt, mich umfasst, zärtlich meinen Hals küsst? Oh mein Gott, es ist, als würde mich sein Atem streifen. Doch es sind nur meine Gedanken, die meinen Körper, meine Gefühle täuschen. Meine Augen blinzeln in die Sonnenstrahlen, die sich tief in den Horizont neigen. Langsam wage ich es, mich umzudrehen. Er lehnt lässig an einer der Säulen und nippt an seinem Glas. Ich bin total aufgeregt, getraue mir nicht, ihn anzusehen. Langsam laufe ich auf ihn zu.

Er streckt seine Hand nach mir aus, umfasst mein Handgelenk und zieht mich zu sich. Jetzt wird er mich küssen, fährt es mir blitzschnell durch den Kopf. Ich will es, ja ich will, dass er mich küsst. Doch er tut es nicht, schaut mich nur an. Seine Hand streicht durch mein wirres Haar. Ich spüre ihn, kann ihn riechen. Tief sauge ich seine Männlichkeit ein und hoffe, dass er es nicht merkt, wie ich mich nach ihm sehne. Nur einen Kuss! Ich bin so aufgewühlt, wage nicht, ihn anzusehen. Seine Hand legt sich unter mein Kinn. Er hebt meinen Kopf. Fast etwas trotzig werfe ich mein Haar nach hinten. Da ist es wieder, sein Lachen, sein Blick.

Sein Daumen streicht über meine bebenden Lippen, meine Augen flehen ihn an, meinen zuckenden Mund, zu küssen. Sein Blick hält mich fest. Ich spüre seine Hand in meinem Rücken. Er zieht an den Schnüren meines Flatterkleides. Nur einen Moment und das Kleid rutscht nach unten. Oh mein Gott, ich stehe fast nackt vor ihm. Ich trage nichts unter meinem Strandkleid, nur meinen String.

Ich will meine nackten Brüste bedecken, doch eine Hand hält immer noch das Glas. Er betrachtet mich genüsslich von oben bis unten. Es fröstelt mich, obwohl es mir gleichzeitig heiß ist. Ich weiß nicht wohin mit meinen Gedanken und Gefühlen. Ich verspüre eine starkes Verlangen, habe aber auch große Bedenken. Was tut er hier mit mir? Warum stehe ich hier, fast nackt, und lasse mich von ihm anstarren?

Was, wenn er mehr will? Mein Inneres ist in schrecklicher Aufruhr, als er meine nicht besonders großen, aber festen Brüste berührt. Sanft streichelt er meine hellen, stark gewölbten Brustwarzen. Ich weiß nicht wohin ich schauen soll.

„Schau mich an", befiehlt er mir zärtlich. Mein Blick ist ein einziges Flehen, in den Arm genommen zu werden. Er fixiert mich, tastet meinen Körper mit seinen Augen ab. Sein Blick schweift über meine Brüste und Hüften. Eigentlich müsste ich mein Kleid nehmen und gehen. Das, was ich tue, gehört sich nicht. Doch ich kann nicht, ich will nicht gehen. Seine Hand greift in meinen Slip, schiebt sich über meine Scham. Seine Finger spalten mich, suchen meine erregte Perle. „Berühre mich, oh Gott, ja, berühre mich", hallt alles in mir.

Mir wird heiß und kalt, meine Augen flackern. Die Dämmerung hat Einzug gehalten. Gartenlichter geben der Abendstimmung etwas Gespenstisches. Wieder lächelt er, während er mich mit seinen Fingern zärtlich stimuliert. Er scheint meine Unsicherheit zu spüren. Sein Lächeln wirkt in der Dämmerung fast wie eine hämische Fratze. „Nimm mich", schreit erneut alles in mir. Ich lege meinen Kopf zurück und schließe die Augen.

Fast habe ich das Gefühl zu schweben. Zaghaft spreize ich meine Beine, tue alles, was ein anständiges Mädchen nicht tut. Ich biete mich ihm an, schiebe ihm regelrecht mein Becken entgegen. Noch immer bewegt er sich zärtlich über meiner Lustperle. Ich habe das Gefühl zu vergehen. Ich bin so weit alles zu vergessen, meine strenge Erziehung, die Ge- und Verbote meiner konservativen Eltern. Hemmungslos würde ich ihn eindringen lassen in meinen glühenden Schoß.

Doch er tut es nicht, trägt mich nicht auf die breite Spielwiese, die am anderen Ende des Pools steht. Ein Liebesnest, geschaffen für diesen Moment. Endlich, oh ja, endlich. Seine Finger suchen meine Öffnung, unsere Blicke treffen sich. Ich fühle mich wie ein waidwundes Reh, ein verstörtes Mädchen, das nicht weiß, was hier geschieht. Meine Hand krallt sich in seinen Oberarm. Ich beiße die Zähne aufeinander. Mach weiter, ja, bitte nur noch einen Moment, ja mach es mir noch einen Moment und ich komme.

Wieder treffen sich unsere Blicke. Ich lege alles in diesen Blick. Leidenschaft, Sehnsucht, Zorn und Gier. „Du bist so schön", höre ich ihn und seine Hand löst sich aus meinem feuchten Schoß und greift in mein Haar. Seine Lippen sind meinem Mund so nah, berühren ihn fast, doch er küsst mich nicht. Er lässt mich los, lässt mich stehen wie eine Statue, greift nach meinem Kleid, das zu meinen Füßen liegt. „Zieh dich an Juliette, es ist schon spät geworden und es wird kühl.

Ich bring dich nach Hause." Es ist, als hätte ich einen Schlag ins Gesicht bekommen. Mich friert, es schüttelt mich, als hätte ich Fieber. Weg, nur weg hier. Oh mein Gott, das alles ist mir so peinlich. Ich schäme mich, ich hätte doch auf meine Eltern hören sollen. Alles in meinem Kopf dreht sich.

Ich weiß nicht, wie ich nach Hause gekommen bin. Hat er mich gefahren oder mir ein Taxi gerufen? An Schlaf ist in dieser Nacht nicht zu denken. Ich wälze mich stundenlang hin und her. Die schrecklichsten Bilder tauchen vor meinen Augen auf. Hitze und Kälte peitschen meinen Körper. Mein Kopf droht zu zerspringen. Und dann immer wieder diese inneren Vorwürfe, die Scham, die mich peinigt. Ich hatte mich ihm fast nackt präsentiert, und wenn er es gewollt hätte, so hätte ich mich ihm hingegeben. Was muss er von mir denken? Ich habe regelrecht nach ihm gefiebert und tu es immer noch. Nur ganz langsam ummantelte mich ein unruhiger Schlaf.

Am anderen Tag komme ich erst gegen Mittag zu mir. Draußen hupt es laut. Ich blicke aus dem Fenster. Es ist er. „Komm raus Juliette, der Tag ist herrlich wir fahren spazieren." Ich fasse es nicht, gerate total aus dem Häuschen. Weiß er denn nicht, was gestern geschehen war? Wie kann er jetzt so einfach vor meiner Türe stehen und nach mir rufen?

Ich kann nicht denken. Immer wieder durchströmen Hitzewellen meinen geschwächten Körper. Erneut ertönt seine Stimme. „Was ist los mit dir, keine Lust? Oder was ist dir in die Glieder gefahren?" „Lieber Gott, sag mir was ich tun soll", fleht es in mir. Was, wenn er jetzt fährt und ich ihn nicht wiedersehe?

Ich höre den Motor. Alles in mir zittert. „Ich komme", rufe ich mit brüchiger Stimme zum Fenster hinaus. Wie der Blitz starte ich durch und schon kurz darauf sitze ich neben ihm im Auto. „Schlechte Nacht gehabt", fragt er einfühlsam und streicht zärtlich über meine Augenringe. Ich kann nicht sprechen und Gott sei Dank kühlt der Fahrtwind mein brennendes Gesicht. Es ist wie ein Traum. Dieses große Auto, das offene Verdeck, heitere Musik, die Landschaft, direkt am Meer entlang.

Langsam komme ich zu mir. Mein Körper entspannt sich und ich strecke die Beine aus. Mein Rock rutscht nach oben und mein Shirt hängt lässig über meiner Schulter. Verstohlen blicke ich ihn von der Seite her an. Er plaudert fröhlich, streicht mir immer wieder zärtlich über den Arm, sagt mir, wie hübsch ich aussehe. Ich komme mir neben ihm wie eine große Dame vor, nicht wie ein kleines Mädchen, fühle aber trotzdem immer wieder eine große Hilflosigkeit.

Immer mehr zieht er mich in seinen Bann. Nach einer kurzen Fahrt hält er vor einem abseits gelegenen Gartenlokal. „Komm, lass uns etwas essen", fordert er mich auf. Die Bäume im Garten bieten einen herrlichen Schatten. Es duftet nach Blumen und Kräutern. Er wählt eine verwunschene Ecke für uns aus. Nur wenige Tische sind besetzt. Die bestellten Getränke kommen und hastig nehme ich einen kräftigen Schluck Wein. Er beobachtet mich, und ich rede viel, will meine Unruhe überdecken. Da spüre ich seine Hand.

Sie berührt meine Schenkel, schiebt sich unter meinen kurzen Rock. Sein Mund nähert sich meinem Ohr. „Spreiz die Beine kleine Juliette, ich will dich verwöhnen." Heiße Röte steigt in mein Gesicht. Ich schüttele den Kopf, doch als ich seine drängenden Fingerkuppen an meiner Spalte spüre, bin ich nur noch erregt. Ich öffne meine Beine und schon gleiten seine Finger seitlich in mein Höschen.

Er fixiert meinen Blick, ich werde nervös, gleite mit der Zunge über meine trockenen Lippen. Eigentlich möchte ich etwas sagen, doch ich bringe keinen Ton heraus. „Ich darf das nicht, oh Gott nein, ich darf das nicht", schreit es in mir und doch lehne ich mich zurück, schiebe mein Becken leicht nach vorne. Dann greift meine Hand zum Weinglas. Es ist ein lieblicher Rotwein, der meine trockene Kehle netzt.

Unsicher blicke ich um mich. Keiner der anderen Gäste scheint etwas zu bemerken. OK., ein Busch bietet etwas Schutz, aber was ist, wenn der Kellner kommt? Wieder beugt er sich zu mir, spüre ich seinen warmen Atem an meinem Ohr. Ein Rausch der Sinne gleitet durch meinen Körper. Er sucht meine intimste Stelle und berührt mich ganz langsam und zärtlich. Ich trinke erneut einen kräftigen Schluck. Er prostet mir zu, als wenn nichts wäre, stimuliert mich aber gleichzeitig.

Erneut spähe ich durch den Garten, habe das Gefühl, jeder starrt uns an. Meine Erregung steigt auf hundert. All das was hier passiert, diese heißen Gefühle, sind Wahnsinn pur. Noch nie hat mich jemand so berührt und erregt wie er. Schon gar nicht an einem öffentlichen Ort. Er tut es einfach. Oh mein Gott. Ich befinde mich in einem wahnsinnigen Rausch der Lust, würde am liebsten laut stöhnen. Er macht es mir, hier in der Öffentlichkeit, vor anderen Gästen. Mein Körper erlebt in diesem Moment eine lustvolle Qual, die er mir beschert. Und er bleibt dabei lässig, ja fast kühl. Und doch merke ich, wie er mich beobachtet. Wieder dieser leicht spöttische Gesichtsausdruck, diese Überheblichkeit. Ich werde wahnsinnig, will mich lösen, doch ich kann es nicht.

Leise stöhne ich, obwohl ich eigentlich schreien möchte. Mein Becken bewegt sich. Ich spüre, wie mein Höschen feucht wird. Ich lehne mich noch mehr zurück, will ihm weiteren Spielraum geben. Mir ist jetzt egal, ob das Treiben jemandem auffällt. Ein Beben und Zittern durchdringt meinen Körper, ich habe das Gefühl etwas würde meinen Unterleib sprengen. Und dann komme ich. Ich starre ihn an, zittere. „Halte mich", will ich sagen „halt mich jetzt ganz fest und lass mich nicht mehr los!" Doch ich bringe kein

Wort über meine Lippen. Schaue ihn nur an, verzehre mich nach ihm.

Das kann es nicht sein, das kann ich nicht sein. Einen solchen Orkan der Lust habe ich noch nie erlebt. Ich schiebe mir die Faust in den Mund, um meinen Schrei zu unterdrücken. Schweiß rinnt über mein Gesicht. Wieder fixiert er meinen Blick, stimuliert mich weiter, immer weiter. Ich kann mich nicht dagegen wehren, halte still, durchlebe einen erneuten, fast schmerzlichen Orgasmus. Angst und Gier nach mehr wechseln sich ab. Seine Augen sind Magie pur. Er verzieht kaum eine Miene oder doch? Da ist es wieder, dieses süffisante Lächeln wie gestern Abend, als er meinen Körper aufheizte und mich dann nach Hause schickte. Warum tut er das? Warum lasse ich es zu? Ich kann nicht anders, ich brauche es, will ihn spüren, will von ihm befriedigt werden. Dann zieht er seine Hand zurück, schenkt etwas Wein nach und hält nach dem Kellner Ausschau.

Erschöpft schließe ich die Augen, als er sich aus meinem Schambereich zurückzieht. Für einen Moment entschuldigt er sich und verlässt den Tisch. Schweiß steht auf meiner Stirn. Ich versuche, langsam zu atmen. Unstet geht mein Blick hin und her. Ich sehe, wie er mit dem Kellner spricht. Erst nach einer geraumen Zeit gesellt er sich wieder zu mir. Er tut so, als wäre nichts gewesen. „Ich habe uns ein kleines Menue zusammengestellt. Ich kenne zwar noch nicht deinen Geschmack, aber lass dich einfach überraschen", meint er lächelnd. Ich fasse es nicht, weiß er denn nicht, was eben geschehen war? Und dann das Essen, wie kann man jetzt an essen denken?

Er hat eine hervorragende Wahl getroffen. Das Essen ist spitze und der herrliche Wein rundet die leckeren Spezialitäten ab. Doch ich bringe kaum einen Bissen hinunter. Mit der Zeit entspanne ich mich. Er versteht es mit seiner Art, mir meine Hemmungen zu nehmen. Wir plaudern, lachen und es ist wieder so, als würden wir uns schon lange kennen. Er erzählt viel von sich, von seinem Geschäft. Als ich ihm von meinen Zukunftsplänen erzähle, hört er interessiert zu und gibt mir interessante Tipps. Seine strahlend blauen Augen leuchten, wenn sich unsere Blicke treffen. Ich hinterfrage nichts mehr, genieße einfach dieses schöne Zusammensein. Ich komme mir bei ihm so geborgen vor. Noch nie habe ich mich bisher mit einem Mann so gut unterhalten, wie mit ihm. Er ist so ganz anders als die Jungs, die ich von zuhause und von der Schule her kenne. Immer wieder habe ich das Gefühl zu träumen.

Nachmittags schwimmen wir im Meer, sonnen uns. Kein Wort wird darüber gesprochen, was heute Mittag geschehen ist. Ich genieße es, von ihm verwöhnt zu werden. Zärtlich cremt er mich ein und versorgt mich mit kühlen Getränken. In einem teuren Geschäft kauft er mir später ein raffiniertes Kleid, das farblich zu meinen kupferroten Haaren passt. Wir stehen vor einem großen

Spiegel, er hinter mir. „Steck dein Haar hoch und lass das Kleid an." Ich lächle, erfülle ihm den Wunsch. „Wow! Was für ein Vamp schaut mir denn nun entgegen?" Die Verkäuferin ist begeistert. Die grüne Farbe meiner Augen gleicht der Farbe des Kleides, das meinen Körper mit einem Hauch von Stoff umhüllt.

Er schaut mich schweigend an, führt mich zum Auto, öffnet mir galant die Türe und fährt los. Ich weiß nicht wohin. In einer abgelegenen Bucht tut sich ein Gebäudekomplex auf, den ich so noch nie gesehen habe. Ich schaue ihn an. „Lass dich überraschen!" Man scheint ihn zu kennen, spricht ihn mit seinem Namen an und reicht ihm einen Schlüssel. Er führt mich in ein Nebengebäude, das ein märchenhaftes Ambiente ausstrahlt. Ich betrete mit ihm einen Raum. Ein leichter, fast orientalischer Duft empfängt mich. Ich glaube erneut, zu träumen. Mein Outfit passt genau zu diesem Rahmen. Ein Tisch ist mit köstlichen Speisen gedeckt.

Ich genieße den Wein, lasse mich von ihm mit leckeren Häppchen füttern, ja ich esse ihm regelrecht aus der Hand. Einschmeichelnde Musik im Hintergrund gibt mir das Gefühl zu schweben. Leicht berauscht tanze ich zu den dezenten Rhythmen durch den Raum. „Komm her zu mir" , flüstert er leise. Ich nähere mich ihm, blicke in seine Augen die so dunkel sind wie nie. „Komm her", lockt er erneut. Er dreht mich im Kreis, greift in seine Tasche und zieht einen dünnen Schal heraus, der zu meinem Kleid passt. Schon wollte ich mich über das neue Geschenk freuen, da nimmt er den Schal und verbindet damit meine Augen. Erneut dreht er mich im Kreis. Mir wird schwindelig. Ich lege verspielt meinen Kopf in den Nacken, will mich einfach nur drehen und träumen.

Er führt mich, ich bin unsicher, höre, wie eine Türe sich öffnet. Der Raum ist warm, ich spüre Feuchtigkeit, höre das Plätschern von Wasser. Ein exotischer Duft steigt in meine Nase. Er berührt meinen Körper, zieht mir mein Kleid aus, meinen Slip. Eine starke Anspannung zieht durch meinen Körper. Feiner Schweiß bildet sich auf meiner Oberlippe. Ich drehe lauschend meinen Kopf. Er spricht kein Wort. Nur leise Musik ist zu hören.

Er hebt mich hoch und lässt mich in ein warmes Wasser gleiten. Ich spüre den Schaum auf meiner Haut. Herrlicher Duft steigt in meine Nase. Noch bin ich angespannt. Ich spüre seine Hand, sie gleitet zärtlich über meinen Körper, reibt mich mit Seife ein. Ich fange an, es zu genießen. Seine Hand ist überall. Zwischen meinen Beinen, an meinen Brüsten. Als er zärtlich durch meine Spalte gleitet, stöhne ich laut auf. Wieder erröte ich. Mein Körper zittert, noch nie hat mich ein Mann gewaschen, noch nie mich ein Mann so an meinen intimen Stellen berührt.

Sehnsüchte steigen in mir auf, aber auch erneute Unsicherheit, Neugier auf das, was kommt. Er hilft mir, aus dem Becken zu steigen, wickelt mich in ein weiches, warmes Badetuch. Wieder überall dieser herrliche Duft.

Ich kann nichts sehen, nur meine Sinne reagieren. Er hält mich fest in seinem Arm. „Jetzt kommt der Höhepunkt meine kleine Juliette. Ich werde dich mit Streicheleinheiten verwöhnen, deinen Körper massieren, mit duftendem Öl einreiben. Und dann werde ich dich nehmen, in deinen engen Schoß eindringen mit meiner Männlichkeit. Sie wird dich bis zum Anschlag füllen und meinen Samen in der Tiefe deiner Weiblichkeit versenken." Seine Stimme ist leise und doch so mächtig. Alles in mir vibriert.

Ich weiß nicht mehr, ob ich wache oder träume. Ich sehne mich nach seinen zärtlichen Händen, die mich jetzt verwöhnen. Ich bin bereit, mich für ihn zu öffnen. Alles ist so himmlisch, so traumhaft und ich habe Angst, zu erwachen.

Er löst die Spange in meinem Haar. Ich spüre, wie es weit über meine Schultern fällt. Wieder führt er mich. Warum trägt er mich nicht? Warum nimmt er mich nicht auf den Arm und trägt mich in ein weiches Liebesbett? Nur einige Schritte, dann bleibt er stehen. Ich hebe lauschend den Kopf. Höre ein feines Klirren. Er nimmt meine Hände, zieht meine Arme nach oben.

Ich spüre etwas Kühles an meinen Handgelenken, höre ein Klicken. Oh nein, er hat mich gefesselt. Er zieht das warme Handtuch von meinem Körper. Mich fröstelt für einen Moment. Hilflosigkeit macht sich breit. Nackt stehe ich vor ihm, nur die Augenbinde bedeckt etwas an meinem Körper. Plötzlich strömt Hitze durch meinen Leib, Angst-schweiß tritt aus meinen Poren. Er wollte mich doch streicheln, verwöhnen. Was tut er?

Er schweigt, ich höre nur seinen leisen Atem. Da sind seine Hände, die jetzt tatsäch-lich zart über meine Haut streichen, meine Brüste berühren. Er berührt meine Scham, spaltet mich, sucht meine Perle. Alles in mir vibriert. Doch was ist das? Das ist nicht seine Hand. Etwas ganz Dünnes streicht über mei-ne nackten Lenden, über meine Hüften. Schon will ich mich entspannen als ich einen kurzen, schmerzlichen Schlag spüre, dann den nächsten und den nächsten.

Ein feiner Schmerz zieht durch meinen ganzen Körper. Immer wieder. Es sind ge-zielte Schläge. Dann streicht er erneut mit etwas ganz Feinem über die Innenseiten meiner Schenkel. Eine wohlige Süße durch-rieselt mich. Feuchtigkeit sickert aus meiner engen Pforte und nässt meine Schenkel. Ich atme schneller, spüre sanfte Schläge auf meinen Beinen und auf meinem Po. Oh Gott, ich stöhne, genieße das Spiel von Zuckerbrot und Peitsche.

„Gefällt es dir meine kleine Juliette", flüs-tert er zärtlich und sein warmer, feuchter Atem an meinem Ohr lässt meinen aufge-wühlten Leib erschauern. Noch einmal zieht die feine Spitze der Peitsche Bahnen über meinen zuckenden Körper und lässt meine Haut erzittern. Dann steigt erneut ein ver-führerischer Duft in meine Nase. Jetzt sind es seine Hände, die kräftigen und doch so zärtlichen Männerhände, die meinen Körper mit warmem Öl einreiben. Er ölt meinen heißen Schoß, die Öffnung meiner Grotte. Seine Finger dringen in mich ein. Nur kurz. Ich lass mich fallen, spüre, wie mein unterer Mund sabbert.

Die Armfesseln klicken, seine starken Arme heben mich hoch und lassen mich schon kurz darauf auf eine breite, weiche Spielwiese sinken. Er nimmt mir den Schal von den Augen, ich blinzele in das dämmerige Licht, das Schatten an die Wände wirft. Langsam atme ich tief ein und aus. Ich sehe, wie er seitlich am Bett steht, sich entkleidet, sich dann zwischen meine Beine drängt. Mein Körper ist geprägt von Leidenschaft pur. Alles in mir sehnt sich danach, ihn zu empfangen, seine Männlichkeit zu spüren.

Sein durchtrainierter, nackter Körper glänzt. Er liebkost mich mit seinen Lippen, küsst zärtlich meinen Mund. Ich bin einfach nur glücklich, fühle mich unsagbar wohl. Zärtlich berühren seine heißen Lippen meine empfindlichen Brüste. Seine Arme legen sich um meine Beine. Unsere Blicke treffen sich, während sich sein Lustspender durch meine Spalte pflügt. Er ist stark bestückt, seine Eichel drängt in meine Öffnung. Ich stöhne, hebe mein Becken. Dann dringt er tief in mich ein. Ein heißer Schmerz durchzieht für einen kurzen Moment meinen Schoß. Er bestimmt den Rhythmus und er nimmt mich, gibt mir seine ganze Männlichkeit in einer ungeahnten zärtlichen Leidenschaft. Sein sinnliches Begehren törnt mich an. Eine wohlige Entspannung gibt mir Leichtigkeit. Mein Becken passt sich seinem Rhythmus an. Sein Gesicht ist mir so nahe, seine Lippen verwöhnen erneut meinen Mund, meine Brüste. Ein lautes Stöhnen, ich kralle mich an seinen Oberarmen fest, als mich sein Samen füllt, ich dem Rausch der Sinne unterliege und seine wilden Stöße erwidere. Diese Nacht gehört uns. Es ist so wohlig und angenehm in seinen Armen zu liegen und seinem Atem zu lauschen. Die Nacht gehört uns und unserer Leidenschaft, die er in mir entfacht hat.

Am anderen Morgen erwache ich mit einem komischen Gefühl im Magen und einer starken inneren Unruhe. Seine lockere Art nimmt mir ganz schnell meine Unsicherheit. Wir verbringen noch einige Stunden am Meer, ehe er mich bei meiner kleinen Pension absetzt.

Die nächsten Tage macht er sich rar. Nur ein Anruf. Er sei ja hier nicht im Urlaub, meint er. Ich bin enttäuscht. Vermisst er mich nicht? Weiß er nicht, was geschehen ist? Ich vermisse ihn, sehne mich nach seiner Kraft, die von ihm ausgeht. Und ich will ihn spüren. Wir treffen uns am Abend. Alles in mir dreht sich, als ich ihn sehe. Seit unserer ersten Nacht habe ich ihn nicht mehr gesehen. Ich bin nervös, kann ihn fast nicht anschauen. Erinnerungen werden wach. Was er in dieser Nacht mit mir gemacht hat, der pure Wahnsinn. Ein Gefühlschaos nach dem anderen erschüttert mich seitdem. In meinem

Kopf dreht sich alles um ihn. Ich spüre ihn, rieche ihn und bin zu keinem klaren Gedanken fähig. Und jetzt ist er da, endlich. Ich könnte lachen und weinen zugleich.

Und dann hält er mich im Arm, streichelt mein Haar. Er küsst mich zärtlich und doch fordernd. Er führt mich aus, herrlich. Wir sitzen am Hafen und lassen uns ein Fischgericht schmecken, dazu einen herrlichen Wein. Wieder bin ich nur auf ihn fixiert. Vergesse, weshalb ich eigentlich da bin. Ich wollte Land und Leute kennenlernen, mich erholen und im Meer schwimmen. „Und vielleicht die Liebe erleben", waren das nicht seine Worte im Zug, als wir im Speisewagen saßen? Ja, ich bin der Liebe begegnet und jetzt bin ich nur auf diese Liebe programmiert. Ist das die Liebe, die ich suche? Immer nur bin ich bereit für ihn, warte auf ihn. Es ist so schön und doch Folter pur. Nach dem Essen gehen wir ein Stück spazieren.

Es wird ruhig, kaum noch Menschen sind unterwegs. Nur noch von der Ferne her sind Stimmen zu hören. Die Lichter am Wegrand sind spärlich. Etwas abseits bleibt er stehen. Er lehnt an einem breiten, knorrigen Baum. „Komm zu mir Juliette, ich habe dir ein Geschenk mitgebracht, ich will, dass du es trägst." Ich erröte. Hat er mir vielleicht das Armband gekauft, das wir einmal zusammen betrachtet haben? Er zieht mich in seinen Arm, küsst mich zärtlich und lange. Keiner ist in der Nähe, ich genieße es.

Ich bin so gespannt, freue mich auf das Geschenk. Während er mich küsst, greift er unter meinen Rock, direkt in meinen Slip. Ich stöhne, als er mich zärtlich stimuliert, werde feucht, spüre seinen Mund an meinem Ohr. „Ich habe ein Geschenk für dein Schmuck-kästchen mitgebracht, also spreiz jetzt brav die Beine, damit ich deinen kleinen, feuchten Honigtopf beglücken kann." Ich zucke zu-sammen, werde unsicher. „Vertrau mir ein-fach", flüstert er zärtlich, „tu was ich dir sage." Da ist sie wieder, diese einschmei-chelnde Stimme die einfach bestimmt, mir sagt, was ich zu tun habe. Und ich will es tun, will mich ihm hingeben, will die pure Lust genießen. Wieder trifft er mich voll mit seinen Spielereien. Wieder an einem Ort, an dem uns jeden Moment jemand entdecken kann.

Leise stöhne ich, als er ungeniert meine Scham berührt. Fast sehnsüchtig erwarte ich, dass er meinen Schoß erobert. Alles in mir vibriert. Dann greift er in seine Hosentasche, zieht langsam etwas heraus und hält dabei meinen Blick mit seinen Augen fest. „Jetzt kommt es, Achtung", flüstert er leise. Ich be-obachte ihn. Es sind Kugeln an einem Band. Er wiegt sie in seiner Hand, zeigt sie mir. „Ich füll dein hungriges Töpfchen mit den Liebes-kugeln und du wirst sie tragen, bis wir uns wiedersehen. Jeder Schritt wird dich an mich erinnern, an meinen starken Liebesstab, der dich erobert hat. Die Kugeln werden dich pei–

nigen, aber auch sanft stimulieren. Dein Schoß wird von einer Lust in die andere schaukeln.

Und wenn wir uns sehen, dann werde ich sie dir ganz langsam aus deiner Schmuckdose ziehen und dich dabei verwöhnen." Er lacht, als ich den Kopf schüttle. „Oh doch meine Kleine, ich spüre doch jetzt schon wie du heiß darauf bist." Er führt mich einige Schritte weiter zu einer Bank. „Stell ein Bein hoch, komm schon, öffne dich für mich, lass dir diesen Genuss nicht entgehen", flüstert er einschmeichelnd an meinem Ohr und streift zärtlich mit seiner Zungenspitze über meine Ohrmuschel. Wie im Rausch tue ich das, was er sagt. Was für ein wahnsinniges Gefühl. Er führt mir die Kugeln ein, schiebt sie langsam und tief in mein feuchtes Zuckerdöschen.

Dann stehen wir einfach nur da. Eng umschlungen wiegt er mich sanft in seinen Armen. Wir sprechen kein Wort, jeder geht seinen Gedanken, seinen Empfindungen nach. Ich spüre wie die Kugeln in meinem Liebesnest arbeiten, wie sie mich füllen und aufgeilen.

An diesem Abend bleiben wir noch lange zusammen. Er beobachtet mich. Er will wissen, wie ich mich fühle, wie die Kugeln in meinem Unterleib arbeiten, was sie in mir auslösen. Mein ganzer Körper sprüht. Ich bin heiß, heiß auf ihn, auf seine Manneskraft. Doch ich wage es nicht zu sagen, dass innerlich in mir ein wahrer Vulkan brodelt.

In dieser Nacht bringt er mich spät nach Hause. Zärtlich verabschiedet er sich von mir. Eigentlich will ich ihn fragen, wann wir uns wiedersehen. Doch ich tue es nicht. Nach einer innigen Umarmung ist er verschwunden. Die Dunkelheit verschlingt ihn und ich gehe in mein kleines Appartement, bin traurig und von Sehnsucht getrieben.

Ich schlafe schlecht. Früh am anderen Morgen läutet das Telefon. Er ist es. „Alles OK mon Cherie?" Ich bin nervös, die Liebeskugeln in mir arbeiten. Ich bin gezwungen Tag und Nacht, bei jedem Schritt, bei jeder Bewegung an ihn zu denken. „Ist alles da wo es sein soll?" Ich erröte, gebe keine Antwort. „Heute Abend bin ich bei dir, dann hole ich es mir, gebe gut auf mein Spielzeug acht." Ich nicke, denke gar nicht daran, dass er mich eigentlich nicht sehen kann.

Die nächsten Stunden sind eine Qual. Ich versuche, mich abzulenken, mach es mir an unserem einsamen Strand bequem, schwimme weit hinaus. Bei jedem Schwimmzug stimulieren die Kugeln der Lust meinen Unterleib. Ich will sie herausziehen, doch ich traue mich nicht, will es auch nicht. Denn dann habe ich das Gefühl, mich von ihm getrennt zu haben.

Ich vermisse ihn, sehne mich nach ihm, nach seiner Nähe und Wärme, nach den zärtlichen Liebesspielen. Wo ist er? Ich brauche ihn! Und dann steht er plötzlich vor mir. Er ist einfach da, wie aus dem Nichts. Ich liege am Strand, halte die Augen geschlossen, als ein Schatten auf meinen Körper fällt. Ich öffne die Augen und sehe sein vertrautes Gesicht.

Er wartet nicht lange, nimmt sich wortlos das, was er will. Oh Gott er betrachtet mich, öffnet mein Paradies und holt sich die Kugeln. Wieder bin ich ihm hilflos ausgeliefert. Meine Scham ist gereizt.

Als er die Kugeln langsam aus meiner Tauchstation zieht, habe ich das Gefühl auszulaufen.

Ich sehe an seinem Gesicht, wie er meine Hilflosigkeit genießt. Allein seine Berührungen treiben meinen Körper von einem Höhepunkt zum anderen. Wieder ist es seine stattliche Männlichkeit, die mir am Ende die Erfüllung bringt.

Lange hält er mich umfangen, wiegt mich hin und her. Nur das Rauschen des Meeres ist zu hören und das Schlagen der Wellen.

Bis zum späten Abend bleiben wir an unserem Platz, sprechen kaum miteinander. Wir genießen einfach nur diese Zweisamkeit und schauen uns immer wieder an. Langsam versinkt die Sonne, zaubert einen roten Schein am Horizont.

Noch zwei Tage und zwei Nächte, dann ist meine Zeit in Südfrankreich vorbei. Ich seufze laut und es ist, als könnte er meine Gedanken lesen. „Komm mit zu mir", bat er mit rauer Stimme. Ich nicke nur, wir fahren zu meiner kleinen Pension und ich breche dort meine Zelte ab und bleibe bei ihm in seinem

Haus. Diese Zeit gehört nur uns. Wir genießen unsere Zweisamkeit, machen Ausflüge. Er führt mich aus und ich lerne die französische Küche in ihrer Vielfalt kennen.

Liebe Lust und Leidenschaft sind unser Begleiter. Es ist wie ein Rausch der Sinne, wenn er mir mit leidenschaftlichen Spielen Himmel und Hölle der Lust beschert.

Zwei Tage später bringt er mich zum Bahnhof. Ein Kloß sitzt in meinem Hals. Ich kann es kaum fassen, mein Urlaub ist vorbei. Ein letzter Kuss. Lange hält er mich in seinem Arm und wiegt mich hin und her. Sein Handrücken streichelt zärtlich meine Wange, dann sitze ich wieder in einem Abteil. Es ist voll belegt. Ich höre die Stimmen, aber ich registriere nichts. Ich bin innerlich tot, krank vor Sehnsucht nach ihm. Alles wirbelt durch meinen Kopf, alle heißen Erlebnisse und die bizarre Welt, in die er mich geführt hat.

Gleichmäßig klingen die Geräusche des Zuges. Es ist ein Rauschen, ein dumpfer Takt, der meinen Namen ruft. „Komm Juliette, komm zu mir!"

Als der Zug im Bahnhof meiner Heimatstadt einfährt, bin ich wie gerädert. Eigentlich sollte ich nach einem Urlaub erholt sein. Ich bin es nicht, leide unter Liebeskummer. Ich freue mich auf meine Familie, auf die Freunde. Gleichzeitig machen sich Angst breit und Scham.

Meine Mutter wird mit Sicherheit sofort merken, dass mit mir etwas nicht stimmt. Ich bin nicht mehr die anständige Tochter, das angeblich unschuldige Mädchen. Und was sollte ich ihnen erzählen? Was hatte ich für Erlebnisse? Oh Gott, wunderbare, aber nichts für die Ohren meiner Eltern oder Freunde. Oder doch?

Ich bin total durcheinander. Er fehlt mir. Seine Ruhe, seine Gelassenheit. „Schick mir doch etwas von deiner Leichtigkeit" flehe ich innerlich. Verdammt ich bin so durcheinander, so traurig. Ob wir uns wiedersehen? Ich weiß es nicht, aber ich werde auf seinen Anruf warten. Er hat versprochen sich zu melden. „Wir sehen uns wieder", das waren seine letzten Worte. Und ich, bin ich noch einmal bereit für eine Reise nach Südfrankreich – hin und zurück!? Es wird sich zeigen!

Verführerischer Buchladen

Ich ging regelmäßig und fast immer zur gleichen Zeit im Supermarkt an der Ecke abends zum Einkaufen. Viel brauchte ich nicht, denn ich lebte allein in meiner Studentenbude. In letzter Zeit fiel mir eine Frau auf. Ich kannte sie nur vom Sehen. Sie hatte in der Stadt einen kleinen Buchladen mit Bibliothek und da habe ich mit Stöbern schon oft meine Zeit verbracht. Was wollte sie von mir? Kam sie absichtlich um die gleiche Zeit, passte sie mich ab? Auch ihre eigenartigen Blicke. Mal total interessiert, dann wieder etwas verschämt. Die Frau reizte mich zunächst nicht, sie war bestimmt 15 Jahre älter als ich, mich reizte das Spiel. Ja das Spiel mit ihr. Sie kam mir vor wie ein kleiner Hund, der mir nachlief. Wenn ich mich so zurückerinnere, dann war es in den letzten Wochen mehrfach der Fall, dass man sich außerhalb des Buchladens über den Weg lief. Das konnte kein Zufall sein.

Wenn ich in der Bücherei gemütlich im Sessel saß um etwas für das Studium zu recherchieren, sind mir immer wieder ihre Blicke aufgefallen. Manchmal neugierig, dann fast etwas ängstlich. Sie kam mir nie so richtig nahe, angesprochen hat sie mich auch nicht. Man hat zwar immer mal kurz miteinander geplaudert, wenn ich Fragen hatte, oder an der Kasse zahlte, mehr aber auch nicht. Aber auch da wirkte sie immer etwas nervös. Irgendetwas reizte mich, aber was? Die reifen Frauen sollen es ja draufhaben. Der Gedanke ließ mich nicht mehr los.

An eine Begegnung erinnerte ich mich besonders. Es war ganz am Anfang, als ich ihren Buchladen aufsuchte. Es war wenig los im Laden und sie wollte aus den oberen Regalen für mich ein Buch holen. Ich stand neben ihr und beobachtete sie dabei. Mir fielen ihre schlanken Beine auf, als sie die Leiter hochstieg. Viel konnte man nicht sehen, denn sie war total korrekt im Businesslook gekleidet. Überhaupt machte sie immer einen etwas steifen, unnahbaren Eindruck. Sie schien zu spüren, dass ich sie beobachtete. Als sie nach dem Buch griff, wurde sie unsicher. Sie schwankte leicht auf der Leiter. Das Buch fiel herab. Ich ging hin, hob das Buch auf und reichte ihr meine Hand. Sie hielt sich fest und wir konnten so verhindern, dass sie von der Leiter rutschte.

Erschrocken und blass im Gesicht lehnte sie sich kurz an meine Schulter. „Danke", hauchte sie. Für einen Moment hielt ich sie fest an mich gepresst, spürte, wie ihr Körper zitterte. Der Schreck saß ihr in den Gliedern. Beruhigend strich ich ihr über den Rücken, bis ich merkte, dass sie sich wieder gefangen hatte. „Ist ja noch mal gut gegangen", lachte ich. Sie blickte mich mit einem zaghaften Lächeln an, strich sich ihre Kleidung glatt und ging dann wieder ihrer Arbeit nach. Ich war noch einige Zeit im Laden und merkte, wie sie mich immer wieder beobachtete. Als ich kurz darauf ging, lächelte sie.

Ich hatte den Zwischenfall schnell vergessen. Ab und zu kam ich wieder in den Laden, bestellte ein Buch und hielt belanglosen Smalltalk. Etwas ging von ihr aus, das mich faszinierte. Ich spürte einen eigenartigen Reiz und das machte mich neugierig. Ich wollte mehr von ihr wissen. Wo lebt sie, ist sie verheiratet, hat sie Kinder? Was steckt hinter der unnahbaren Fassade und warum sucht sie meine Nähe? Bei meinem nächsten Besuch im Buchladen wollte ich versuchen, der Sache mehr auf den Grund zu gehen.

Einige Tage später ging ich noch vor der Mittagszeit in das Geschäft. Ich wusste, dass um diese Uhrzeit nicht viel los war. Als ich den Laden betrat, konnte ich sie nicht sehen.

Nur die junge Verkäuferin, die ab und zu mal aushalf, stand an der Kasse. „Ist Frau Merle heute nicht da", war meine Frage. „Sie ist hinten in der angrenzenden Bibliothek und sucht etwas", kam die freundliche Antwort.

Ich schlenderte langsam den Gang nach hinten und betrat die Bibliothek. Ein kleiner gemütlicher Raum mit vielen Regalen, Büchern und einer kleinen Sitzgruppe. Sie stand mal wieder auf der Leiter, war so in ihre Suche vertieft, dass sie mich nicht kommen hörte. Wieder konnte ich ihre schlanken Beine bewundern. Es waren lange Beine und auf einmal wollte ich wissen, wo diese Beine enden. Ich trat näher. „Guten Tag Frau Merle!" Sie blickte kurz zu mir herunter, lächelte unsicher und wollte dann von der Leiter steigen.

Ich stand jetzt direkt neben ihr. Sie hielt kurz an, ich streckte meine Hand aus und berührte ihr rechtes Bein. Sie bewegte sich nicht, als sich meine Hand langsam nach oben schob. Sie trug eine enganliegende Nylonstrumpfhose und es war ein eigenartiges Gefühl, als ich mit meiner Hand die Innenseite ihrer Schenkel berührte. Ich stellte mir vor, wie es wäre, wenn sie halterlose Strümpfe tragen würde und ich jetzt ihre nackten Schenkel berühren könnte.

Verlegen lächelte ich, als sich unsere Blicke trafen. Fürsorglich nahm ich mal wieder ihre Hand, half ihr von der Leiter. Doch dieses Mal ließ ich sie nicht so einfach gehen. Ich hielt diese schmale Gestalt einfach fest, zog sie eng an mich. Mein Arm umschloss ihre Taille. Ich war ihrem Gesicht ganz nahe, sah, wie ihre Lippen zuckten, ihre Augen mich fragend anstarrten. Sie lag regungslos und steif in meinem Arm. Wir schauten uns einfach nur an. Es war, als versuchte jeder im Gesicht des anderen zu lesen. Es machte mich an, wie sie etwas hilflos in meinem Arm lag. Soll ich sie küssen, schoss es mir durch den Kopf. Täuschte ich mich oder lockten ihre dunkelgrauen Augen, ihr die hochgeschlossene Bluse zu öffnen?

Ich tat es einfach, ja ihr Blick machte mich mutig und ich begann, vorsichtig mit einer Hand, die oberen Knöpfe zu öffnen. Mein Blick fiel auf ihren Brustansatz und jetzt wollte ich mehr. Zögernd strichen meine Fingerspitzen über die festen Wölbungen. Für ihr Alter hatte sie noch sehr straffe Brüste. Wieder trafen sich unsere Blicke. Ich sah, wie sie schluckte, wie sich ihr Brustkorb hob und senkte. Noch immer hielt ich sie umfangen und sie machte keine Anstalten, sich aus meinem Arm zu lösen. Ihr Verhalten machte mir Mut. Forsch griff ich nach ihren Brüsten und hob sie aus den Schalen ihres schwarzen Spitzen BHs. Leicht erregt betrachtete ich ihre großen Nippel, berührte sie mit meinem Daumen.

Ihre Augenlider flatterten. Täuschte ich mich oder stöhnte sie leise, als ich ganz sanft mit meiner Handfläche über ihre harten Brustwarzen kreiste. Wir sprachen kein Wort. Ich beobachtete genau ihre Reaktion. Sie schluckte schwer und blickte mich verlegen an. Ich spürte ein leichtes Zittern, als jetzt mein Mund ganz zart ihre Lippen berührte, langsam über ihren Hals glitt und die herrlichen Knospen umschloss. Nur ganz kurz. Dann merkte ich, dass sie immer wieder ängstlich zur Türe sah. Langsam knöpfte ich ihre Bluse wieder zu. Fast erleichtert atmete sie auf, strich sich mit dem Handrücken über die Stirn. Wieder schaute sie zur Türe, dann zu mir, als wolle sie mir etwas sagen. Es hätte ja jeden Moment sein können, dass jemand die Bibliothek betrat. Ich lachte leise, als ich ihre Ängste erkannte. „Ich komme morgen Mittag wieder, Frau Merle. Sie sollten halterlose Strümpfe tragen." Ganz leise flüsterte ich ihr diese Worte ins Ohr. Mein Mund berührte dabei sanft ihre Ohrmuschel. Ich spürte ihr Zittern, ihre Erregung. Ich löste den Griff meines Armes, strich ihr kurz über die leicht gerötete Wange und verließ die Bibliothek.

Ob sie tut, was ich ihr gesagt habe und morgen in dem gewünschten Outfit im Laden steht? Meine Neugier stieg an. Am anderen Tag kam ich um die gleiche Zeit. Wieder war die Verkäuferin da. Sie blickte mich verwundert an, als ich lächelnd an ihr vorbei ging. „Frau Merle ist sicher in der Bibliothek?" Sie nickte nur und ich ging nach hinten. Sie sortierte Bücher und heute bemerkte sie mich sofort. Wir schauten uns nur an. Wieder waren ihre Haltung und ihre Kleidung korrekt, etwas steif. Ihr Blick aber signalisiert etwas anderes.

„Würden Sie mir das Buch aus der oberen Reihe holen", forderte ich sie mit meinem schelmischen Lächeln auf. Sie zögerte, schaute mich schweigend an. Unnahbar, fast überheblich war ihr Gesichtsausdruck. Und dann tat sie es. Fast herausfordernd stieg sie einige Stufen die Leiter hoch. „Bleib stehen und spreize die Beine!" Kurz und knapp kam es wie ein Befehl aus meinem Mund. Fast erschrak ich vor mir selbst. Was erlaubte ich mir, war das nicht zu dreist? Frau Merle reagierte und jetzt konnte ich es sehen. Sie trug tatsächlich dunkelgraue, halterlose Strümpfe. Wow! Wie finde ich denn das, dachte ich für mich.

Meine Hand berührte ihre schlanken Fesseln, strich über das feine Nylon, über ihre Knie hoch bis zu ihren nackten Schenkeln. Sie hielt sich krampfhaft an der Leiter fest, als ich ihre warme Haut berührte. Sanft strichen meine Finger über ihre nackten Schenkel, hin zu ihrer Weiblichkeit, die von einem dünnen Slip bedeckt war. Es wäre ein Leichtes, mit den Fingern in ihrem Schritt an ihre Spalte zu kommen. Ich zögerte, wollte es, doch sollte ich es tun? Sie hielt still, so als würde sie nur darauf warten, dass sich meine Finger in ihrer Lustgrotte versenken.

Ihr Tun nahm mir die Entscheidung ab. Langsam stellte sie das rechte Bein eine Stufe auf der Leiter nach oben, hielt inne und schaute fast herausfordernd auf mich herab.

Wie von selbst tastete sich meine Hand suchend Richtung Paradies. Ich fand schnell den schmalen Streifen, der leicht feucht das bedeckte, was begierig darauf wartete, berührt zu werden. Mein Handrücken glitt vorsichtig über das, was sie mir bot. Ich spürte eine feste Erhebung, den Knopf der Lust der in einer nicht erwarteten Erregung nach außen drängte.

Schon wollte sich meine Hand in den Slip schieben, um endlich die Grotte der Leidenschaft zu erobern, als sich meine liebe Frau Merle unruhig bewegte. Ihr Blick ging wieder einmal zur weit geöffneten Türe der Bibliothek. Man konnte vom Laden her Stimmen hören. Frau Merle zuckte zusammen, wollte von der Leiter runter. „Bleib stehen", bat ich sie mit belegter Stimme und begann erneut, mich ihrem heißen Schoß zu nähern.

Es war eine Spannung im Raum, die mir fast den Atem nahm. Da war diese heiße Lady, die offensichtlich darauf wartete, an ihrer intimsten Stelle von mir berührt zu werden. Auf der anderen Seite die Stimmen, die vom Laden her durch die geöffnete Türe zu uns drangen. Was wenn jetzt ein Kunde oder die Verkäuferin in die Bibliothek kommt und uns bei diesem Techtelmechtel überrascht? Für einen Moment stockte ich, blickte hoch zu meiner korrekten Frau Merle. Sie war bleich im Gesicht, zog etwas verlegen die Unterlippe mit den Zähnen nach innen. Doch dann, ich konnte es kaum glauben, Frau Merle spreizte tatsächlich erneut ihre Beine und ich nutzte die Gunst ihrer lustvollen Schwäche.

Gezielt berührten meine suchenden Finger ihre feuchte Lustbarkeit. Ich war am Ziel, durfte den Schoß der so korrekten Dame berühren, ihre Lust stimulieren. Eine so reife Frau in dieser Stellung scharf zu machen war totales Neuland für mich. Ich spürte, wie feiner Schweiß auf meiner Stirn stand. Ihr leises Stöhnen machte mich mutig. Doch als ich das Werk meiner Verführung mit der Eroberung der Grotte krönen wollte, drangen erneut Stimmen aus dem Laden zu uns. Ich hörte, wie ihr Name gerufen wurde. Nervös stieg Frau Merle von der Leiter herab, schob mich irritiert zur Seite, strich ihren Rock glatt, fuhr sich durch das Haar und eilte in den Laden. Aus und vorbei war das Pflügen feuchter Furchen.

Eine Zeit blieb ich noch in der Bibliothek, sah mich im Büro von Frau Merle um. Alles war hier so korrekt wie sie selbst. Der Gedanke, diese korrekte Schale zu sprengen, machte mich an. Würde es mir gelingen? Würde sie sich hier auf dem Schreibtisch von mir vernaschen lassen? Ich sah das Bild richtig vor mir. Sie wirkte so unnahbar und doch wusste ich jetzt, dass in ihr ein heißes Feuer loderte.

Langsam schlenderte ich in den Laden. Sie hatte gerade eine Kundin verabschiedet, gab der Verkäuferin noch einige Anweisungen. Ich stand einfach nur da, lehnte mich an ein seitlich stehendes Bücherregal. „Darf ich Sie noch etwas fragen Frau Merle?" Meine Stimme war fest, fast etwas herausfordernd. Mein Blick fiel auf die Verkäuferin, sie schien beschäftigt. Fest umklammerte meine Hand ihr Handgelenk. Ich beugte mich zu ihr und meinte: „Ich komme morgen Mittag wieder, ich will, dass du morgen keinen Slip trägst, nur halterlose Strümpfe."

Ich drehte mich um und verließ wie am Tag zuvor ohne großen Kommentar den Laden. Draußen atmete ich auf. Mein Atem ging schnell. Was hatte ich ihr jetzt gesagt? Mein Kopf drehte sich. So kannte ich mich nicht. Aber ich war neugierig. Würde sie auf meine Forderung eingehen? Wenn sie das tut, dann war sie nur nach außen so unnahbar. In Wirklichkeit war sie rattenscharf. Da kann kein junges Ding mithalten.

Am nächsten Tag waren viele Kunden in der Bücherei. Die Verkäuferin blickte mich irritiert an, als ich schnurstracks Richtung Bibliothek ging. Nervös lehnte Frau Merle mit dem Rücken am Bücherregal, als ich eintrat. Sie sah gut aus. Die Wangen waren leicht gerötet. Wie immer korrekt gekleidet. Das helle Leinenkostüm stand ihr gut. Bildete einen schönen Kontrast zu ihren dunklen Haaren, die sie heute streng nach hinten gebunden trug. Auch die Brille schien neu zu sein. Das dunkle Gestell gab ihr eine leichte Strenge. Heute trug sie Lipgloss. Ihr Mund glänzte dadurch verführerisch. Sie sollte sich die Lippen rot anmalen, dachte ich so für mich. Ich ließ wieder bewusst die Türe offen. Sie lächelte mich verlegen an als ich vor ihr stand.

Zärtlich streichelte ich über ihre Wange. „Haben Sie auf mich gewartet Frau Merle?" Ich beugte mich zu ihr hinab. Mein Mund berührte dabei ganz leicht ihr Ohr. Ich spürte, wie sie zitterte. Fast etwas verschämt nickte sie mit dem Kopf. Dabei sah sie mich einfach nur an. „Ich hatte doch versprochen, dass ich heute komme." Wieder lächelte sie. Es war, als würde eine Last von ihrer Seele fallen. Sie hatte sich tatsächlich nach mir gesehnt, mich erwartet. Es war ein eigenartiges Gefühl, das durch meinen Körper lief. Der einfache Student und die reife Buchhändlerin. Träumte ich oder spielte sich hier tatsächlich langsam eine heiße Nummer zwischen uns beiden ab?

Mein Arm umschloss ihre Taille. Ich zog sie dicht an meinen Körper heran, suchte ihren Mund. Nur ganz kurz, ein kleiner Kuss zur Begrüßung. Dann glitt mein Blick hin zu ihrem Ausschnitt. Ihre Bluse war wie immer bis auf zwei Knöpfe zugeknöpft. Ihre Augen flackerten unruhig, als ich meine Hand ganz sachte an ihren Hals legte und mein Daumen ihre Lippen berührte.

Es war still in der kleinen Bibliothek. Man hätte eine Stecknadel fallen hören. Nur der Atem von Frau Merle war zu hören. Oder war es ein leises Stöhnen? Wollte sie, dass ich sie berühre? Zärtlich umschlossen meine Lippen ihren Mund. Anschmiegsam kam sie mir entgegen. Sie erwiderte meinen Kuss, schloss dabei die Augen. Sie war heute ganz anders als in den letzten beiden Tagen.

Ich beobachte jede ihrer Regungen, als ich ihre Bluse aufknöpfte. Ihre Brüste wurden von einem feinen Spitzen-BH gehalten. Ich bemerkte, wie ihr Blick zur offenen Türe ging, als sich meine Hand in den Schalen ihres BHs versenkte und ich diese herrlich satten Dinger vorsichtig massierte. Trägt sie einen Slip oder nicht, dachte ich in diesem Moment. Ich wollte es wissen. Noch während mein Mund über die helle nackte Haut zu ihren Brüsten wanderte, schob sich meine Hand unter ihren Rock.

Ich ließ mir Zeit, den Mittelpunkt der Begierde zu ertasten. Und dann waren sie angekommen, meine suchenden Fingerspitzen. Und Frau Merle trug keinen Slip, kein Höschen, das hemmend ihre Scham bedeckte. „Ich bin platt", meinte ich leise an ihrem Ohr. Täuschte ich mich oder blitzten mich in diesem Moment ihre dunkelbraunen Augen herausfordernd an? Wollte sie berührt werden? Sanft oder sollte ich gleich richtig zur Sache gehen?

Ich wurde unsicher. Mir fehlte die Erfahrung mit der reifen Weiblichkeit. Da war wieder dieses Lächeln auf ihren Lippen. Nein im ganzen Gesicht. Lachte sie mich aus? War sie jetzt der kleine Schelm, der mich anmachte? Egal, ich wollte sie berühren und ich spürte, dass sie es auch wollte. Im Gang schlug eine Uhr. Für einen Moment war ich irritiert, zog meine Hand zurück.

Es war Mittag. Der Laden würde sich bald füllen. Viele kamen um diese Zeit, um sich in ihrer Pause zu informieren oder sich einfach mit einem Buch und einem kleinen Getränk zu entspannen. Wie würde meine Frau Merle reagieren, wenn ich sie jetzt einfach so auf dem Schreibtisch vernaschen würde? So zwischendurch in der Mittagspause, während draußen die Stimmen der Kundschaft zu hören waren und die Gefahr bestand, hier von jemandem überrascht zu werden. Würde sie das aufgeilen?

Sie schaute zur Türe, ihre Gesichtszüge wirkten ängstlich, ihre Augen signalisierten, die Türe zu schließen. Ich schüttelte nur den Kopf. „Hol mir ein Buch", bat ich mit ruhiger Stimme. Und sie tat es, stieg die Leiter einige Stufen nach oben. Dann schaute sie fast etwas überheblich auf mich herab. Ihre Körperhaltung war eindeutig, sie forderte mich heraus.

Unsere Blicke trafen sich, während meine Hand forsch dahinglitt, wo sie es haben wollte. Die feuchte Wärme ihrer nackten Schenkel erregte mich. Meine Männlichkeit war kaum mehr zu halten, als ich das Herz der Lustbarkeit eroberte. Sie biss sich auf die Unterlippe, bewegte ihre Hüften. Ihre Hände hielten sich krampfhaft am Bügel der Leiter fest. Weiß traten ihre Knöchel hervor, als meine Finger sie zum Stöhnen brachten.

Mir stieg eine heiße Welle der Erregung ins Gesicht. Meine Hose beulte sich zusehends aus. Meine Lust wuchs und mein kleiner Lümmel wollte mehr. Unsere Erregung wuchs. Ich spürte es an ihrem unteren Mund, der auf mein lockendes Liebesspiel extrem reagierte. Ihr ganzer Körper reagierte. Ihre Beine zitterten. Sie unterdrückte ihr Stöhnen, hielt sich krampfhaft fest.

Ich spürte, wie mein Gesicht heiß wurde, wie sich meine Wangen röteten, wie die Anspannung in meinem Unterleib wuchs. Ich wollte sie besteigen, ihr meinen Luststab geben, doch ihre Haltung hielt mich gebannt fest. Nein, ihr Schoß hielt meine Hand fest, ließ mich Dinge tun, die ihre Lust stillten.

Und sie kam. Ich spürte es, sah es, hörte es. Auf dem Schreibtisch läutete das Telefon. Es war, als würde es das Band der Lust zerreißen. Plötzlich hielt der nüchterne Alltag Einzug, das Liebesspiel war beendet. Jetzt, wo mein Hengst in der Hose ausbrechen und den Stall der Wollust erobern wollte.

Sie schaute mich nur an, legte ihre Hand auf meine Schulter, als sie eilig von der Leiter stieg. Ihr Atem ging schnell und ihr Name klang verzerrt, als sie sich am Telefon meldete. Nur einen Moment, dann hatte sich Frau Merle wieder gefangen. Sie ging gezielt ihrem Geschäft nach und ich stand einfach nur da, mit den Händen in der Hosentasche.

Für einen Moment trafen sich unsere Blicke. Sie lächelte verlegen, hob etwas fraglich ihre Schultern. Mit dem Unterarm fuhr ich mir fast etwas verlegen über die Nase, schaute mich um und verließ dann langsam schlendernd die Bibliothek. Ich war wie vor den Kopf geschlagen. Schritte waren zu hören, jemand kam über den Gang. Wieder schüttelte ich innerlich den Kopf.

Die ließ sich von mir hier auf der Leiter befriedigen, stieg dann einfach herab und ging ihren Geschäften nach, während es mir fast den Unterleib zerriss. Eigentlich war ich der Meinung, ich hätte hier alles im Griff. Sie fährt auf mich ab und ich sage, wo es lang geht. Hat sie mich vielleicht nur benutzt?

Erneut schob sich das Bild vor meine Augen, wie ich sie auf dem Schreibtisch vernasche. Wie sie sich mit dem Oberkörper über den Tisch beugt, ich ihr den Rock über den blanken Po schiebe, wie sie lustvoll ihre Beine spreizt, ihr gieriger Schoß meinen Lümmel umspannt und mir die höchsten Wonnen der Lust bereitet. Mit diesen Sehnsüchten verließ ich den Laden, nahm nichts mehr um mich herum wahr. Mein Studentenleben ging weiter ohne Frau Merle und die lustvollen Spiele in der kleinen Bibliothek.

Zaubertropfen der Lust

Jara ging mit Nursu den nur mit Fackeln beleuchteten Gang des Schlosses entlang. Ihr Schritt war schleppend, die Enttäuschung groß. Ihr Mann hatte sie so gedemütigt, als er der Magd in ihrem Beisein unter den Rock griff. Sie fühlte noch immer die zwei Fläschchen in ihrer Hand. Der Magier hatte ihr versichert, würde sie davon etwas in den Wein ihres Mannes gießen, würde er in ihren Schoß zurückkehren. Doch ihr Mann trank nur einmal davon, reichte dann den Becher an Nursu weiter. Der war ein alter Weggefährte ihres Mannes und hatte schon immer ein Auge auf Jara geworfen, doch er ließ sich das nie anmerken. Auch jetzt nicht, als er beschützend neben ihr schritt, um sie nach Aufforderung des Grafen Lawanda zu ihren Gemächern zu begleiten. Immer wieder blickte er Jara von der Seite an. Ihr trauriger Blick zerriss ihm fast das Herz, das sich immer mehr für diese etwas undurchschaubare Frau öffnete. Er empfand schon lange eine tiefe Liebe für sie und das, was sein Freund Lawanda mit ihr trieb, lehnte er ab. Diese Frau schien ihm geboren für die Liebe und seit dem heutigen Abend noch mehr als sonst. Eine tiefe Gefühlsbewegung, die er nicht erklären konnte, machte sich in seinem Inneren breit. Er sah sie immer mehr mit den Augen des Mannes, und er hatte das Gefühl, als würden sich seine tiefen Gefühle in eine starke Begierde umwandeln.

Sein Blick fiel in ihren offenherzigen Ausschnitt. Ihre immer noch festen Brüste wölbten sich durch das straffe Mieder. Ihre dunklen, hochgesteckten Haare gaben ihr ein würdevolles Aussehen. Wie es wohl wäre, wenn er ihr die Haarspange lösen würde, damit ihr gelocktes Haar in wilder Pracht über ihre Schultern fiel? Ja, er würde sie gerne sehen in einem etwas verruchten Anblick. Wie oft hatte er sich in seinen Träumen ihren nackten Körper vorgestellte, der sich wollüstig in seinen Armen wälzte. Ihre Schenkel, die sich für ihn öffneten und ihre Brüste, die seine brennenden Lippen umschlossen. Nursu wurde immer unruhiger. Der Weg schien kein Ende zu haben und Jara sprach kein Wort. Was wollte sie von ihrem Mann? Sie könnte jeden Mann haben, warum war er so wichtig? Warum holte sie sich nicht die Liebe bei einem anderen Mann?

Seine Männlichkeit beulte leicht seine Hose, als er sich vorstellte, dass er es wäre, der ihre Lust befriedigt. Er hatte genau beobachtet, dass sie aus einer Flasche etwas in den Weinkrug von Lawanda goss. Er wusste auch von ihrer Zofe, dass sie heute bei dem alten Magier war. Es war bekannt, dass die Frauen bei ihm Hilfe suchten, wenn ihre Männer sie nicht mehr begehrten. Es wurde aber auch gemunkelt, dass sie für ihn ihren Schoß öffneten und sich ihm willig hingaben und ass er mit ganz besonderen Methoden arbeitete, um Frauen gefügig zu machen. Aber das waren alles nur Erzählungen. Keiner wusste es genau. Ob dieser Magier sie mit mehr versorgt hat als nur mit Tropfen und guten Ratschlägen? Nursu wurde unruhig. Was war dort in seiner düsteren Behausung. Was suchten die Frauen bei ihm? Gab er ihnen wirklich einen Zaubertrank um die Liebeslust der Männer und auch der Frauen zu steigern? War davon etwas im Wein, den er getrunken hat? Wuchs deshalb seine Begierde für Jara?

Tausend Fragen gingen durch seinen Kopf. Er merkte, dass die schöne Frau an seiner Seite wankte, ihre Beine versagten. Und noch ehe sie umkippen konnte, fing er sie mit seinen kräftigen Armen auf. Sie lag wie leblos in seinen Armen, hielt die Augen geschlossen. Ihr Haar hatte sich gelöst und hing wie ein breiter Fächer nach unten. Je mehr er sie betrachtete, umso begehrlicher fand er sie. Er kannte den Weg und er trug sie in den anderen Flügel. Alles war still, kein Mensch begegnete ihnen. Sie waren alle beim Jagdfest beschäftigt.

In ihrem Zimmer war es dunkel. Er entzündete die Fackeln an der Wand. Er legte den Frauenkörper in das breite Bett. Es schien, als wäre Jara in einen tiefen Schlaf gefallen. Der Feuerschein gab dem Raum eine mystische Ausstrahlung.

Als Nursu Jara auf das Bett legte, fielen aus der Tasche ihres Kleides die beiden Fläschchen. Er griff danach, betrachtete sie verwundert. Eines war noch geschlossen, aus dem anderen fehlte schon etwas. War es das, was sie in Lawandas Wein geschüttet hatte? Waren das die Liebestropfen? Vorsichtig öffnete er ein Fläschchen und träufelte sich einige Tropfen auf seine Zunge. Sie waren fast geschmacklos. Ob er ihr etwas davon verabreichen sollte? Vielleicht in einem Krug Wasser? Er tat einige Tropfen hinein und stellte den Krug auf den Tisch neben dem Bett.

Dann blickte er sich um. Noch nie war er im Schlafgemach von Jara. Sie teilte es nicht mit ihrem Gemahl, und der würde auch heute Nacht nicht kommen. Der würde die Nacht zwischen den Schenkeln einer Magd verbringen. Er kannte ihn nur zu genau und morgen würde er wieder prahlen, bei welchem Weib er sein Unwesen getrieben hatte.

Jara atmete unruhig. Sie flüsterte etwas, das er nicht verstehen konnte. Sein Blick fiel erneut auf ihre Brüste, die sich, fest zusammengeschnürt, hoben und senkten. Er berührte vorsichtig ihre nackte Haut, streichelte ihren Brustansatz. Jara seufzte leicht, drehte sich hin und her. Es schien ihr zu gefallen. Nursu konnte nicht anders. Er führte seine Hand in ihr Mieder, umfasste ihre Brüste, kreiste mit dem Daumen über ihre Brustwarzen, die sich leicht zusammenzogen. Er beugte sich über ihr Gesicht und küsste ihre vollen Lippen.

Am liebsten würde er sie zärtlich liebkosen. Ein Griff und ihr Mieder wäre geöffnet. Er wollte mehr als nur ihre Brüste liebkosen. Langsam schob er seine Hand unter ihre langen Röcke. Er stutzte, als er nackte Haut verspürte. Sie trug keine Unterwäsche. Immer höher rutschte seine Hand. Jara war nackt unter ihrer Robe. Oh mein Gott. Seine Fingerkuppen berührten ihre Schamhaare, die Wölbung ihrer Schamlippen. Eine feine Feuchtigkeit legte sich über seine suchenden Finger.

Seine Hand zitterte. Er beobachtete Jara, registrierte jede Regung in ihrem Gesicht. Was wenn sie plötzlich erwacht? Wieder stöhnte sie leise. Sie rief einen Namen, den er nicht verstand, spreizte ihre Beine und gab seinen Fingern somit mehr Bewegungsfreiheit. Er glitt vorsichtig in die Öffnung ihrer feuchten Grotte. Immer mehr Nektar bildete sich unter seinen Berührungen, immer intensiver drehte sie ihr Becken hin und her.

Gerne hätte er sie in seine Arme genommen, sie seine Erregung spüren lassen. Die Wölbung in seiner Hose vergrößerte sich deutlich. Er wagte es nicht, etwas zu tun, was sie vielleicht nicht wollte. Spürte sie seine zärtlichen Berührungen? Ihre Wangen waren leicht gerötet, feiner Schweiß stand auf ihrer Stirn und ihre Lippen bewegten sich. Nursu sah, dass ihre Augen langsam flackerten. Sie schien zu sich zu kommen. Er rückte ihr Mieder wieder zurecht und zog sich auf einen Sitz in der Ecke des Raumes zurück.

Jara schlug langsam die Augen auf. Sie mussten sich an die Dämmerung des Raumes gewöhnen. Im ersten Moment wusste sie nicht, wo sie sich befand und was geschehen war. Sie war allein und doch hatte sie das Gefühl, als hätte jemand sie zwischen den Beinen berührt, denn sie spürte eine starke Feuchtigkeit. Ihr Mieder war verschoben. Sie richtete sich auf, erhob sich. Großer Durst quälte sie. Langsam griff Jara nach dem Krug auf dem Tisch und trank in hastigen Schlucken das erfrischende Getränk. Als sie absetzte, traf ihr Blick auf Nursu, der immer noch schweigend in der Ecke saß.

Erschrocken schaute sie ihn an. Er kam langsam auf sie zu. „Ich wollte dich nicht stören Jara, deine Beine haben versagt und ich habe dich in dein Schlafgemach getragen und jetzt deinen Schlaf bewacht." Er stand ganz dicht vor ihr. Sie sah Nursu auf einmal mit ganz anderen Augen. Seine Stimme klang verführerisch und es tat ihr gut, als er ihr eine Haarsträhne aus der Stirn strich. Sie reichte ihm ihre schmale Hand und er zog sie langsam zu sich. Etwas verlegen richtete Jara ihr Haar. Ihre Augen schauten sich unsicher und unruhig im dämmerigen Raum um. Alles wirkte so unheimlich. Die Fackeln an der Wand warfen einen bizarren Lichtschein in ihr Gemach und ein leichter Schauer lief über ihren Rücken.

Noch immer hielt Nursu ihre Hand. Sein Blick fiel kurz auf ihren Ausschnitt- Er sah, wie sich ihre Brüste hoben und senkten, wie sie unruhig atmete. Ob sie erregt ist, fragte er sich. Erregt von seinen Berührungen. Was denkt sie? Denkt sie an ihren Mann, treibt sie es in ihren Träumen mit ihm? Hat sie deshalb ihren Unterleib entblößt und die Beine gespreizt? Es war aber nicht Lawanda, ihr Mann, der sie in lüsterne Träume trieb. Er war es Nursu, der sie mit seinen zärtlichen Fingerspielen im Schlaf zum Stöhnen brachte.

„Soll ich gehen Jara, willst du ruhen?" Seine Stimme bebte. Sie schüttelte den Kopf, sah wieder vor ihrem geistigen Auge, wie ihr Mann der Magd unter den Rock griff. Ein Schauer lief durch ihren Körper. Sie lehnte sich an Nursus Schulter und es tat gut. Sein männlicher Duft, seine Stärke und sein fester Arm, der sie leicht an sich drückte, entlockten ihr einen tiefen Seufzer. „Nimm noch mal einen großen Schluck Jara, das kühle Wasser wird dir gut tun." Nursu reichte ihr den Krug und Jara trank erneut in gierigen Schlucken. Sie gab Nursu den Krug zurück, doch er stellte ihn nicht weg, sondern leerte ihn in einem Zug.

Beide fühlten feine Schwingungen, als sie so dicht aneinander gelehnt dastanden. Ein Wohlgefühl floss durch ihre Körper. Jaras Wangen röteten sich, als sich seine Hand zärtlich um ihren Hals legte und seine Daumen über ihre Halsmulde kreisten. Sie schluckte und blickte ihn an, und er erkannte den Glanz in ihren Augen, der so ganz anders war als sonst. Er atmete den betörenden Duft ein, der sich über ihre Haut ausbreitete und eine heiße Begierde für diese reizende Frau erfasste ihn. Er blickte sie mit warmen Augen an, sprach kein Wort, beobachtete nur jede ihrer Regungen.

Er sah, wie ihr roter Mund zuckte, sich leicht öffnete. Langsam legte sie ihren Kopf in den Nacken. Ihr lockiges Haar strich zärtlich über seinen Arm, der ihre Taille fest umschlungen hielt. Diese feine Berührung löste eine wahre Feuersbrunst in ihm aus. Ihre Brüste unter dem engen Mieder wölbten sich prall nach oben. Nursu atmete schwer. Sein kräftiger Körper spannte sich, seine Lenden bebten und seine Männlichkeit gierte danach, den feurigen Schoß des lockenden Weibes zu füllen.

Ihr geöffneter Mund lechzte nach seinen Lippen. Ihre Augen lockten und der Anblick ihrer zarten, hellen Haut katapultierte seine Begierde ins Unermessliche. Ihre Lippen fanden sich und sie gaben sich dem süßen Rausch der Leidenschaft hin.

Zärtlich glitt sein Mund über ihren schlanken Hals, hin zu ihrem großzügigen Ausschnitt, zu den Wölbungen der kräftigen Brüste. Seine Finger erfassten die Schnüre ihres Mieders und zogen sie auseinander. Die Ärmel lockerten sich und er streifte sie von ihrer Schulter. Sie zitterte leicht, als das schwere Kleid ihren nackten Oberkörper freigab. Ihre Brüste hingen leicht nach unten, ihre dunklen Nippel zogen sich zusammen, als er sie berührte. „Warum bist du nackt unter deinem Kleid Jara?" Seine Stimme war rau mit einem forschen Unterton. „Steig aus deinem Kleid heraus, komm zeig mir deine volle Nacktheit, ich will dich sehen!" Erneut schoss Röte in ihr Gesicht, doch dann tat sie, worum er sie bat.

Ihr Blick fiel dabei durch das schmale Fenster. Dunkle Nacht war eingekehrt. Es war eine Vollmondnacht. Das gleißende Licht des Mondes warf einen bizarren Schein in den kargen Raum. Nur der Mond wurde Zeuge der aufkommenden Begierde.

Sie stieg aus ihren steifen Röcken und stand nackt vor ihm. Ihre Arme kreuzte sie über ihre Brüste. Er trat auf sie zu, zog ihr die Arme weg. „Ich will alles sehen Jara, ich will, dass du mir alles zeigst, dich mir öffnest. Du bist immer noch schön und begehrlich und ich will heute deinen Schoß füllen." Er hob sie hoch und legt sie wieder auf ihr Bett. „Ich will, dass du dich ganz mir hingibst." Seine Stimme wurde immer eindringlicher, klang berauschend. Sie spürte, wie ein wildes Beben durch ihren Körper schoss. Ihr heißes, rotes Gesicht war ihm zugewandt. Jara blickte ihn aus brennenden Augen an.

Auch er verspürte eine wilde Lust, eine Gier danach, ein Abenteuer mit dieser Frau zu erleben. Die Öffnung zwischen ihren Beinen strotzt sicher voll lüsterner Weiblichkeit. Es wurde Zeit, endlich ihren Schoß zu erobern. Ihr das zu geben, wonach sie sich sehnte.

Wie lange hatte er schon diese Vorstellungen in seinen Träumen, und jetzt sollten sie sich erfüllen.

Er entkleidete sie langsam und beobachtete genau, wie sich ihr Körper lasziv hin und her schob und sich ihr Po auf dem rauen Leinen des Bettes rieb. „Öffne dich Jara, komm, zeig mir ob du bereit bist mich zu empfangen."

Nursu zog hastig seine Stiefel aus, warf sie in eine Ecke und kniete sich zwischen ihre gespreizten Beine. Die weiche Haut ihrer Innenschenkel überzog sich mit einer Gänsehaut, als er langsam von den Knien bis hoch zu ihrem Lustdreieck darüber streichelte. Ihr festes, breites Becken war nicht zu übersehen. Der zarte Haarkranz zwischen ihren Beinen bedeckte eine kräftige Vulva.

Die Perle der Leidenschaft war es, die er suchte und fand. Dieser Lawanda weiß gar nicht, was ihm hier entgeht, dachte Nursu. Doch er würde sich das nehmen, was sich ihm hier so willig anbot. Er würde die Burg der Leidenschaft erobern und in die Kemenate der weiblichen Begierde eindringen.

Nursu liebkoste mit den Fingerkuppen jeden Zentimeter ihrer Haut. Jaras Becken hob und senkte sich, leidenschaftlich schob sie es hin und her, je näher Nursu dem Gipfel der Sinnlichkeit kam. Fast raubte die kleine Knospe, die sich ihm da zitternd darbot, seinen Verstand. Erobere sie, bring sie zum Erblühen! Seine Gedanken trieben ihn an. Jara stöhnte, feiner Schweiß trat auf ihre Stirne. In ihren Ohren hörte sie ein Rauschen. Ihr Körper brannte, sehnte sich nach Erfüllung. Bei ihrem Mann erlebte sie das nicht. Lawanda hat sie nur genommen, ist in sie eingedrungen, wann er wollte. Hier aber verspürte sie, wie beim Magier, die aufkommende Leidenschaft, die langsam von unten nach oben durch ihren Körper zog.

Nursus Mund saugte an ihren Brüste und seine Lanze war nicht mehr zu übersehen. Eine starke Hitze entwich ihrem Körper, nässte ihr Haar und ihre Haut. Ein zuckendes Stöhnen kam über ihre Lippen, als er sie zärtlich küsste. Es war, als würde die gesamte Geilheit der Vergangenheit aus ihr herausbrechen. Sie blickte Nursu fordernd an, ihre Lippen formten seinen Namen. Die Feuchtigkeit zwischen ihren Beinen lockte. Es machte sie an, zu spüren wie sehr er sie begehrte. Vorsichtig glitten ihre Fingerspitzen über seinen nackten Körper.

Seine Küsse wurden fordernder. Schon umspannten seine kräftigen Arme ihre satten Schenkel. Sein Prügel suchte ihr Lustdreieck, pflügte sich durch ihre feuchte Grotte, teilte sie, stimulierte ihr brennendes Spitzchen. Nur noch einen Moment und er würde sie erobern. Er zog ihr Becken über seine Schenkel, sog ihren süßlichen Duft ein. Ihre Blicke trafen sich und es war wie ein stilles Kommando. Sie genossen den Akt der Begierde, gaben sich dem Rausch der Sinnlichkeit hin. Ihre Leiber bewegten sich im Einklang, so als gehörten sie zusammen.

In dieser Nacht ging Nursu nicht mehr zurück zur lärmenden Gesellschaft im Burgsaal. Er teilte die Liegestatt mit Jara, die sich in seine kräftigen Arme schmiegte. Sie wusste nicht, ob sie träumte oder ob sie wirklich diesem lüsternen Wahnsinn erlegen war. Es war ihr auch egal. Sie war glücklich.

Ihr Mann war vergessen, sie ersehnte ihn nicht mehr. Sie würde ihm auch keine Zaubertropfen mehr in seinen Becher mit Wein träufeln. Sie würde sie aufbewahren für sich, für Nursu. Oder vielleicht doch für ihren Herrn Gemahl? Wie es wohl wäre, mit ihm den Rausch der Sinnlichkeit zu leben, seine

Manneskraft zu spüren, die er an Mägde ver-
geudete?

Jara wusste es nicht. Die Zeit würde es
bringen. Sie würde die Fläschchen mit den
heißbegehrten Zaubertropfen wohl aufbewahren und wann immer sie es wollte darauf
zurückgreifen.

Afrikanische Trommeln

Wieder spaziere ich durch den Park. Die
Sonne scheint und ich habe Mittagspause.
Genüsslich lecke ich an meinem Eis, das ich
mir am Kiosk gekauft habe. Im Sommer ist
das immer so meine Erholungsoase. Ich setze mich auf eine Bank im Schatten der Bäume
und träume vor mich hin. Oder ich schließe
die Augen und genieße die Sonnenstrahlen.
Manchmal setze ich mich auch etwas weiter
in den kleinen Biergarten. Je nach dem. Danach bin ich wieder für meinen Job gerüstet.

Seit einiger Zeit begegnet mir bei meinen
Spaziergängen fast regelmäßig ein Mann. Es
ist ein Schwarzer und manchmal habe ich das
Gefühl, dass er regelrecht auf mich wartet. Er
lächelt mich an, grüßt, aber er belästigt mich
nicht. Manchmal sitzt er in meiner Nähe auf
einer Bank und liest. Irgendetwas geht von
ihm aus, das ich nicht deuten kann. Inzwischen bin ich regelrecht neugierig. Ob er
wieder da ist? Wer ist er? Und was will er von
mir? Wieder lächelt er mich freundlich an. Er
scheint in meinem Alter zu sein, vielleicht so
Ende zwanzig.

Neulich sitze ich auf der Parkbank, will noch eine Zigarette rauchen. Da steht er plötzlich vor mir und reicht mir Feuer. Ich erschrecke, habe ihn nicht erwartet. Dann treffen sich unsere Blicke, die Hände berühren sich. Wie bei einem Teenager steigt mir regelrecht die Röte ins Gesicht. Hastig ziehe ich den Rauch durch meine Lunge. Meine Hände zittern und ich weiß nicht warum. Wir kommen ins Gespräch. Er arbeitet in einer nahe gelegenen Werkstatt und hat zur gleichen Zeit Mittagspause wie ich. Seitdem plaudern wir immer wieder einmal. Seine Augen strahlen, wenn er mich sieht und auch ich habe ein eigenartiges Gefühl im Magen, wenn sich unsere Blicke begegnen.

„Hast du heute Abend Zeit?" Seine Stimme klingt unsicher. „Freunde von mir veranstalten einen afrikanischen Musikabend. Ich würde dir das gerne zeigen." Ich sage zu und hole ihn sogar ab, da er kein Auto hat. „Du siehst hübsch aus", meint er zur Begrüßung und zeigt mir ein breites Lächeln. Wieder werde ich verlegen wie ein Schulmädchen. Was macht dieser Mann mit mir?

Als wir die afrikanische Bar betreten greift er nach meiner Hand und ich überlasse sie ihm gerne. Fast besitzergreifend hält er mich fest und geht mit mir durch den Raum. So als wolle er den anderen sagen. „Seht mal, wen ich mitbringe!" Ich lasse mich auf das Spiel ein. Er ist dort bekannt, wird von vielen begrüßt. Man mustert mich und empfängt auch mich sehr freundlich.

Ein stattlicher schwarzer Typ kommt uns entgegen. Groß gewachsen, durchtrainierter Body. Er tastet mich mit seinen Blicken ab, klopft dann meinem Begleiter lässig auf die Schulter. „Ist sie das? Ihr bist du wohl nicht ganz gewachsen mein Freund. Wenn du Unterstützung brauchst, dann melde dich ruhig bei mir. Du weißt ja, ich bin Frauenkenner." Er lacht und geht weiter. Für einen Moment weiß ich gar nicht, wie mir geschieht. Marlo, mein Begleiter, schaut mich verlegen an. Ich winke lässig ab. Kurz darauf habe ich die Szene vergessen.

Die Musik beginnt und der Rhythmus der einsetzenden Trommeln weckt mein Temperament, meine Tanzleidenschaft. Ich wiege meine Hüften im Takt. Immer mehr bewegt sich mein Körper. Ich schließe die Augen und lasse mich von den Klängen führen. Der Raum liegt im Halbdunkel. Viele Gäste tanzen oder unterhalten sich. Es sind überwiegend Schwarze. Die Musik ist laut und es wird langsam stickig.

Mir ist warm und ich stelle mich etwas abseits an die Theke. Marlo unterhält sich mit anderen. Sein Gesicht strahlt, unsere Blicke treffen sich. Da ist es wieder, das Kribbeln in meinem Bauch. Eine Hand legt sich auf meine Taille. Ich blicke zur Seite. Da steht der Typ von vorhin, zieht mich dicht zu sich heran. „Marlo ist etwas fürs Vorspiel. Was du brauchst ist ein richtiger Kerl, der es dir ordentlich besorgt. Habe ich recht?"

Ich kann ihn spüren, kann ihn riechen. Seine Lippen berühren mein Ohr. Die feuchte Wärme geht mir durch und durch. Seine Worte geilen mich auf ob ich will oder nicht. Ich schaue ihn an, schlucke. Sanft drückt er mich in die Ecke. Ich höre nur noch Stimmengewirr, sehe nur noch ihn. Seine Hände halten meine Hüften umfangen. Er ist mir so nahe, dass ich seine Männlichkeit spüren kann. Ich stehe da wie erstarrt. Sein Blick hält mich fest. Ganz langsam streicht sein schwarzer Finger an meinem Ausschnitt entlang, über meinen Brustansatz. Ich habe das Gefühl, weiche Knie zu bekommen. Mein ganzer Körper vibriert. Ich bekomme eine Gänsehaut, spüre, wie meine Vagina reagiert. „Ich würde jetzt am liebsten unter deinen Rock greifen, in den Slip fahren und dein Döschen etwas aufmischen." Er lacht, streicht mir über die Wange und ist wieder verschwunden.

Ist der Kerl verrückt, denke ich, „und ich lass mir das bieten?" Ich kenne mich selbst nicht mehr. Kurz darauf steht Marlo neben mir. Ich bin noch total durcheinander. „Sorry, ich wurde aufgehalten. Gefällt es dir?" Wieder legt er seinen Arm um meine Schulter. Es tut mir gut. Das hier ist Neuland für mich, eine ganz andere Welt. Die Musik, die Menschen, der Geruch. Fast erschöpft lehne ich mich an ihn. Er strahlt mich an, drückt mich an sich. Ich komme zu mir, richte mich auf. Was geht hier ab? „Du bist heute richtig schön", flüstert er in mein Ohr. „Meine Freunde sagen das auch. Ich bin stolz, dass du mich begleitet hast." Ich lächle zurück. Dann deute ich auf den Typen, der mich etwas aus der Fassung gebracht hat. „Wer ist das?" „Das ist Dagan, ein Angeber. Der kommt überall an, vor allen Dingen bei den Frauen. Ich habe ihn vorhin bei dir gesehen, du solltest dich vor ihm in Acht nehmen." Ich werde verlegen und ändere das Thema.

An diesem Abend wechseln wir noch in das eine oder andere Lokal. Wir tanzen unterhalten uns über Gott und die Welt und tauschten Zärtlichkeiten aus. Später fahre ich Marlo nach Hause. Er wohnt in einer WG. „Komm, ich will dir zeigen wie ich wohne." Es ist zwar schon spät, doch ich kann seinem Blick nicht widerstehen. Außerdem bin ich neugierig, wie er hier wohnt und mit wem. Hier herrscht noch keine Nachtruhe. Überall brennt Licht, Musik ist zu hören. Es riecht nach Rauch, Alkohol und Essen. Drei schwarze Typen sitzen an einem Tisch. Sie staunen nicht schlecht, als Marlo mich vorstellt. Ich sollte gehen, denke ich. Alles wirkt nun unheimlich und fremd. Doch etwas hält mich ab. Noch immer liegt Marlos Arm auf meiner Schulter. Er führt mich in einen Raum. „Das ist mein Reich," sagt er voller Stolz.

Es ist dunkel, die Straßenlaterne beleuchtet spärlich das Zimmer. Ich stehe da, weiß nicht, was ich hier soll. Ist es der Zauber der anderen Welt, das Fremde? Aber was für eine Welt? Ich schwanke leicht, obwohl ich keinen Alkohol getrunken habe. Marlo hält mich fest und wirkt sehr vertraut. Ich spüre die Wärme seines Körpers. Seine Hände, die zärtlich über meine Arme streichen. Ich lehne mich an ihn und genieße diesen Moment. Da sind seine Lippen, die meinen Hals liebkosen. Schemenhaft kann ich uns in einem Wandspiegel erkennen. Seine schwarzen Hände liegen auf meiner weißen Haut. Ein Schauer läuft über meinen Rücken.

Seine Hände greifen unter mein Shirt. Mein Blick fällt immer noch fasziniert in den Spiegel. Ich gebe mich seinen Zärtlichkeiten hin. Seinen Worten, seinen Händen und Liebkosungen. „Er hat deine Brüste berührt, ich habe es gesehen. Hat dich das geil gemacht?" Hat er das mit diesem Dagan tatsächlich gesehen? Ich erschrecke, schließe die Augen, schlucke, spüre eine heiße Welle, die meinen Körper durchzieht. Ich höre die Worte von Dagan, spüre seine Fingerkuppe, die meinen Brustansatz liebkoste. Ich schüttle den Kopf. „Da war gar nichts mit diesem Dagan, meine ich verlegen. Obwohl, dieser Dagan hat schon etwas in mir geweckt. Er ist ein Draufgänger, tat es einfach. Ich schaue Marlo an, sehe das Funkeln in seinen Augen.

Es ist still im Raum. Nur von außen sind Straßengeräusche zu hören. Das Zucken der Reklamelichter erhellt schemenhaft immer wieder den Raum. Er ist spärlich eingerichtet. Ich höre Türen schlagen. Die Stimmen der Jungs aus dem Aufenthaltsraum sind plötzlich deutlich zu hören. Das alles holt mich zurück. Überhaupt, der erste Zauber scheint verflogen zu sein. Ich schaue Marlo an, streiche ihm mit meinem Finger über seine kräftigen Lippen. Er lächelt. Seine weißen Zähne blitzen. Meine Arme schlingen sich um seinen Hals und ich küsse ihn zärtlich. „Es ist besser, wenn ich jetzt gehe", flüstere ich. Nach diesen Worten atme ich tief durch. Die Wirklichkeit hat mich wieder und das ist gut so. „Wir sehen uns, ich bin ja mittags immer im Park. Bring mich jetzt zum Auto, es ist spät." Wieder lächle ich. Unsicher gehe ich nach draußen. Ich winke den Jungs zu, die mich etwas verdutzt mustern. Draußen atme ich tief durch. Noch eine kurze Umarmung, dann gehe ich mit schnellen Schritten zum Auto. Ich winke Marlo noch kurz zu, sehe wie er etwas verlegen die Hände in den Hosentaschen vergräbt, dann bin ich weg.

Ich senke das Autofenster herunter. Der Fahrtwind tut gut. Ich gehe meinen Gedanken nach. Ja, es ist gut so. Marlo ist ein lieber Kerl und er gefällt mir. Ja er übte sogar einen starken Reiz auf mich aus. Gerne hätte ich mich von ihm verführen lassen.... oder vielleicht lieber doch nicht? Ich weiß es nicht. Vor einigen Stunden hatte ich noch das Gefühl, verliebt zu sein. Was wäre gewesen, wenn ich ihn richtig angemacht hätte? Aber dort, in diesem Raum, ich weiß nicht? Oder gerade dort? Und dann, er ist ein Schwarzer. Oder ist es gerade das Fremde, das mich reizt? Ich weiß es nicht. Es ist wohl nicht der richtige Moment für mich. Einfach mal sehen. Entspannt lehne ich mich zurück und fahre die paar Kilometer bis zu mir nach Hause.

Am anderen Mittag bin ich wie immer im Park. Er ist nicht da, auch die nächsten Tage nicht. Irgendwie bin ich enttäuscht. Ich vermisse ihn, ja ich habe das Gefühl, mich nach ihm zu sehnen. Ich habe von ihm keine Telefonnummer, weiß nur, wo er Zuhause ist. Ob ich abends mal vorbeifahren soll? Lieber nicht, wie würde das denn aussehen. Ist er beleidigt, verletzter Stolz? Hatte er sich mehr erwartet? Oder ärgert ihn das mit Dagan? Ganz ruhen lässt mich dieser lässige Typ nicht. Und was ist das eigentlich mit Marlo? Ich bin kein Kind von Traurigkeit, aber das wäre in dieser Nacht nicht so meine Welt gewesen. Schon wie mich Marlos Mitbewohner gemustert haben. Ob Marlo schon öfter Frauen zu sich mitgenommen hat? Aber nein, sicher nicht. Dagan meinte doch auch, Marlo sei ein Typ für das Vorspiel. Ich lache vor mich hin bei dem Gedanken: „Vorspeise, Hauptspeise und was kommt zum Dessert?" Die Fröhlichkeit hat mich wieder eingeholt. Warum soll ich Trübsal blasen. Es ist in Ordnung, so wie es ist. Meine Mittagspause ist vorüber und ich gehe zurück ins Büro.

Das Wochenende steht vor der Tür. Kein Marlo, die ganze Woche nicht. Wo steckt er. Zuhause werde ich unruhig. Ich setze mich ins Auto, fahre ziellos durch die Stadt. Immer wieder schweift mein Blick nach draußen. Meine Augen suchen ihn, ja ihn. Warum tue ich das? Weil er nicht mehr gekommen ist? Fühle ich mich jetzt verletzt? Verdammt noch mal, habe ich mich vielleicht doch verliebt?

Oder ist es verletzte Eitelkeit, fühle ich mich verarscht? Ich weiß es nicht. Mein Auto rollt an einen Standstreifen. Ich stehe vor dem Lokal, in das er mich vor einer Woche geführt hat. Die Trommeln sind zu hören und Stimmengewirr. Ich stehe vor der Tür, überlege. Einige Typen und Pärchen gehen ein und aus. Rauchiger Geruch schlägt mir entgegen. Hier nimmt keiner Rücksicht auf Rauchverbot. Wieder öffnet sich die Tür. Ein schwarzer Kerl kommt heraus, mustert mich von oben bis unten, lächelt und zeigt mir eine Reihe perlweißer Zähne. Ich gehe rein, bleibe erstmal wie erschlagen stehen. Alles ist so fremd, fast etwas unheimlich. Ich kenne hier niemanden. Oder doch? Oh ja, man kennt mich. Dagan ist da und ihm falle ich sofort auf. Es sind nicht viele Weiße im Lokal, kaum Frauen. Ich wirke wie ein Exot. Langsam gewöhnen sich meine Augen an die schummrige Beleuchtung. Die Bar ist voll, es ist laut, die Luft zum Schneiden dick. Ich stehe nur da, schaue mich um. Ich suche ihn, ja ich suche Marlo. Und er? Er ist nicht da.

Hände legen sich auf meine Schultern, kräftige Hände. Ich weiß, wem sie gehören. Dagan! Ich zittere. Er dreht mich zu sich. „Ich wusste, dass du kommst", meint er und lächel. „Habe ich dir nicht gesagt, er ist nur gut für das Vorspiel? Was du brauchst ist einer der dich nimmt oder täusche ich mich?" Ich schaue ihn einfach nur an, bin unfähig mich zu bewegen, geschweige denn ein Wort heraus zu bringen. „Hat er recht? Hat er verdammt noch mal recht? Suche ich einen Kerl? War Marlo nur ein Vorspiel?" Ich zittere innerlich, lasse mich von Dagan führen. Am Ende der Theke ist noch etwas Platz. Ich stehe einfach nur da. Dagan verschwindet, kommt darauf mit einem Drink zurück. Ich weiß nicht, was es ist. Das Zeug schmeckt gut, brennt etwas in meiner Kehle. Ich trinke das Glas in einem Zug leer. „Geht es dir besser", fragt Dagan und legt wie selbstverständlich seine Hand in meinen Nacken. Ich nicke, halte seinen Blick fest.

„Du bist anders als die anderen Frauen, die hierherkommen", meint er. „Man kann sie haben, aber dich kann man nicht einfach haben oder doch?" Seine Worte wühlen mich auf, machen mich zornig, neugierig, wecken ein eigenartiges Gefühl in mir. „Dagan ist ein Angeber, er kommt bei Frauen an", das waren die Worte von Marlo, ich höre sie ganz deutlich. Und jetzt steht der Angeber neben mir, flüstert mir Dinge ins Ohr die mich erröten lassen, mich verlegen und auch zornig machen. Dagan schweigt, nimmt einfach meine Hand und führt mich zur Tanzfläche. Der Rhythmus der Trommeln ist nicht zu überhören, laut peitscht die Musik durch die Bar. Einige bewegen sich zur Musik auf der kleinen Tanzfläche. Dagan zieht mich zu sich heran. Ich kann ihn spüren, riechen und ich lasse mich von seinen starken Armen halten. Er bestimmt den Takt, wiegt mich zu den heißen Trommelschlägen. Es ist wie ein Rausch, der mich befällt. Ich gebe mich seiner Umklammerung hin, den Rhythmen, den wilden und leisen Schlägen der Trommeln.

Später stehe ich erschöpft mit Dagan an der Theke. „In dir fließt afrikanisches Blut", lacht er und streicht mir das feuchte Haar aus der Stirne. Erneut greife ich nach dem erfrischenden Getränk, das er mir reicht. Mir ist heiß, mein Shirt klebt an meinem feuchten Körper. Ich trage keinen BH und meine Brüste sind jetzt nicht zu übersehen. „An diesen Dingern möchte ich saugen", flüstert Dagan und streicht mit seiner Handfläche über meine Nippel, die sich unter dem Shirt aufrichten. Sein Mund ist dicht an meinem Ohr, der Lärmpegel lässt mich seine Worte kaum hören, doch ich spüre seine Berührungen, schaue ihn nur an.

Unsere Blicke versinken ineinander. Die Menschen stehen dichtgedrängt an der Bar. Es ist laut, eng, feucht. Ich spüre Dagans Hand, die auf meinem Schenkel liegt. Mein Rock ist auf dem Barhocker etwas hochgerutscht. Wir schauen uns erneut an, ich schlucke nervös, greife nach meinem Glas. Verdammt noch mal, was geschieht hier? Seine Hand geht auf Wanderschaft, schiebt sich zwischen meine Beine, weiter hoch. Sein Blick ist Herausforderung pur. „Warum bist du gekommen? Wegen mir oder wegen Marlo? Hast du es mit ihm getrieben? Hat er dich mitgenommen in diese Bude? Er wohnt dort nicht. Marlo ist in festen Händen, seit vielen Jahren. Er bricht nur immer wieder mal aus, kehrt dann aber wieder reumütig zurück."

Dagan beobachtet mich, während er mir das erzählt. Ich bin fassungslos. Mein Marlo, der Marlo, mit dem ich so schöne Stunden im Park verbracht habe, der so viele Gefühle in mir geweckt hat? Trotz regt sich. Ach, es ist mir alles egal. Dagan, Marlo, alles in meinem Kopf dreht sich. „Komm, lass uns tanzen", rufe ich und ziehe Dagan auf die Tanzfläche.

Es wird spät in dieser Nacht. Die Trommeln und das süffige Getränk heizen mich auf. Und dann ist da noch Dagan, der mich mit seinen Worten und Berührungen lockt. Tausend Eindrücke umnebeln mich und irgendwann stehe ich, wie vor einer Woche, in einem abgedunkelten Raum. Kein Lärm ist mehr zu hören, nur das Ticken einer Uhr und das dumpfe Stampfen zu den leisen Klängen der Trommeln. Alles scheint so fern zu sein. Nur er ist mir nahe, Dagan. Er hat mich einfach mitgenommen, ein oder zwei Stockwerke höher, über der Bar, in diesen Raum. Wir stehen ganz dicht zueinander. Ich spüre seine Körperwärme, rieche seinen Schweiß. „Du bist schön, weißt du das", flüstert er an meinem Ohr und legt seinen kräftigen Arm um meine Taille. Wir schauen uns an, ich lächle verlegen. Es ist dämmerig in diesem Raum, stickig und schwül. Ich schaue mich kurz um, noch immer hält er mich fest. Sein Mund nähert sich meinem Hals und schon spüre ich seine Lippen, die sanft über meine feuchte Haut gleiten. Ich schwitze, verdammt noch mal mir wird richtig heiß. Eine Unruhe macht sich in mir breit. Wieder lächle ich verlegen, während seine Hand in mein Haar greift. „Mir gefallen deine schönen roten Haare", meint er mit rauer Stimme und drückt seine Hand gegen meinen Hinterkopf. Er hält mich fest, ich spüre seine Kraft, seine Stärke und irgendwie tut es mir gut, so von ihm gehalten zu werden. Er gibt mir Sicherheit und für einen Moment lasse ich mich entspannt fallen. Gedanken ziehen in Windeseile durch meinen Kopf. Er hat kein Licht gemacht? Warum nicht? Nur die Straßenlaternen geben der Dunkelheit des Raumes einen dämmernden Schein. Wie bei Marlo und doch ganz anders. Meine Augen haben sich an die Dämmerung gewöhnt, Ich sehe sein Gesicht ganz deutlich vor mir, seine schwarzen Augen, die wie helle Blitze funkeln. Er hebt mich hoch, trägt mich weg. Ich schließe die Augen, lasse mich treiben.

Und dann liege ich neben ihm, lausche seinen betörenden Worten, lass mich von ihm entkleiden. Für einen Moment schiebt sich das Gesicht von Marlo zwischen uns. War nicht er es, der vor einigen Tagen meine Lust weckte, dem ich in einen ähnlichen Raum folgte? War er tatsächlich nur das Vorspiel? Habe ich mit Marlo gespielt oder war ich vielleicht doch etwas verliebt? Und was ist das jetzt? Ich werde fast wahnsinnig bei all den Gedanken. Ich stöhne, spüre kräftige Hände die über meinen nackten Leib streichen. „Dagan nimmt jede Frau", höre ich die Worte von Marlo. Ich höre sie, doch ich nehme sie nicht wahr. Im Moment ist mir alles egal. Mein

Kopf dreht sich, im fühle mich im Rausch der Gier nach mehr.

Dagan spreizt mir die Beine, mein Körper bebt. „Er tut es, ja Marlo, er tut es, du hast es nicht getan." Ich rechtfertige mich tatsächlich innerlich vor Marlo. Doch da ist er, Dagan und er kennt keine Spielregeln. Ich kann es fühlen, riechen. Breitbeinig kniet er über mir. Noch trägt er seinen Slip. Seine Oberschenkel sind kräftig. Langsam zieht er sein Shirt über seinen Kopf. Dabei lässt er mich nicht aus den Augen. Sein muskulöser, schwarzer Body ist ein wahnsinniger Gegensatz zu meinem gut gebauten, weißen Körper.

Meine Hände berühren ihn. Sie gleiten fast schemenhaft über seinen feuchten Körper. Die Luft ist zum Schneiden in diesem Raum, mein Haar klebt feucht an meinem Kopf. Ist es die Raumwärme, sind es unsere aufge- heizten Körper oder ist es der Schweiß der Lust und Leidenschaft, der nach außen drängt? Er nimmt meine Hand, führt sie zwi- schen seine Beine. Ich ertaste seine Erregung, die starke Dimensionen annimmt. Ich will es wissen. Forsch greifen meine Hände nach seinem Slip und mit einem kurzen Ruck ent- blöße ich seinen Unterleib. Der Anblick einer männlichen Erregung ist nicht neu für mich und doch ist es anders. Er ist anders und das soll ich in dieser Nacht bis zur gnadenlosen Revolution durchleben. Unsere Leiber nähern sich, umschlingen sich. Unsere Lippen sind überall und erregtes Stöhnen zeigt an, dass wir auf der gleichen Welle schweben. Ein Gefühl, als würde die Nacht den Tag verschlingen. Seine Fingerspiele, seine Liebkosungen machen mich hemmungslos, lassen meine feuchte Scham erblühen. Wir ziehen beide sämtliche Register, um den anderen immer mehr zum Höhepunkt zu treiben. Und dann dringt er in mich ein, lässt mich auf dem Stab der Erfüllung tanzen. Es ist, als würden sich Himmel und Hölle vereinen.

Zeit und Raum sind vergessen. Ich möchte duschen, mich abkühlen, will aber nicht den Zauber des Geschehens zerreißen. Ein kurzer Schlaf hält mich umfangen. Der ferne Morgen zeigt sich in dem kargen, fast schäbigen Raum, als ich mich leise davonschleiche. Dagan schläft tief und fest. Er war nicht einfach gegangen, so wie ihm das meine Gedanken unterstellt haben. Täusche ich mich oder sieht er jetzt im anbrechenden Morgenlicht ganz anders aus. Oder ist es der Zauber, der fehlt, die Ernüchterung, die folgt?

Vorsichtig steige ich die knarrenden Stufen hinab. Nur keinen Lärm machen. Der kühle Morgen umfängt mich. Kein Mensch weit und breit ist zu sehen, nur vereinzelt sind Fahrzeuge unterwegs. Es ist Sonntagmorgen.

Bei mir Zuhause komme ich langsam zu mir. Die heiße Dusche, der starke Kaffee, alles weckt meine Lebensgeister. Und doch fühle ich mich schlapp, ausgelaugt, hänge meinen Gedanken nach. Ob sich Dagan meldet? Und wo ist dieser Marlo geblieben? Oder sollte ich mich bei Dagan melden? Oder mal wieder im Lokal vorbeischauen? Innerlich

treibt es mich um und mein Magen kribbelt.
Ich sitze auf meinem breiten Bett im Schnei-
dersitz, fahre mit fünf Fingern durch mein
dichtes Haar und schaue aus dem Fenster
hinaus. Die Sonne lächelt mir zu und ich lächle zurück, recke mich, freue mich. Was soll`s,
das wird sich alles zeigen. Es war schön und
ein noch schönerer Tag wartet auf mich. Also
auf zu neuen Ufern.

Ein weiteres Buch der Autorin Petra Quaiser

Die Autorin ist Jahrgang1953, gebohren in Nördlingen und heute wohnhaft in Alerheim

Sie ist eine passionierte Erzählerin von Geschichten, Gedichten und Märchen und so ergab es sich zwangsläufig diese auch niederzuschreiben.

Dieses Buch ist Zeitgeschichte und Unterhaltung zum Schmunzeln zugleich.

Petra Quaiser erzählt die Erlebnisse und Geschichten der damaligen Zeit in ihrer unverkennbaren, leidenschaftlichen und lustigen Art.

Der Leser öffnet eine Tür in eine Zeit wie sie heute zumTeil unvorstellbar ist und nimmt Teil an den Erlebnissen, Gefühlen und Bedürfnissen der Mädchen in dieser Zeit. Reichlich Bilder im Buch bringen die Leser noch näher an die geschriebenen Geschichten heran.

ISBN 9 783 749 468072   Preis: 14,99 €
Verlag BoD, Norderstedt